**KUWEI
酷威文化**

图书　影视

图书在版编目（CIP）数据

她他 / 映漾著 . —— 南京：江苏凤凰文艺出版社，2022.7
ISBN 978-7-5594-6835-2

Ⅰ.①她… Ⅱ.①映… Ⅲ.①长篇小说 – 中国 – 当代 Ⅳ.① I247.5

中国版本图书馆 CIP 数据核字 (2022) 第 079605 号

她他

映漾 著

责任编辑	周颖若
特约编辑	马春雪　刘雪华
装帧设计	卷帙设计　QQ:2649686699
责任印制	刘　巍
出版发行	江苏凤凰文艺出版社
	南京市中央路 165 号，邮编：210009
网　　址	http://www.jswenyi.com
印　　刷	天津旭丰源印刷有限公司
开　　本	880 毫米 ×1230 毫米 1/32
印　　张	11
字　　数	285 千字
版　　次	2022 年 7 月第 1 版
印　　次	2022 年 7 月第 1 次印刷
书　　号	ISBN 978-7-5594-6835-2
定　　价	42.80 元

江苏凤凰文艺版图书凡印刷、装订错误可随时向承印厂调换

目 录
CONTENTS

第 一 章	蔷薇庄园	001
第 二 章	少管闲事	015
第 三 章	他的妻子	035
第 四 章	准备离婚	055
第 五 章	下一个人	069
第 六 章	不速之客	085
第 七 章	一团迷雾	099
第 八 章	她的计划	115
第 九 章	幸好你在	129
第 十 章	同学聚会	143
第十一章	刨根问底	157
第十二章	有恃无恐	171

目录
CONTENTS

第十三章	他的底线	185
第十四章	我可以赢	199
第十五章	我们重来	211
第十六章	完美证词	225
第十七章	双向爱恋	239
第十八章	呼之欲出	253
第十九章	最后审判	277
第二十章	往后余生	297
番 外 一	鸡蛋饼	311
番 外 二	贺瑶的心理咨询 & 人间烟火	329
番 外 三	那些未来	337

第一章

蔷薇庄园

警车、救护车、消防车,各种特种车上的警灯红蓝交错,映得在场每个人的脸上都带着喘不过气的凝重。

新城的蔷薇庄园,寸土寸金的老城区里的独栋别墅,因为一个爆红的综艺真人秀,新城所有人都知道这座庄园里住的是影帝曹苏清和他的妻子刘玫。

功成名就的男人带着自己的家庭大隐隐于市,雕花的大铁门隔离了城市喧嚣,因为一场真人秀收获了无数人艳羡的目光。

可这样闪耀的地方却在这个初冬的夜晚变得火光冲天。

"曹先生和曹太太都在里面。"门口的保安是个三十多岁的精壮小伙,脸上有救火时候留下来的焦黑痕迹。

新城最好的安保公司培养出来的保安,在消防员来之前冒死冲进去两次,可惜火势太大,人没有救出来,自己的胳膊反而被烧伤,衣服和伤口黏在了一起,现在坐在救护车里被剪掉了上半身的袖子,脸上惊恐未定,还有一丝困惑。

火灾发生之后他并没有报警,为什么警车会跟着消防车一起出现?

"屋里还有没有其他人?"蔷薇庄园的关注度太高,负责问询的是一位经验丰富的老刑警,大家都叫他老赵。

大火还没有完全扑灭,周围的温度很高,浓烟呛鼻,在火焰的威力面前,人类变得十分渺小。

"今天是周三,曹先生家里的保姆休息。"保安停顿,"应该没有其他人了。"

老赵停笔,看着保安。

第一章　蔷薇庄园

车外轰隆一声巨响，已经离火灾有很长一段距离的救护车被震得哐当一声。

又一次爆炸。

地面都在震动。

老赵探身出去，消防员都已经撤到安全距离外，消防车还在灭火，但是看情况，初次搜救行动已经失败了。

情况很不乐观，大火已经持续了半个多小时。私人别墅擅自改造了很多地方导致户型图和实际不符，搜救困难，现场又发生了几次小规模爆炸，经验告诉老赵：这里面的人，估计悬了。

"确定只有两个人？"老赵回头，加重语气。

时间不等人，当时在现场救火的人受伤最轻的只有这个保安，他刚才明显的停顿让老赵眼皮本能地跳了一下。

这火烧得蹊跷，太快了，几分钟内就烧得连人都进不去，厨房直接被炸了个大口子。

"人命关天！"老赵看着抖着嘴唇脸色煞白的保安，重重地加了一句。

外面又是一声爆炸，保安的脸又白了几分："还有一个人……"

"宓荷……"保安说得很轻很轻，"和曹先生传绯闻的那个女明星。"

"傍晚七点多进去的，进门的时候还和我们吵了一架，最后是曹先生让我们把她放进去的。"开了头，后面的话就顺畅多了，"门口的监控应该都拍下来了。"

老赵噌的一下站起来跳下车。

"还有一个人。"他拉直了嗓门大吼了一声，"里面一共三个人！"

凌晨一点，新城公安局灯火通明。

安子归坐在问询室里，身上还穿着晚宴用的晚礼服，外面披了一件白色的羽绒服。

妆发精致，眉心微蹙，身上还有淡淡的香水味。

老赵把手里的平板递给安子归，点了播放键。

这是一段监控视频，安子归正穿着现在这身晚礼服站在一个类似化妆间的地方，面对面站着另外一个女人，就是今天晚上葬身火海的女明星宓荷。

"这段视频发生在昨天下午一点，几个小时之后宓荷就出现在了蔷薇庄园。"老赵问得很直接，"我们需要知道在这段时间里面，你们都聊了些什么。"

聊的肯定不是愉快的话题，监控里的宓荷在安子归走后砸掉了桌子上的水杯。

安子归揉了揉眉心。

圈子里消息传得快，晚上蔷薇庄园爆炸的事情早就传遍了。火势烧得太快，人没救出来，三条人命。

"你相信这个世界上有鬼吗？"安子归问。

老赵一怔。

浓妆艳抹的女人在半夜安静的问询室里突然问出这样的问题，让人瘆得慌。更何况，这女人问的时候还上身前倾，眼睛直盯盯地看着他。

鲜艳的红唇扬起了魅惑的弧度。

老赵清清嗓子，想敲敲桌子让对方好好说话。

可是安子归很快就放松了下来，重新靠回到椅背上，从晚宴包里拿出了一个U盘给老赵。

U盘精致，银色的子弹头造型，上面镶着水钻，亮晶晶的。

"我有一个很能干的助理。"她说话的时候嘴角一直扬着，像是炫耀也像是讥讽，"蔷薇庄园出事以后，她第一时间就和甲方沟通，把我们公司和宓荷经纪公司的公关协议以及会议记录都准备好交给我了。"

"我下午一点去找宓荷，就是为了这份公关协议。"

第一章　蔷薇庄园

宓荷这个人，挺传奇的。

童星出道，演技不错，长相出挑，早年拿了不少奖，星途也一直很顺畅。二十五岁的时候被富家子弟一掷千金穷追猛打，结果在点头答应对方求婚的当天就被爆出和已婚影帝曹苏清有染，影帝老婆刘玫召开记者会宣布相信自己的老公，从此宓荷这个人的际遇就一落千丈，被经纪公司解约，广告代言违约金赔掉了她在娱乐圈多年积攒的大部分积蓄。

但是宓荷并没有淡出大众视线，她很能豁得出去。因为形象问题不能再演甜美女一号，她就开始接配角，从龙套客串开始，事情淡了一点之后就开始接有台词的剧，不计形象，专挑小三和坏女人，演技入木三分，硬是重新撑起了知名度。

几年之后，大家也就慢慢忘记了她和曹苏清之间的前尘旧事。

去年她演了一个背负着贞节牌坊的大宅门寡妇，因为剧本实力过硬，她在里面狠戾毒辣的人设特别立得住，终于再次翻红，甚至接了一部大导演导的大女主电影《墒》，还重新高价签了一个经纪公司。

可就在这个时候，她又被拍到和有妇之夫出入酒店的照片，有妇之夫还是那个曹苏清。而且，曹苏清夫妇才刚刚拍完一档上星的综艺真人秀，讨论热度天天挂热搜的那种。

于是，这一次迎接宓荷的，是一个死局。

和宓荷名字挂钩的所有广告代言、已播未播的电视电影，也陷入了死局。

"今天有一部宓荷主演的大女主电影点映，因为宓荷的个人问题，整个电影的宣传变得十分被动。"安子归说得不紧不慢，"她刚刚签约的经纪公司也一样。"

这是委婉的说法，粗暴一点说，经纪公司疯了。

像宓荷这样从谷底又重新爬上来的演员，这么多年来哪怕在谷底也维持着一定的知名度，经纪公司对她的期望值很高，前期的资源投入十分可观，这已经不是几年前一句单纯的解约就能解决的问题了。

"所以，他们公司找了我们公司帮忙。希望在《墒》这部电影宣传期间，能最大限度地减少损失。"

危机公关。

"我们提供的几个解决方案都在 U 盘里，几次会议之后，现在用的方案也就是大众看到的。"

让宓荷盛装出席点映式开始前的红毯，等媒体全面报道发酵之后，再由几个相熟的媒体拍几张宓荷穿着晚礼服离席的照片，接下来的点映式和事后的记者发布会里主办方会隐晦地告诉大家宓荷出席红毯是她的个人行为。

这样一来，影视方就表明了自己的立场，宓荷也发挥了自己靠负面新闻火起来的宣传属性，只要不考虑宓荷个人的感受，也算是一个皆大欢喜的解决方法。

"但是，宓荷临时变卦了。"安子归笑了笑，"她不想离开，想要参加点映式，我进去找她就是为了这件事。"

后台化妆室。

一见面，宓荷就问她："你相不相信这个世界上有鬼？"

为了配合电影角色宣传，宓荷穿的是紧身的丝质旗袍，妆容看起来像是旧上海的歌女，问出这句话的时候，带着几分绮丽凄凉。

"我本来是不信的。"宓荷自问自答，"就算混成现在这样，我也仍然觉得自己不会死绝。"

"知名度还在，就算以后再也不能做演员了。等风声过去了做个小网红带货直播也挺好的。"她把自己逗笑了，笑得前仰后合，"反正全世界都知道，宓荷这个人特别能豁得出去。"

"但是，谁知道呢⋯⋯"宓荷笑着笑着戛然而止，对话已经变成了自言自语，"谁知道呢⋯⋯"

第一章　蔷薇庄园

"宓姐。"安子归像个没有情绪波动的机器人,"记者们都到场了。"

那些计划要拍下她落寞离开现场的记者们都已经就位了。

"你做过亏心事吗?"宓荷没有理她,自顾自地又问了一个问题。

安子归蹙眉。

"不是传统道德约束下的亏心事。"她甚至很耐心地解释,"而是那种真正让你夜不能寐的事。"

"那种哪怕你用工作作为幌子,哪怕你告诉自己这是甲方的要求,哪怕你很清楚这件事的责任根本不在你,但是就是过不去的事。"

"夜深人静的时候,闭上眼睛就能出现在你面前的亏心事,你做过吗?"宓荷歪着头问,脸上诡异的认真。

"没有。"安子归回答得很快,仍然面无表情。

宓荷笑了。

"你走吧。"她挥挥手,承诺,"我会消失的。但是,下面有那么多记者,总得把妆补补。"她又拿起了粉扑,细细地填补眼尾的皱纹。

"补好了,我就走了。"

这是她对她说的最后一句话。

几个小时后,她出现在曹苏清的家里,一把大火烧光了所有。

安子归离开公安局时,已经接近凌晨三点。她穿着高跟鞋和晚礼服,和整个公安局大厅格格不入。

"明星吗?"大厅里负责接待的小民警没见过世面,伸着脖子感叹,"真漂亮。"

"漂亮的大多都有问题。"老赵拿手里的记录本拍了拍小民警的脑袋,"干活去吧!"

小民警缩着脖子走了。

老赵看着安子归的背影,外面下雪了,她衣衫单薄地站在走廊里接起了一个电话,眼睛看向远方。

确实漂亮。一个公关公司的CEO,却长得像是老画报里的香港明星。

但是……

老赵摇摇头。

算计太过了,一段问话说得滴水不漏,毫无破绽。

倒也不是觉得她隐瞒了什么,而是一个正常人应该有的情绪起伏她都没有了。

只除了那一句:"你相不相信这个世界上有鬼?"

"安总,您出来了吗?"安子归刚刚走出大厅,助理谷珊的电话就到了。

"嗯。"安子归应了一声。

天气很冷,今年新城的冬天冷得不像话,南方城市才十二月份就已经下了两场雪。

"您先不要上自己的车。"谷珊的语速很快,"停车场走到底有一辆黑色轿车,车牌尾号是653,您上那辆车,我在车上等您。"

安子归脚步一顿,又低低地应了一声,挂上电话头也不回地踏进夜色里,晚礼服裙摆上的水钻在夜色中划出一道弧线,又很快地和她一起消失在凌晨的黑暗中。

谷珊在车后座放了两个大袋子,里面是舒适的运动服和一双软底鞋,车里暖气开得足,安子归上车被热气一蒸,冻麻了的手脚开始觉得痛。

"生姜红糖水。"谷珊适时地递给安子归一个保温杯,温度正好,入口微烫。

谷珊总是很周到。

这辆陌生车的副驾驶座上放了两个大袋子,有食物有水还有应急用的药物。

"租来的车？"安子归拉开晚礼服拉链准备换上袋子里的运动服。

"外面都是记者，公司的车容易被认出来。"谷珊拉上了后座临时装上去的布帘，方便安子归换裤子，"您的车我已经让小赵先开回去了。"

"凌晨三点？"安子归撕掉假睫毛，再解开盘头的发卡，吁了口气。

"说吧。"她拉开布帘，脸上的浓妆卸了一半，露出一张微显苍白的脸。

肯定是大事，要不然也不会这样大费周章。

"蔷薇庄园的事情已经上了热搜，听说着火前110就接到了报警。"谷珊低头从副驾驶座的袋子里拿出一包旅行用的卸妆护肤品递给安子归，"从宓荷的车后备厢里翻出几个空油桶，她自己车上的汽油也被放光了，现在网上乱七八糟传什么的都有。"

正在卸妆的安子归笑了笑，并不意外。

键盘承载了人性的恶。

"不知道是谁把我们公司接了宓荷经纪公司公关代理这件事爆了出去，还公布了一段录音。"谷珊把手里的 iPad 递给安子归。

这是今天晚上第二次有人给她递平板电脑了。

录音内容是一段会议纪要。

安子归看了谷珊一眼，这种东西只有公司内部的人才有，这倒确实是一件大事了。

其实是很常规的会议内容，他们接了宓荷经纪公司的公关代理，开了几次会，基本确定了这次公关内容的大方向，临近散会，他们公司刚刚进来的一个负责一小部分宣传文案的实习生，小心翼翼地问了一句文案需不需要交给宓荷检查一遍再发。

"不需要。"安子归听到录音里自己的声音，"这个项目所有的过程和输出都不需要单独找宓荷。"

她听到自己又补充了一句："我们的 Client 是宓荷的经纪公司，宓荷本人在这个项目里的定位只是一个 Press Kit（发给媒体的大礼包，可以是线上或线下，里面包含各种关于一个机构的宣传性的内容，比如公司资料、领导团队介绍等等）。"

这句话是为了让实习生迅速找到工作定位的，和她日常的每一份工作一样。

但是就这么一句话被人单独截取放大，有人阐述了 Press Kit 的意思，有人质疑为什么要把一个大活人定位成发给媒体的大礼包，有人站在道德高点叹息如果宓荷生前遇到的不是这些把她当商品大礼包的人，她会不会有其他选择。

除了这段录音，她们在点映式后台化妆室的那段视频也被曝了出来。于是，叹息的人更多了，责怪的声音也开始冒头。

挺神奇的，三条人命的火灾就这么三言两语地被模糊了焦点，那些曾经在网上用各种恶毒语言咒骂明星私生活不检点的网友们迅速遗忘了自己曾经做过的事，改成用一模一样的恶评来抨击所谓的黑公关。

他们总是有各种各样可以骂的事情和人。

"节奏带得不错。"安子归合上 iPad，"方蓝那边的人干的？"

"暂时还没有证据。"谷珊没否认，"泄露公司内部录音的人也还没找出来。"

"我们现在的情况很被动，如果让人拍到您进出公安局的照片，舆论这边会更加混乱。"谷珊停顿。

安子归抬头。

"股东会的那些人希望您能暂时避一避，宓荷这个案子我们就不接了。"谷珊这句话说得有些慢，"也不需要赔多少违约金，如果这场火真的是她放的，接下来的事情就和公关没关系了。"

如果真的是刑事案件，那么《摘》这部电影除非把宓荷这个女主角去掉全部重拍，要不然肯定是不可能上映了，经纪公司这边的损失也一定拿不回来了，后面的事情确实就和公关没什么关系了。

但是，如果这些舆论放着不管，她也就真的成了黑公关了。

那些股东估计是想要彻底避开这个烂摊子，而她，也变成烂摊子里面的摆件之一。

毫不知情的人咒骂她把人当成大礼包，而她自己，其实还不如一个大礼包。

安子归笑了："打算让我藏多久？"

这些东西放任不管，几个小时之后，她这辈子做过的所有公关案例都会被翻出来一一鞭答，真要算起来，她还真做了不少所谓的黑公关，把人当商品当大礼包，操纵舆情甚至倒逼舆情，要清算的话，她能从头到脚被人数落一遍。

毕竟，她是个很成功的公关。

毕竟，她是安心公关顾问有限公司的创始人。

"半个月。"她的助理谷珊，向来是有问必答。

"行。"安子归靠到椅背上，闭上了眼。

就这样吧，她累了。

她太累了，所以不介意变成弃子，不关心谷珊会把她带到哪里，也无所谓自己奋斗了近十年的工作可能会被毁于一旦。

她只想睡一觉。

"安总。"可是谷珊并不打算就此放过她，凌晨的街道异常安静，她这声安总突兀得让安子归有那么一瞬间，脸上云淡风轻的面具摇晃了一下。

"那您明天的行程……"谷珊说话说一半藏一半，明明是传话让她消失的人，现在却小心翼翼满脸无辜。

"公司的事情都交给你。"安子归没睁眼，回应得跟她刚才答应消失的时候一样爽快。

"明天是二十九号。"谷珊却并没有停下来，强调，"十二月二十九号。"

安子归睁开眼。

"明天下午您得去民政局……"谷珊看起来在专心开车，眼角却一直忍不住往后视镜上瞟。

安子归拿出手机打开日历，十二月二十九日这个日期被她标上了黑色。

明天，是她约好了和那个男人离婚的日子。

凌晨三点半。

她手指在手机飞行模式的开关上犹疑了一秒钟，最终还是点开了，忽略弹出来的各种各样的新闻消息和工作内容，她在微信里找到了那个人。

名字的备注早就被她改成贺瑫，他们之间所有的聊天记录也都清空了，她在空白处敲了一句很让人无语的话：在吗？

她平时最讨厌有人找她的时候问她在不在，现在却突然理解了那些人敲下这句话的复杂心情。

不知道该怎么说，又不得不找他。

凌晨三点多是个很尴尬的时间，她没提离婚之前，他似乎二十四小时都不睡觉，只要她找他，他一定会回，哪怕是下矿没信号，他也会定个只给她用的自动回复告诉她他什么时候回来。

准备离婚后，她再也没有联系过他。

现在这个累极了也倦极了的时间点，她居然有些分不清楚她到底是希望他在还是不在。

手指在键盘上又犹豫了一秒钟。

只是这一秒钟的犹豫，她的手机就响了，来电显示的名字是贺瑫。

"喂。"电话那端的他声音沙哑，是睡着了又被吵醒的样子，听起来十分疲惫。

他以前会对她掩饰这种疲惫，现在终于不藏了。

"抱歉，这么晚了还打扰你。"安子归脱口而出。

第一章　蔷薇庄园

贺瑫沉默。

"最近公司有些事需要我离开一阵子，离婚的事情能不能等我回来再说？"她今天的状态不适合那么复杂的情感纠葛，安子归决定速战速决。

"什么事？"贺瑫问她。

"公事。"安子归回答。

继续沉默。

"你会离开多久？"这次是贺瑫打破了沉默。

他彻底清醒了，电话那头有倒水的声音。

"半个月。"安子归看向窗外，谷珊正在把车子往城外开，看来股东们这次是打算把她丢出城了。

"如果可以的话，你先销假吧。"消失半个月不知道够不够，安子归看着绕城公路上连夜运送的运猪车，车上关在笼子里的猪和她沉默对视，境遇一样，她冲那些猪眨眨眼，"下次的时间等完全确定后再通知你。"

"抱歉。"她又一次真诚道歉。

"不用。"贺瑫拒绝，也不知道是拒绝销假还是拒绝她的抱歉，"我这次有一个月的假期。"

谷珊为了超过前方一直慢吞吞爬行的轿车变了个道，安子归身子一歪，握着手机的手指用了点力。

为了离婚，他请了一个月的假。

"……挺好。"她藏起了呵呵，"赶得及离婚了。"

贺瑫挂了电话。

安子归慢吞吞地把手机重新调回飞行模式，丢到包里，扭头看着窗外的猪，谷珊都变道了，这运猪车居然还在。

安子归又冲猪眨眨眼，从后视镜里看到瞪大了眼睛看她的谷珊，笑了笑，没说话。

她们最终的目的地是山里，新城近郊著名风景区，山路崎岖，谷珊在黎明前最黑暗的光线下九转十八弯，停在了一个古村落旁。

"您常用的东西我都给您放在房间里了。"谷珊从后备厢拎下了两个行李箱。

给安子归安排的屋子是根据旧民宅改造的，花了功夫，外观和内里都很漂亮。屋子外面好大一片麦田，冬天了，麦田里空荡荡的，上面积着残雪。

空气很好，冷得呵气成冰。

谷珊里里外外地忙活，甚至帮她点燃了壁炉，柴火噼里啪啦地响，安子归看着壁炉，裹着羽绒服，喝了一口凉掉的生姜红糖水。

"安总。"忙好了一切，谷珊站在门口，没有再进来。

流放的她和即将重新出发的她，判若两人。

"车钥匙我放在玄关了。不过，股东们希望您还是尽量不要出门。这里有管家，一日三餐会有专人负责。"

安子归又喝了一口生姜红糖水。

"安心顾问是我的全部。"谷珊说得很快，"在安心顾问和您之间，我的选择有限。"

"嗯。"安子归笑笑，放下了保温杯。

谷珊是她教出来的徒弟，从她们对安心顾问的经营理念发生分歧开始，她就知道这一天迟早要来的。

"如果您愿意回来。"谷珊踌躇了一秒，还是开了口，"我就还是您的助理，不会变的。"

安子归这回没说话，也没给她任何表情。

谷珊在门口站了一分钟，门外是渐渐升起的朝阳，朝霞漫天。

她最终还是走了，留下了那辆租来的黑色轿车。

你做过亏心事吗？

安子归看着镜子里的自己。

那种让你夜不能寐的，真正的亏心事，你做过吗？

第二章

少管闲事

小区门口有记者。

贺瑫进小区刷卡时摇下车窗,手指点了点外面背着装备守株待兔的记者。

"守了快两天了。"小区保安并不认识贺瑫,但是,贺瑫开的车是小区登记的车,一口气交五年停车费的那种,"都守在十米外,咱也不好管。"

"也没听说咱们小区住着什么明星啊……"保安说话口音很重,他还有些八卦。

贺瑫冲保安笑笑,说了声谢谢,摇上车窗。

守了快两天,那就是安子归半夜告诉他她有事要出差的时间点。

她的车位上还停着她的车,红色 mini 上面突兀地贴着安全驾驶的标语,现在正中规中矩地停在停车位正中间,不像是她的停车风格。

贺瑫坐在车里,透过车窗远远地看着他们家的阳台,阳台窗门紧锁,窗帘拉得严严实实。

严格地讲,那已经不是他家的阳台了。当初买房子的时候直接写了安子归的名字,离婚协议书上面他也没同意安子归提出的房子归他,存款归她。

他没什么需要分的,他有工作有收入,离婚了,他就净身出户。

虽然他还没有看到最终那份离婚协议,但是以安子归的个性,在这些事情上她根本不会跟他过多纠结,她的重点就在离婚。

离婚,一拍两散,从此形同陌路。

第二章　少管闲事

只是现在,这个提出要离婚的人却爽约了。

贺瑫拿出手机,在微信页面上停了好几秒。

安子归在他手机里的备注仍然是老婆,微信记录从没删过,前面是一长串一长串的视频通话时长,互道早安晚安,分享一日三餐吃食。

半年前,他们还像很多两地分居的夫妻一样,努力地维系感情,数着日子等重聚。

半年后,就只剩下一句尴尴尬尬的"在吗"。

"我回去收拾东西。"他敲下一行字,发送后,把老婆的称呼改成安子归。

家里的密码锁没换密码,还是他们的结婚纪念日,半年没回来,玄关处仍然放着他的拖鞋,所有摆设和半年前一模一样。

贺瑫感到有些恍惚。

六个月前,他兜里揣着调职申请兴冲冲地回家,就在这个玄关,安子归就站在客厅里。

"我们离婚吧。"她说。

没有前因也没有后果,就五个字。

甚至没有等他换下风尘仆仆的登山鞋。

"好。"他回答。

比她说得还简单。

就这样定下了人生大事,当天他就拿着行李,直接去了酒店。

特别像个成年人。

"贺先生?"家里居然有人,安子归请的保洁阿姨王梅手里拿着抹布从主卧室出来,一脸意外。

贺瑫回神。

"您……"王梅迅速转身关上了卧室门,迎了上来,"我以为您这次不会回来。"

安子归居然在主卧门外装了个密码锁。

贺瑶瞳孔一缩。

"您吃了吗？"王梅接过贺瑶的行李箱，弯腰把行李箱的四个轮子都擦了一遍才拿进去，"冰箱里应该还有吃的。"

"不用。"贺瑶皱眉。

"安小姐说她最近这段时间不回家，让我定时过来打扫一下。"王梅的反应很快，"我今天下午没什么事，就直接过来了。"

王梅在家里做保洁已经做了快一年，她每周会来三次。他们不算特别熟，但是，贺瑶知道她和安子归很熟。

她已经不再叫安子归贺太太。

贺瑶没接话。

家里……有些不对劲。

除了玄关没变，客厅里大部分摆设都变了。以前一些颜色明亮的花瓶都换成了蓝黑色，墙上几张风景画换成了风格看起来十分诡异的黑白抽象画，米黄色的沙发也变成了纯黑的，茶几上放了几个缺胳膊断腿的摆件，挺艺术，但是让人瘆得慌。

这不是安子归的审美风格。

"家里重新装修过？"贺瑶随手拿起茶几上的雕像。

巴掌大的雕像，上半身是女性躯体下半身是蛇形尾巴，蛇尾的鳞片雕得栩栩如生，雕像没有脑袋，只用线条做出了残缺颈脖的样子，像是被人生生扯断了头，甚至还雕了血迹。

安子归怕血。

"断断续续的。"王梅大概也觉得这个雕像瘆人，看都没看雕像一眼，"大的没动，就是换了几个小东西。"

"两个月前，家里还重新刷了油漆。"王梅看贺瑶看向墙壁，立刻补充了一句。

重新刷了漆，把墙上之前挂的那些合照都摘下来了，沙发后面一整面墙全空着，刷成了青灰色，十分压抑厚重的颜色。

第二章　少管闲事

"剩下的我来吧。"贺瑫放下了手上的旅行包。

他本来只是打算过来把自己的东西收拾好就走的，现在却突然改变主意了。

安子归怕血，讨厌灰色，觉得家里家具最不应该有的颜色就是黑色。

王梅踌躇。

"她没换进门密码。"贺瑫看着王梅。

安子归没换密码，他们现在还没离婚。

王梅讪讪地放下抹布，欲言又止。

贺瑫很有耐心地站在原地等她把话说完。

"安小姐……"王梅顿了下，换了个称呼，"贺太太这段时间变了很多。"

"她不希望别人进出她的房间，万一被她知道了，我会被炒鱿鱼的。"

贺瑫看了眼主卧门上的密码锁。

王梅尴尬地搓搓手："我的意思是……"

密码锁这种东西防君子不防小人，他真想进去了直接踹门也行的，毕竟这是他的家。

但是这话……

贺瑫拿出手机输入一行字敲了个回车，然后把手机屏幕面向王梅。

他给安子归发了一条消息：我住家里了。

王梅继续搓手，但是到底没有了阻止他住下来的立场，在家里又磨蹭了一阵子才一步一回头地走了。

而安子归，始终没有回他的消息。

冰箱里并没有吃的。

巨大的双门冰箱里只放了几瓶啤酒，冷冻室角落剩下一个不知道什么时候散落的速冻水饺，孤零零的，呵气成冰。

厨房像是很久没有开过火了，天然气阀门都结了一层灰。

屋子肉眼可见的地方干净得像个样板房，但是在人看不见的角落里却结着蜘蛛网，下水道旁边居然因为霉菌长出了一两根不知名的菌菇。

王梅以前打扫卫生不是这样的，安子归有洁癖，请王梅就是因为她特别会打扫卫生死角。

所以，到底发生了什么，让安子归从品味取向到卫生习惯都变得判若两人。

贺瑫看了一眼手机，安子归还没有回他的微信，他按了通话键，连续五分钟，手机一直无人接听。

这对安子归来说倒不算是新鲜事，她会议多，在现场的时候也多，这种时候她通常都不接电话，偶尔工作太累了睡过去了，她也会把手机丢到客厅角落里，自己在卧室里睡得天昏地暗。

"反正找我的人只有工作和你，重要的工作哪怕我不接电话也会上门找我，至于你……"安子归当时笑眯眯，"就忍着！"

飞扬跋扈。

贺瑫在一屋子一言难尽的暗黑装饰里，极其耐心地又拨打了五分钟。

这次终于有动静了，手机弹出了一条支付宝入账消息。

安子归给他转了两万块钱，转账备注写着：酒店钱。

贺瑫满脸疑惑。

如果安子归在现场，应该能看到他额头上爆出来的青筋。但是安子归并没有再说话，手机再打过去就提示对方已关机。

这两万块钱是安子归让他去住酒店的费用，因为是她让离婚推迟的，所以这个费用由她来出。顺便也回答了他说他准备住家里的问题，她不同意他住家里。

用支付宝是因为支付宝实时到账不能拒收。关机代表话题终结。

第二章　少管闲事

很了解安子归做事逻辑的贺瑫瞬间就懂了,手里的那个无头工艺品差点被他捏碎。

他先把钱用支付宝打了回去,还加了一千,咬着牙一边觉得自己幼稚得失去了理智,一边还是没忍住在备注里打了一行字:一千是水电费。

安子归没反应,贺瑫起身打算把自己的东西收拾出来带走——水电费终究是气话,这房子是安子归的,她不同意他住下来,他确实没有留下来的立场。

安静的屋子里突然传来了空旷的机械声,咔嚓咔嚓的。

贺瑫定住。

那种声音像是生锈的老旧齿轮在铜罐里摩擦,吱吱呀呀地响了几秒钟,接着很微弱的"哐"一声,一个平板的机器女声一字一字地报时:"北京时间,十七点整。"

和刚才的机械声相比,报时的声音巨大,震得贺瑫的耳朵嗡嗡作响。

他僵着脖子站在原地,一动不动。

"全世界最可怕的东西就是这种老旧报时钟。"新房装修那阵子,贺瑫沉迷过做旧风,安子归拿着画报缩着脖子,"你要买了这种东西我就搬出去住。"

"不,我就把你和钟一起丢出去。"她又改口。

"挺好看的啊。"贺瑫颇有些惋惜。

他真的觉得这种厚重的木头和有年代感的零部件挺有感觉的。

"我们可以不上发条,只是当装饰。"他同她商量。

安子归瞪眼:"不行!"

"你敢!"

"我这辈子除非遇到鬼,要不然绝对不会和这种东西住在一个屋檐下。"

她是真的怕,逛家居店看到类似的东西就远远地绕开。

而现在，这个东西就放在客厅的角落里，因为颜色老旧加上前面有餐边柜遮着，他一开始并没有注意。

安子归最害怕的那种，斑驳的木头、银色的钟表还有平板的机器女声。

"房间密码多少？"贺瑶在给安子归打电话对方仍然关机之后，改用了微信，"我只等半个小时。你不回复，我就直接踹门。"

三十分钟后，几声刺耳的电钻声，主卧的房门被钻开了。

里面黑得像是藏着怪兽。

贺瑶看着仍然毫无动静的微信页面，沉着脸踏进卧室。

主卧很大，当初装修的时候打通了书房，一个房间里有四扇窗户，采光不错。但是，现在不仅漆黑一片，房间里还有一股奇怪的霉味。

电灯也坏了，入口处散乱地堆放着王梅之前来不及收走的拖把水桶和吸尘器，贺瑶在黑暗中踩到拖把头，哐当一声。

莫名的，让贺瑶的心也跟着咯噔一下。

现在才下午五点四十分，就算是冬天，四个窗户的房间也不至于会黑成这样。应该说，都市里任何一个用来住人的房间，都不至于会黑成这样。

完全漆黑，伸手不见五指，客厅大灯的光亮都透不进来，贺瑶只能凭着记忆摸到窗口，想要拉开黑漆漆的窗帘，结果发现窗玻璃上贴了一层厚实的黑膜，外面半点光亮都透不进来。

安子归是个晚上睡觉都要开小夜灯的人。

贺瑶皱着眉往后退了一步，碰到了床边的沙发，啪嗒一声，沙发上滚落下一个圆形的东西，碰到贺瑶的脚，毛茸茸、凉飕飕的。

黑暗中，陌生的毛茸茸脚感并不能让人愉悦，贺瑶打开了手机上的闪光灯。

他不是个胆小的人，但是乍看到闪光灯下的圆形物品，还是倒

第二章　少管闲事

吸了一口凉气——这是个娃娃头，有头发有五官有表情的洋娃娃的头，甚至还会眨眼。

贺瑫阴沉着脸转身，把客厅和次卧所有的台灯都搬了进来，还找出了他藏在楼下地下室里应灾用的照明设备。

卧室终于亮了，而贺瑫的头皮也麻了。

卧室所有的东西都换了，偌大一个房间只放了一张床、一个床头柜、两个沙发，墙壁全被刷成黑色，踢脚线的地方有一圈莫名的棕色花纹，整个房间铺上了黑色地毯，所有的摆设都是黑色的。黑色吸光，哪怕他打开了几百瓦的探照灯，都没办法让这间房变得光亮一点。

而且屋子里还很乱，床头放着好几瓶药，床下有弄脏了的药片和各类空酒罐，空气里有酒味也有酒精倒在地毯上时间久了之后的霉味。

贺瑫的指尖发冷，太阳穴突突直跳。

如果说客厅里他只是觉得安子归突然改变了生活习惯有些不对劲，那么现在，就已经不是对不对劲的问题了。

一个正常人都不可能把自己睡觉的地方弄成这种样子。

她到底出了什么事？他以为她提出离婚是想要重新开始新生活。

可这不是新生活。

他把安子归放在床头的那些药瓶一一拍照，又一次拨了安子归的电话。

还是关机。

这次他半点犹豫都没有，直接打给了安子归的助理谷珊。

谷珊的电话倒是接得很快，声音一如既往的干练。

"贺先生？"她规矩守礼。

"安子归在吃什么药？"贺瑫声音很沉。

谷珊安静了一秒："您回家了？"

贺瑫沉默。

"安总有进食障碍和睡眠障碍，会定时去看精神科。"她还是回答了。

"什么时候开始的？"贺瑫站在主卧的地毯上，低着头看黑色地毯上的毛绒线没过自己的脚背。

"睡眠障碍有段时间了，进食障碍是这一年才开始严重的。"谷珊有问必答，不多说一个字。

提离婚前就有了。而他，什么都不知道。

"她现在在哪儿？"贺瑫指尖冰凉，握着手机的关节用力到发白。

"公司前年投资的一个古村落度假村里，就在城郊。"谷珊回答，"那地方进出需要通行证，如果您有需要，我可以带您过去。"

"现在方便吗？"贺瑫看了一眼时间，傍晚六点不到。

"可以。"谷珊半点迟疑都没有，"我现在过来。"

电话挂了。

贺瑫仍然一动不动地站在卧室里。

他一直以为他们离婚是因为聚少离多，结婚五年，真正在一起的时间不会超过一百天。安子归看起来干练，其实胆子很小，她身边需要人照顾，而他，因为工作一直没办法在她身边。

他能感觉到他们两人都在为了维持这段婚姻拼尽全力，他也能感觉到他们之间变得越来越客气，距离和时间是很可怕的东西，经年累月地分别，心终归还是远了。

所以，他一直都在申请调职。今年好不容易批下来了，安子归却说要离婚。

她从不拿这种事开玩笑，她提出离婚，是带着离婚协议来的。

她没说为什么。他也没问为什么。

他理所当然地认为应该就是聚少离多，他没有做到一个丈夫应该做的事，安子归离开了他，可以有更好的选择。

她事业有成光鲜亮丽意气风发。

第二章 少管闲事

离开，对她来说可能是更好的选择。

他万万没想到他离开后的安子归，是这样的。

谷珊又一次开车上了绕城高速。

这个古村落度假村她很熟，这地方进出只有一条山路，入口处有安保，村落里有二十四小时的管家，是帮助委托人躲避媒体不想公开露面的好地方，她经常在凌晨人少的时候带着这些藏着一身故事的委托人在这条路上来回跑。

这五年安心公关越做越大，这种需要由她出面的重要客人越来越多，她几乎没有私人时间，交往了六年的男朋友提出分手的当晚，她正带着个已婚却宣布出柜的公众人物在这条绕城高速上七拐八绕地躲避媒体。

人世荒谬，遇到的事多了，自己的底线就越来越低。

低到现在，她已经可以坦然面对贺瑫，哪怕她是贺瑫的老乡，哪怕她曾经答应过贺瑫，如果安子归出事，一定要第一时间告诉他。

"安总现在住的地方有管家，一日三餐都有专人负责，其实比她自己一个人住在家里好。"下班高峰，绕城高速上很堵，谷珊开了个话头。

接贺瑫的电话，带他去找安子归，这些都不是因为他们之间的私交，这些都是任务。

贺瑫，是这次股东大会的关键人物。

贺瑫没说话。

安子归跟他说的是出差。

谷珊对贺瑫惜言如金的性格见怪不怪十分了解，稍做停顿就自顾自地说了下去："安总现在的精神状态其实还是有人陪着比较好。"

"什么样的精神状态？"贺瑫放下手里的资料，反问。

上车前谷珊给他一沓资料，上面是关于蔷薇庄园火灾、宓荷以及安子归涉嫌黑公关的所有。

他囫囵吞枣地看完，不明白这件事为什么到最后会变成安子归的问题。

一个还在调查中的纵火案，为什么需要安子归半夜三更跑到古村落度假村里回避？明明她已经配合警察调查过了。

谷珊犹疑了一会儿，没有回答贺瑫的反问，反而问了另外一个不相干的问题："您……看过离婚协议书没有？"

贺瑫皱眉。

这个问题很逾礼，太私人了，不像是谷珊这种人精问得出的问题。

"我不知道安总有没有和您提过。"果然，谷珊并没有指望贺瑫会回答她这个问题，"我们本来是打算今年下半年做C轮融资的，最后一轮，然后就准备上市。"

"创业初期我们都不太懂市场，一开始原始股稀释得太厉害，后来又遇到两次创始人反水，所以到现在安总手里的股份已经很少，我们大部分的时候还是得看股东们的想法。"

"安总这两年……"谷珊停顿。

"经营理念和股东们产生了很大的分歧，股东们对她在几次重大活动里做的决策都不太满意。所以，下个月的股东大会内容本来是打算投票重新选举公司领导层的。"

"安总做了很多努力，这其中就包括了和您离婚。"谷珊终于说到了重点。

贺瑫一愣。

"安心公关是你们婚后成立的，之后你们都没有针对公司股份做过任何声明。"谷珊解释得非常详尽，"她在这个时间点和您离婚，离婚协议书上的财产分割写的是夫妻平分。"

"你们婚后所有的财产，包括房子贷款。"谷珊一个字一个字地说，"还有安总目前持有的安心公关公司的股份，全都对半分。"

"只有这样，才有可能延迟股东大会召开的时间。"

第二章 少管闲事

公司 CEO 和前夫完成股权分割是件大事，会改变整个股东结构，安子归这一招釜底抽薪抽得相当漂亮。

安子归，离婚的原因是推迟股东大会？

"她说的？"贺瑫知道自己现在的脸色应该已经变得非常难看。

谷珊没有回答，她只是看了贺瑫一眼。

这一眼包含了很多内容。

贺瑫没有再问。

"所以董事会那边一定会全力阻止安总离婚，蔷薇庄园的案子只是一个契机。"谷珊笑笑。

让安子归背上黑公关的名声，也只是把她彻底踢出安心公关的第一步。

从她决定和贺瑫离婚的那一刻起，她与董事会之间的斗争就已经不死不休了。

可悲的是，处在整件事情旋涡中心的贺瑫，居然对这件事一无所知。

谷珊的车熟练地在山路里绕了好几个圈，停在度假村门口。

门口穿着迷彩服的保安弯着腰跑过来，看清楚来人之后瞪大了眼睛："谷总！"

谷珊脸上有那么一瞬间的不自在，笑了笑，问："安总在屋里吧？"

保安再次瞪大眼。

"她出去了呀。"保安挠挠头，"我打过电话给总公司了。"

"什么时候？"谷珊脸色有点难看。

"半个小时前。"保安让谷珊等等，自己一溜烟儿地跑回到保安室，从保安室里拿出一个白色信封，"她走的时候让我把这个交给你。"

"啊，对了。"

"她还说让你们别找她了，她保证最近不会出现在公共视线里，让你们……"保安顿了顿，笑得憨憨的，"歇歇。"

他估计也没觉得这话有什么问题，说完还继续咧着嘴。

这地方平时没什么人过来，过来的都是领导或者名人，所以这里的保安早就被教育得异常热情。

他又绞尽脑汁想了想半小时前安子归说的话。

其实不太好想。

安子归实在是太漂亮了，他都有点走神。

"还有那个……"他看到了副驾驶座上的贺瑶，突然眼睛一亮，"她说如果有男的来找她，让我带句话。"

保安弯腰。

"她说，"年轻的保安鼻尖上还有几滴汗，"少管闲事。"

贺瑶很生气。

谷珊满脸疑惑。

回程路上，车里两个人的脸色都很难看。

安子归给谷珊的信封里只有一张便笺纸，内容简单明了：你要是还想做谷总，就别把贺瑶牵扯进来。

理直气壮的，说得好像在这个节骨眼上提离婚搞股权分割的人不是她一样。

安子归总是有办法做到理直气壮。

他们并不是第一次想要在股东大会上投票更换领导层，去年这个时候，所有人也以为安子归这一次应该会被挤下台。但是，安子归请了一个月假，在会议前几天拿下了某奢侈品品牌的国内独家公关代理，直接完成了当年业绩 KPI 的百分之三十，那年股东大会的投票也就不了了之。

虽然谷珊不想承认，但是哪怕安子归现在这样的精神状态，她的这句简单明了的威胁也仍然是有用的。将近五年的积威，哪怕现在的安子归被掐断了羽翼，也依然会让谷珊心存忌惮。

第二章 少管闲事

毕竟她的本事都是安子归教的。

"您……想不想知道安总这几年都瞒着你做了些什么？"她的语气因为肾上腺素飙升变得没有那么稳，握着方向盘的手异常用力。

她终于和安子归正面宣战了。

你想不想知道你妻子这几年都在做些什么？她在和你互道晚安挂了视频之后都在过着什么样的生活？

你，想不想打开这个潘多拉魔盒？

贺瑫当然是想的。

他现在正在罕见地低头刷手机——他很少上社交网站，一方面是因为没有这个工作需求，另外一方面是因为安子归的工作性质让他知道网上那些真真假假的信息其实大多是人为操纵的，因为隔着电脑屏幕，这些人为的贪婪痕迹就更加不堪入目。

荒诞得仿佛人世间的另一面。

蔷薇庄园火灾死了三个人，悼念缅怀和寻求真相的声音居然不是主流，大部分人竟然都在质疑。

公关公司是不是要赶尽杀绝？经纪公司有没有榨取艺人剩余价值的嫌疑？影视方为什么会找这个女明星做主角？而安子归也被质疑婚内出轨。

贺瑫锁上手机。

"去哪儿？"他问。

他知道谷珊肯定带着目的，但是他别无选择。

他们结婚是以爱之名，他没做好，所以安子归说要走，他就放手了。

现在看着网上一片骂声他才意识到，他不是没做好，而是什么都没做。

他以为安子归的世界是松软的带着阳光味的被子，干净舒适的家，冒着热气的一日三餐；而他今天才知道，安子归的世界可能只留下了不知名的霉菌，扯断头的雕像和只能眨眼的娃娃头。

漆黑一片。

"再往上车就开不进去了。"谷珊把车停在半山腰的露天停车场里，"得劳烦您跟我走一段路了。"

晚上九点，阴沉了一整天的新城山区开始飘雪，气温骤降。

贺瑫下车，眯着眼立起了外套的衣领。

谷珊领他去的是一个地下摩托车跑山场地，他知道这个地方是因为这里出过一次安全事故，他师兄是那次应急事故的负责人。

他还记得他师兄对这个地方的评价："一群嫌命长的家伙，这鬼地方的山边护栏太松了，山里又有落石。这群人为了找刺激，怎么危险怎么来。真要出了人命，肯定连着老板一锅端了。"

"安总摩托车骑得不错，跑山的那群人经常赌车，她靠着赛车赚了不少零花钱。"谷珊在前面领路，因为冷，缩着脖子缩着手。

所以，安子归就是他师兄嘴里嫌命长的人之一。

"这个场地每个月月底开放十天，安总通常会在每个月最后两天出现。"谷珊说得很详细，"因为那个时候您那边有安全大会，你们不会视频只发微信。"

雪花在山风中飞舞，钻进脖子里，冻得人直哆嗦。

谷珊熟门熟路地带着贺瑫往群山深处走，十分钟之后，摩托车马达的喧嚣声和巨型探照灯的灯光开始从黑暗深处倾泻而出，谷珊带着贺瑫拐了两个弯，眼前就豁然一亮。

确实是一群嫌命长的人，晚上九点钟，雪越下越大，人却越来越多。三教九流各个年龄层都有，场地提供方为了助兴，几个大喇叭轰着重金属，烟味缭绕，摩托车手之间扯着嗓子飙脏话，嘈杂得贺瑫皱紧了眉。

安子归，喜欢这样的地方？

"那是安总的位子。"谷珊指了指看台正中央的几个 VIP 席位。

第二章　少管闲事

她居然在这里还有固定位子。贺瑫心情复杂到舌根发麻。

他和她恋爱五年结婚五年，现在站在这里看着中间那个写着安子归名字的 VIP 席位，那是他这辈子最亲密的人的名字。可他，真的认识她吗？

小圈子对陌生人的来访总是很警戒。陆陆续续有好几拨人走过来向谷珊打听他的身份，周围实在太吵，贺瑫听不清楚谷珊是怎么介绍他的，但是从他们的眼神来看，并不友善。

贺瑫没心情和他们对视，从安子归要离婚开始，这半年来压抑的心情到此刻已经累积到顶峰，他现在像个一点就燃的炮仗。

"喂！"一个穿着大红色赛车服的年轻人略过谷珊，径直地走到他面前，仰着下巴挑衅，"赌车吗？"

贺瑫静静地看着他。

"别惹事。"谷珊挤过来，挡在他和贺瑫之间。

"没胆吗？"对方无视谷珊，歪着嘴笑，"来一局，输了你老婆就归我。"

贺瑫低头笑笑。

这个年轻人他认识。

费景明，游戏主播，因为游戏玩得不错、说话尺度很大、长得又不错，在这两年迅速蹿红。而他会认识他，是因为这个费景明，是他老婆安子归的绯闻男友。

这位知名主播上过几次八卦头条，都是安子归和费景明共同出入酒店的动图，都是半夜，都遮得严严实实。为了避嫌，还特意走前后脚。

安子归没同他解释过这些绯闻，但是，他知道费景明是安子归的客户之一。

他一直很相信安子归，可当安子归提出离婚的那一瞬间，他脑子里还是不受控制地蹦出过费景明的名字。当他丧失理智的时候，也想过费景明会不会就是安子归的新生活。

不过现在看到费景明本人，他倒是没这个想法了。

费景明如果真是安子归喜欢的人，不会在这个时候跳出来玩那么幼稚的游戏。

他老婆安子归，从来就没归属过任何人。

"你赢了的话，我就告诉你她在哪儿。"或许是贺瑫低头笑的样子激怒了费景明，费景明加了码。

一直在旁边不说话的谷珊十分意外："你知道安总在哪儿？"

她来这里只是想让费景明硌硬贺瑫的，她有一百种硌硬贺瑫的方法，目的只有一个：拉拢贺瑫，就等于拉拢了安子归一半的股权。不管安子归离不离婚，只要稳住这一半，她就等于赢了。

她知道他们两人相爱，但是那只是曾经。

结婚五年见面不超过一百天，安子归瞒着贺瑫在过另一种生活，这两人早就渐行渐远。将近百分之十五的安心公关股份和不值一提的爱情，是成年人都会的选择。

她倒是没想到，费景明居然知道安子归去了哪儿。

"我没跟你说话！"费景明对谷珊的态度出奇得差，完全没给她面子。

雪越下越大了，因为费景明突如其来的赌局，围观的人也越来越多。

贺瑫在谷珊一脸意外地瞪视下，接下了费景明递过来的安全头盔。

周围的人鼓噪得更加厉害，吹哨的喝彩的还有鼓掌的。

她喜欢这些吗？贺瑫戴上头盔，扭动车把手，摩托车引擎轰隆隆地响。

她喜欢刺激肾上腺素？山路弯道的刺激感？还是弯道因为车轮太滑失控后濒死的快感？

她到底喜欢什么？

第二章　少管闲事

费景明一开始表现轻敌，起步被贺瑫压了一个车身，围观人群开始喝倒彩，贺瑫的摩托车遥遥领先，谷珊站在风中，表情在风雪里逐渐模糊。

摩托车的速度太快，雪花打在头盔上乒乓作响，贺瑫没有穿赛车服，山风钻进外套，冷得像是刀割。

这条跑山路是穿山高速开通之前的省道线，九曲十八弯，高速开通之后维护得少，路灯闪烁，往上的山路开始出现积雪。几个跟着凑热闹的车手因为能见度和道路打滑的问题陆续撤退，山路上只剩下一直在试图超车的费景明和始终领先一两百米的贺瑫。

费景明骂了一句脏话，再次加速。

贺瑫似乎就在等这一刻，他侧压挡住了费景明的弯道超车，连续两次，雪地路滑再加上心浮气躁，费景明的摩托车在两次空挡滑行之后刹车片发热，原地打滑，车灯打起了双闪。

贺瑫刹车，回头。

费景明脱下安全头盔，踹了一脚摩托车泄愤。

"玩过？"他鼻子不是鼻子眼睛不是眼睛。

还是个小孩。

贺瑫没说话，天气实在是太冷了，他给自己点了一根烟。

费景明凑过来，拿着自己的香烟同贺瑫借了个火。

"我就说安子归的男人应该不至于太逊。"他缩着脖子吐烟圈，小老头似的咳嗽两声，"挺能的，有两下子。"

"她在哪儿？"贺瑫直接问了。

雪越下越大，路灯下密密麻麻窸窸窣窣。

费景明顶着雪风哆哆嗦嗦地抽烟。

"你相信这个世界上有鬼吗？"他问。

压下了之前的年轻张狂，他在风雪中安安静静地看着贺瑫。

你相信吗？

033

第三章

他的妻子

"刚才弯道超车的地方是个监控死角,你压我车身的时候,我只要拧把油门,就能把你轰下山。"费景明又说了一句更莫名其妙的话。

贺瑫沉默。

山顶很安静,雪片打在松叶上簌簌作响。山路上积了一层薄雪,路灯昏黄的灯光洒在上面,有一些亮晶晶的闪光。

费景明皱着眉使劲吸了一口烟,他抽烟猛,吸烟的时候气势汹汹。

"我一直很奇怪安子归为什么会跟你结婚,见到你之后就更想不通了。"费景明两手一摊。

话少,没有幽默感,五官长得太正气反而失去了美感,安子归常年混迹名利圈,看过的好看皮囊海了去了。

贺瑫皱起眉头:"你到底知不知道她在哪儿?"

他没有耐心听费景明神神道道、阴阳怪气地说话,他们之间没有这样说话的立场。他和他比赛跑山,只是为了找安子归,他对安子归的社交没有兴趣。

要离婚了,他没有资格有兴趣。

他也不想知道费景明为什么会对他有那么明显的挑衅和敌意。

"知道,但是我并不打算告诉你。"费景明笑呵呵,"我这人说话不算话是出了名的。"

贺瑫一脸无奈。

"而且,你现在也走不了了。"费景明看贺瑫一声不吭,便发动摩托车打算下山,笑得更加欠揍,"下面那段山路结冰了,场地负责人五分钟前宣布今天跑山结束,我们得在山上等车子来接。"

第三章 他的妻子

"安全第一。"

他扬了扬手里的手机,跑山微信群里发布了一条跑山结束公告,山上就剩他们两个,接应的车子会在十五分钟后到达。

群山深处积雪压断了枯树枝,砸在地上砰的一声。

"谷珊这妖精带你来这里是有原因的。"费景明从口袋里摸出一个小酒壶,自己喝了一口,丢给贺瑫,"高度酒,喝了暖和。"

反正一会儿有车来接。

贺瑫接下酒壶,也仰着头喝了一口。

确实冷,他手脚都快要失去知觉。一口高度酒下去,从喉咙到食管都被烧得火辣辣的,疼痛代替了寒冷。

贺瑫又喝了一口。

费景明侧着头看,下了结论:自己和他们不是一个世界的。

安子归喜欢这一款倒是挺让人意外的。

"他们公司那点破事我不太清楚,但是谷珊这个人,我倒是很了解。"费景明咧嘴一笑,"看着人模人样,做的事情却很少有像人的。"

"她就是你老婆安子归磨利的一把刀,两面刃。"

"刀子利了就开始有私心,她觉得安子归能给的太少,就找了别人。"

费景明又点燃一支烟,这次用的是自己的打火机。

贺瑫眯着眼睛没说话。

酒是好酒,后劲很大。

"谷珊带你来这里,八成是为了我。"费景明嗤笑,"我和安子归的关系在他们眼里,可能是真觉得有点什么。"

贺瑫沉默地看了他一眼。

"她是不是跟你说安子归和你离婚是为了分离股份?"他问他,假装没看到贺瑫刚才的眼神。

挺有意思,本来应该在今天离婚的男人被谷珊拐到这种地方,被他两句话一激雪天跑山,现在困在这里,还会因为他一两句挑衅就变了脸色,眼神像是要吃人。

这状态不像是离婚的，倒像是真的来找老婆的。

"她接下来还会带你去其他的地方，无非就是想告诉你安子归这两年活得挺没人样的。"

"最后她应该会让你在股份和安子归之间做选择，看你是选择金银财宝还是选择你前妻。"

这并不难猜，谷珊会把安子归最阴暗的一面都展露给已经决定要离婚的贺瑫，这种拉拢胜率很高，毕竟这世上值得相信的东西只有真金白银。

贺瑫仍然沉默，不置可否。

费景明看起来已经习惯了贺瑫的寡言，开始自顾自地往下说。

"你其实下飞机就被人盯上了，如果没有蔷薇庄园那件事，你今天出了机场也会被谷珊找个理由直接接走。"

"无论如何，你们两个今天都是离不了婚的。"

在拉拢贺瑫之前，安子归公司那些人肯定不会让他们轻易地离婚。

"这都是安子归告诉你的？"贺瑫终于开口了，问的问题却和刚才费景明说的话题一点儿都不相干。

安子归知道，却什么都没跟他说还让他别多管闲事？

费景明笑了。

这也不是个正常人。

"不算是她告诉我的。"他答得模棱两可，"你听说过互助会吗？"

贺瑫摇头。

这对他来说又是一个新名词。

"就是美剧里经常演的，一群有共同问题的人聚在一起诉说自己的悲惨遭遇和抗争历史，同病相怜的人通过有相同遭遇的同伴获得力量之类的。"费景明十分潦草地解释了一通。

"我和安子归就是在这种互助会上认识的，匿名互助会，互助的主题是失眠障碍。她进来得晚，按规则需要找一个互助会上的前辈作为助帮人，抽签抽到了我。"费景明再次解释，"助帮人的作用类

第三章 他的妻子

似于行业里的师父,我带她了解互助会的规则,她向我倾诉她遇到的问题,在她需要帮助的时候用互助的方式帮助她。"

所以,他听过安子归匿名后的结婚生活,听过她高强度的工作,听过她失眠的原因。

"她什么时候进的互助会?"贺瑶有种想把手里的烈酒一口干的冲动。

他们明明每天都视频互道晚安,一日三餐地拍照打电话,可这些事情,他闻所未闻。

"一年半前。"费景明对这个问题答得倒是爽快,"不过我只给她做了一年的助帮人,后来我因为私人问题退出互助会,之后互助会的事我就不太清楚了。"

费景明罕见地停顿了一分钟。

"我当时和谷珊恋爱了,匿名互助会失去了匿名效果。作为安子归的助帮人,我选择了退出。"费景明耸肩,"不过我和谷珊也分手了,因为我到最后都不明白,她跟我恋爱到底是不是因为知道我是安子归的助帮人,想要通过我打探消息。"

"后来,我们公司又和安心顾问有了合作关系。安子归估计也是担心其他人醉翁之意不在酒,所以,她亲自接下了我的案子。"

"每次我出绯闻,都是她帮忙搞定的。搞定偷拍,搞定记者,如果当时我需要曝光量,她还会和记者商量好拍几张似是而非的照片搞两个热搜。"

于是就有了他俩状似亲密的各种照片。

安子归是素人,照片爆出来除了安子归的亲友,别人的注意力都在费景明上面。

贺瑶就是她的亲友。

不过,安子归似乎并不在乎。

"我是她匿名互助会上的助帮人,你是她用来分离股权的前夫。"来接他们的车在山下露出了灯光,费景明终于说出了他提出跑山的原因，"我把你引上山，只想确认一件事。"

"你会站在哪一边？乖乖离婚帮安子归完成股权分割，还是站到谷珊那边把安子归赶出安心顾问？"费景明问。

这个看起来不怎么成熟的男人正在和安子归传绯闻，他似乎什么都知道，他说贺瑫是安子归用来分离股权的前夫，他在这样的天气下避开谷珊，就只是想要知道贺瑫的立场。

"这跟你有什么关系？"贺瑫问。

"我想接盘。"费景明咧着嘴，笑得欠揍。

来接他们的车子已经近在咫尺，车灯远远闪了两下，在山路上绕了一圈终于停在了两人所在的山顶路口。

谷珊在车内就看到两个男人面对面站着，她下车打开伞的那一瞬间，贺瑫突然抡起胳膊，一拳头狠狠地砸在费景明的脸上。

"砰"的一声，寂静的山里都传出了回声。

"安总在哪儿？"谷珊的头发有些乱，刚才劝架被费景明扯了两下，一整天的精致妆容终于有了裂痕。

费景明手拿着冰袋摁在嘴角，两眼一翻。

"她在这个时间点失踪，对她很不利。"谷珊草草地理了下头发，发现发丝怎么都塞不回原位，她皱起眉头，开始用手指捻起来一根根地塞。

"你在我面前还装个屁。"费景明的嘴角瘀青了一大块，说话咬字不清，但是仍然火药味十足。

他大意了。谁能想到这贺瑫不声不响的，出拳速度那么快。

"她如果愿意接受我们提出的公司改革策略，没有人会想让她走。"谷珊已经很习惯费景明的态度，慢吞吞地说，慢吞吞地用手指一根根地塞头发。

"她不走，你怎么做谷总？"费景明很惊诧的样子。

谷珊无言以对。

第三章 他的妻子

车里重新回归沉默。

为了防止两人再打起来,贺瑫坐在副驾驶的位子,上车之后就再也没说过话。

下山后雪渐渐小了,刚才在山顶吹得麻木的身体开始回暖,手指应该冻出了冻疮,暖气一吹一阵阵地痒。

贺瑫一动不动。

他需要这些身体知觉来提醒自己,他今天一个下午遇到的事情,并不是一场噩梦。

他的妻子安子归有睡眠障碍和进食障碍,她的床头堆满了药和酒瓶;她一年半前就已经需要通过互助会这样的方式来对抗这些精神问题。但是这段时间晚上互道晚安的时候,她仍然打着哈欠笑嘻嘻,她说她睡眠质量一如既往,有时候早上还得让他远程打电话叫她起床;她的一日三餐从照片上看起来都营养均衡颜色漂亮,她还埋怨过自己是不是又胖了。

不是她瞒得太好,而是他愿意相信。

距离太远,分别太久,她如果安好,他会很安心,但是万一她不安好,他根本没办法帮到她。

所以他更愿意相信那个笑嘻嘻的安子归是他老婆,她一直没变,哪怕安心顾问越做越大,哪怕他这个不怎么上网的人也偶尔会从别人嘴里听到关于安子归的消息,大多都不是什么好新闻。

他愿意相信,所以他本能地放弃挖掘。

"您明天如果有时间,我可以带您去公司转转。"谷珊终于理完了自己的头发,露出了完美的笑容,不再搭理费景明。

即便费景明不说,她也能找到安子归。

"不了。"贺瑫在副驾驶位背对着她,没有回头,"这些事我不会再参与了。"

谷珊愣住了。

下山的路很短,不管谷珊再说什么,贺瑫都不再回应。

安子归提出离婚，不管出于什么原因，都是应该的。

他这样的丈夫，安子归能忍五年已经很了不起了。

她没有背弃他们之间的海誓山盟，没有做到的人是他。

他不会再和这些人斡旋，他的妻子，他自己去找。

凌晨一点，新城城郊路边摊。

南方天气湿冷，路边摊扯起的红色帐篷只能挡住风，坐久了全身上下每一寸肌肤都渗进阴冷的寒气。帐篷里只寥寥坐了三个人，老板裹着军大衣缩在炉灶后面昏昏欲睡，贴着炉灶取暖的两个男人沉默地喝着面汤。

这是贺瑫下飞机后的第一顿饭。

"难得回家一趟，不陪媳妇，怎么把我叫出来了？"林从凡嗓门很大，一开嗓就把打盹的老板吓得一哆嗦。

"你能私下里帮我查查子归的手机定位吗？"贺瑫囫囵吞下一碗面，擦擦嘴。

"当然不能。"林从凡翻白眼，翻完觉得这事儿挺新鲜，"你俩吵架啦？"

模范夫妻居然能吵架？

"我们约了今天离婚，她没到现场，电话也一直关机。"贺瑫又叫了一碗面，"跟她助理去找她又扑了个空。"

林从凡张着嘴："啊？"

"这种情况去派出所报案算不算失踪？"贺瑫又问。

"什么什么什么？"林从凡都不知道应该从哪里开始问起。

"成年女性只要联系不上是随时都可以报案的。"他只能先从自己擅长的开始回答，"嫂子要跟你离婚？为什么啊？"

他们感情不是一直挺好的吗？

问得太大声，起身给贺瑫下第二碗面的老板偷偷地瞄了他们一眼。

第三章　他的妻子

贺瑶没说话。

"真联系不上啊？"林从凡也严肃了，拿出手机看了眼时间，"这个点嫂子应该没睡吧。"

他是行动派，"吧"字还没说完，电话就已经拨了出去。

电话通了。

林从凡愣住。

贺瑶看着接通的手机，收紧下颌。

"有事吗？"安子归的声音。

"那个……"林从凡尴尬了，"贺哥就在我对面，我把电话给他了啊！"

贺瑶接过林从凡烫手山芋一般丢过来的手机，"喂"了一声。

电话那头沉默。

"我晚上回家睡。"贺瑶强调，"睡主卧。"

"……随便你。"安子归的声音听起来没什么温度，"那房子我已经挂到中介准备卖了。"

贺瑶："……"

坐在他对面的林从凡端着面往后挪了挪，气场太吓人了。

"你什么时候回来？"他又问。

浑身肌肉绷得很紧，过来送面条的老板小心翼翼地把面碗放在贺瑶面前，缩着脖子。

"快了。"安子归回答这个问题停了半分钟，"等我解决完这些事。"

"什么事？"贺瑶对她从来没有这么刨根问底过。

"你别和谷珊他们混在一起。"安子归没有回答，"离婚协议书上并没有提到公司股份，这些事跟你没关系。"

"那什么事才跟我有关系？"贺瑶问得很平静。

安子归哽住。

"回来再说吧。"贺瑶垂眸，桌子上放着刚刚端上来的阳春面，汤头清亮，上面还撒着翠绿的葱花。

谷珊说，安子归还有进食障碍。

"别找我了。"安子归挂电话之前又强调了一次,"那些事你别掺和。"

贺瑫没接话。

电话挂了,林从凡接过手机,问得小心翼翼:"什么时候的事儿啊?"

怎么就要离婚了呢?

"半年前。"贺瑫夹了一筷子面,塞到嘴里味同嚼蜡。

"……为什么啊?"林从凡更傻眼了,"你们感情不是挺好的吗?"

当初恋爱谈得轰轰烈烈,结婚那么多年,每次出来吃饭都是屠狗级别的。安子归对外人一脸冷淡,但是对贺瑫完全是另外一张脸,贺瑫这人就更不用说了,实心眼,对安子归一直好得掏心掏肺。

为什么啊?

"你之前的调岗申请不是已经成功了吗?"贺瑫在矿上努力了五年,也申请回调了五年,今年不是已经成功了吗?

他都记得贺瑫调岗成功后给他打的那个电话。

乐得呵呵的,还说暂时不告诉安子归,给她个惊喜。

成功在望了,怎么就要离婚了?

"我撤回调岗申请了。"阳春面几筷子就吃完了,贺瑫仰头喝汤。

林从凡还是维持张着嘴的痴呆状态。

"谁先提的?"林从凡觉得自己这一辈子都没这么好奇过。

这可是贺瑫和安子归啊!

这一离婚得多少人哀号着再也不相信爱情了啊。

"子归。"贺瑫有问有答。

林从凡闭上嘴,拿起筷子也挑了两筷子面塞进嘴里。

这家路边摊也是安子归喜欢的,阳春面地道,猪油熬得极香,汤头酱味十足,虽然离他们住的地方很远,但是贺瑫每次回家都会特意绕路过来打包。打包生面,带着汤头回家现煮。

但这面现在吃,就真不是滋味了。

"你怎么就同意了呢?"林从凡扼腕叹息。

她说离,你就离了吗?

第三章 他的妻子

"我没资格不同意。"贺瑫苦笑。

结婚五年在一起的日子不到一百天,安子归父母离异,父亲移民,母亲改嫁,外婆去世,他都不在。

他觉得他以爱之名绑架了她,她明明有能力过上更好的生活,找个可以一直陪着她的男人,过得比现在幸福。

他同意的时候,是这样以为的。

他配不上安子归,从一开始就是,有一些幸福注定拼尽全力也无法得到。

林从凡放下筷子。

"其实一年前,嫂子单独找过我。"林从凡说得很纠结,"我答应她不会把这事告诉你,而且也确实和你没什么关系,我就一直没说。"

"她让我帮她找个人。"林从凡从手机里调出一张照片。

照片里是个小女孩,约莫十六七岁的样子,花季少女扎着马尾辫对着镜头笑得十分灿烂。

"她不知道这小女孩父母是谁,也不知道她的名字,但是一口咬定这孩子失踪了。"林从凡拿回手机,"你也知道,这种案子没办法立案,她给的信息太少,我只能帮她查查最近失踪孩子的案子里有没有这样长相的小姑娘。"

结果当然是不了了之。

"她有没有提这女孩是她在哪里认识的?为什么要找她?"贺瑫问。

他记忆里,从来没有见过这样的孩子。

林从凡没有马上回答。

贺瑫皱眉,突然想起一个地方:"匿名互助会?"

"对!"林从凡如释重负,"原来你也知道这个地方,我还担心自己是不是多事了。"

贺瑫没说话。

今天之前,他确实什么都不知道。

"就是那个匿名互助会。"既然贺瑫知道这个地方,林从凡说起来就没有了忌讳,"嫂子因为睡不着看了不少医生和咨询师什么的,这地方应该是其中一个心理咨询师推荐她去的。"

"她说那个小女孩也是匿名互助会里的,在会里分享的时候说了一些很奇怪的话,之后就再也没来过了。"

"这案子没办法立案我也不好直接调查,只能明面上查了查这个互助会的信息。"

"很正规的一个地方,场地登记人员配备甚至消防都是走正常流程批的,文书规范。这种民间组织我们向来查得紧,一个孩子失踪不是小事。这一年下来也没有家长报案,我觉得这孩子换匿名互助会或者换城市的可能性非常大。"

"但是这事吧,我就一直都有点硌硬。"

"你也知道的,我老婆去年也生了个丫头,对这种事容易产生共情,再加上嫂子形容这女孩失踪前说的那些话,实在是过分诡异了。"

"她说那小女孩和她一样有很严重的睡眠障碍,主要表现都是因为睡着了会做体感非常真实的噩梦,所以她一直不敢睡觉,久而久之就变成了习惯。"

"你知不知道嫂子平时会做什么噩梦?"说到这里,林从凡跑了会儿题。

贺瑫摇头。

林从凡搓搓鼻子。

"总之可能因为这个共同点,嫂子跟这女孩走得很近,她感觉女孩失踪的前几天情绪很不稳定,像是在惧怕某些东西。"

"她一直在跟嫂子强调因果循环,问嫂子相不相信这世界上有鬼。"

贺瑫抬起头。

"怎么了?"林从凡问。

"今天也有人问过我这个问题,也曾经是这个匿名互助会里的

第三章 他的妻子

人。"贺瑫皱眉。

在那个时间点那个地方，费景明这样的人问出这样的问题，和现在林从凡口中的小女孩诡异地重叠了。

他们为什么都要问这个问题。

林从凡挠挠头："会不会就因为是同一个匿名会，那女孩失踪前可能问过很多人这个问题。"

这情况实在太诡异了，所以被人记下来了。

贺瑫不置可否。

"总之就是这事儿。"话题绕远了，林从凡想起自己说这些的初衷，"嫂子这一两年的精神状态是不是不太好？她在这种情况下提出离婚，我觉得你最好能再考虑考虑。"

又不是不爱了。

一点儿葱都不吃的人因为安子归，现在吃什么都要加点儿葱花。

贺瑫"唔"的一声。

是啊，再考虑考虑。

就算要离婚，他也得先确定安子归是不是安好。

林从凡很欣慰地点点头，低头想把最后那点面汤喝掉。安子归挑嘴，她爱吃的东西味道通常都不会差，好不容易来一趟，每次都得点两碗才尽兴。

林从凡的来电铃声有警情的时候设置成了警笛声，乌拉拉的，可怜打瞌睡的老板又一次吓得一哆嗦。

林从凡自己也被面汤呛到了，一边咳嗽一边接电话。

"好，我马上到。"他站起身，贺瑫很习惯地冲他挥挥手。

那么多年朋友了，这家伙因为工作很少有从头坐到尾的时候。

"等等……"林从凡走到门口又停住了，转身看着贺瑫，表情诡异。

贺瑫正打算结账，皱着眉回看林从凡。

林从凡挂了电话。

"你今天晚上是不是见过一个叫费景明的男人？"林从凡大步走

向贺瑫，"准确地说，是昨天晚上。"

"嗯。"贺瑫点了点头。

"跟我去一趟局里。"林从凡抹了把脸，"费景明死了。"

费景明死了。

一小时前死在跑山路上，摩托车雪天打滑，快到山顶车身漂移冲破护栏翻下山，当场死亡，死的时候浑身酒味，有酒驾嫌疑。

"我就说那条路上迟早出事，上个月刚交了整改报告，结果还有人顶风作案继续跑山。"刚进局里，唐栋穿透力极强的大嗓门就在大厅里绕梁，火气十足，"结果还下雪天跑山！这就是去送命的！"

唐栋说话的时候面对着大门，说到一半瞪大眼睛，嗓门更大了："天哪，你回来了？你来这里干什么？"

不知道是不是为了弥补自己的寡言，贺瑫仅有的两个朋友都是超级大嗓门，还都大的各有特色。

"他昨天晚上跟费景明跑山，拉他过来问两句。"林从凡帮贺瑫答了，指着一旁的问询室让他先进去，"我去泡两杯茶。"

刚刚才骂过那群跑山人不要命的唐栋非常震惊。

"他为什么啊？"贺瑫跑什么山？

他有毛病吗？飞了几个小时回来不找老婆回被窝，下雪天去跑山？

"我怎么知道！"林从凡翻了个白眼，语气很差。

新城这个辖区连续两天死了四个公众人物，门口的记者乌泱泱地大排长龙，本来就是很头痛的事情，结果还扯上了老友贺瑫。

"你不是昨天中午刚下的飞机吗？"林从凡拿着卷宗进问询室，嗓门比刚才唐栋的还大，门一关都有嗡嗡的回声。

贺瑫苦笑。

他昨天下飞机后遇到的事，就像是飞机着陆后穿梭到了平行时空，所有事情都疯狂脱轨，打破了他的自以为是和粉饰太平。

"现在想想当初我答应和子归离婚，应该是因为逃避。"他不够

第三章 他的妻子

强大,离无所不能很远,保护不好自己的家庭,他选择被动离开。

"所以才会有下午发生的那些事情。"

"你……也是昨天才知道匿名互助会的?"林从凡听完这一切,表情复杂。

贺瑫点头。

他把晚上跑山的事情说得很详细,包括最后因为费景明说的那句"准备接盘"后他暴起揍人。

"你们下山的时间是十点半,下山后你让司机把你放在山下的公交车站,那时候谷珊和费景明都还在车上?"林从凡又问。

"对。"贺瑫继续点头。

"知不知道他们接下来会去哪儿?"

"跑山的那群人有专门的休息会所,费景明说要去那里拿装备。"贺瑫想了想,"谷珊后来全程都在说废话,所以,我不知道她会不会和费景明一起走。"

"费景明是十一点半离开会所的。"林从凡赞同了贺瑫的叙述,"根据监控,他车子打滑翻下山崖的时间是十二点十分,你觉得他为什么会重新上山?"

"他不像是会重新上山的人。"这句话贺瑫说得很肯定。

"我和他跑山的时候就发现了,弯道超车好几次他是能超过去的,但是怕路滑他都忍住了。最后停下来的那一下,刹车片完全可以支撑,但是他还是选择了熄火。"

这是个热衷于寻求快感刺激,但是还是对危险存在一定防范心的人。

起码没有上头。

他们下山后,山上的雪变得更大,之前一点点积雪就放弃跑山的人,为什么要在明知道那条路已经结冰并且封闭的情况下绕小路上山呢?

"我想不出他会重新上山的理由。"

"你也不像是会跑山的人！"林从凡翻白眼，"这种出事的一般都是老手。"

费景明还大概率喝了酒。

贺瑫不说话了。

司法相信证据，直觉这种东西说出来没有用。

"行了。"林从凡合上卷宗，"接下来，如果有其他事，可能还会再要求你配合调查。案子还没结束，门口那些记者如果问问题记得不要乱说。"

这些规矩都是例行公事，林从凡了解贺瑫，肯定不会出纰漏。

"不过，嫂子没事吗？"公事聊完，林从凡忧心忡忡，"宓荷和费景明的公司都跟安心顾问有公关代理合同，这两个人都是嫂子的客户。"

贺瑫一言不发。

林从凡搓搓鼻子有些尴尬："行吧，我就多嘴问一句。"

"但是这种情况，嫂子最好还是不要躲起来了。就算费景明也是死于意外，最近网上这舆论风向再加上她公司那群人煽风点火，对她会很不利。"

林从凡是好心。

贺瑫揉着眉心，点了点头。

问询室门外唐栋还在等着，林从凡和贺瑫一出来他就挨了过来。

"你跑山？"要不是还在公安局，唐栋都想揍他，"你工作不想要了？"

自己就是搞安全监管的人，结果大晚上的雪天跑山？

贺瑫沉默。

林从凡挤在两人中间也不好说什么，旁边有其他值班民警看过来，他拽拽唐栋的衣服让他小声点。

"这事要是传出去你要怎么收场？"唐栋还是憋不住气。

第三章 他的妻子

"收什么场?"女人的声音。

贺瑫蓦然转头。

半年未见的安子归站在大厅入口处,她穿着暗红色的卫衣,脸上脂粉未施。

瘦了很多。

隔着两三米远的距离,静静对视了几秒,安子归移开眼。

"收什么场?"她又问了一次。

"这家伙跑去跟费景明跑山!"唐栋迅速告状。

"挺好。"安子归又重新看向贺瑫,这次只停留了半秒钟,"他摩托车骑得不错。"

她的车技就是他教的。

唐栋一脸震惊。

贺瑫走向安子归,像之前无数次那样,在她面前停了下来,低下头看她:"你怎么来了?"

很近的距离,很自然的亲昵,将近十年时间养成的习惯。

安子归微微往后退了一步,答:"协助调查。"

距离拉开了,也就不用再仰着头看他。

贺瑫敛下眉眼。

安子归现在对他和对外人一样,都很冷淡,一视同仁。

"这边!"喊安子归的还是那个老刑警老赵,和林从凡不在一个局,今天晚上不知道为什么会出现在这里。

"我等你一起走。"贺瑫见安子归打算面无表情地和他擦肩而过,伸手拽住了安子归的手腕,隔着冬天的衣服都能被骨头硌到,她已经瘦到脱形。

安子归脚步一顿。

贺瑫没有松手。

"好。"她点头。

安子归往前走了,贺瑫才发现她身后还跟着谷珊,才几个小时

051

没见，妆容精致的谷珊已经披头散发，眼睛红肿，像没看到贺瑫一样，木木地跟着安子归往前走。

"哎哎哎，你是这边。"林从凡叫住失魂落魄的谷珊，冲贺瑫摆了摆手。

谷珊进了问询室，和贺瑫刚才进去的那个问询室不是同一间，谷珊进的这个更正式。

案子没结束，林从凡应该不会再跟他透露任何事情了。

贺瑫低头走到大厅门口，找了个避风的椅子，拉高外套衣领，一声不吭地坐了下去。

唐栋又想挨过来，走到一半又被一旁的值班民警拉住了："你别走，我把这事了了就找你！"

唐栋大概是没听到贺瑫跟安子归说他会等她，破嗓子扯起来号，估计一会儿还想骂他。

他也确实该骂，各方面的。

贺瑫这一等，等了很久。

中途唐栋完事了出来又拉着他狠狠教育了一通，说他运气好，这要是正在跑山的时候出事，他不但工作没了，弄不好连人都得搭进去。

"你说说你图啥？"唐栋丢下一句话，恨铁不成钢地走了。

贺瑫缩着脖子，继续低着头一动不动地坐着。

安子归也出来了一次，不知道林从凡和那个赵姓老刑警交接了什么，又跟着林从凡进了刚才谷珊进过的问询室。

谷珊倒是先结束了，她蹲在外面抽了一根烟，回头看到贺瑫仍然木头人一样地坐着，领子遮住了半张脸。

"挺可笑的，这世界上死的大多都是不该死的人，该死的人却往往都能长命百岁。"谷珊声音嘶哑，有气无力。

贺瑫没反应。

"你觉得，安子归算不算该死的人？"她蹲在外面，歪着头问。

第三章　他的妻子

她终于在寒冷的深夜卸下伪装，不再假惺惺地叫安子归"安总"，也不再尊称她为"您"。

贺瑫抬头。

"网上爆出来的那些料都不是假的。"谷珊站起来，凑近贺瑫，居高临下地看着他，"安子归雇过黑水军，爆过假料，为了委托人的利益把人当成商品资源。"

"一开始接这种案子可能是因为竞争压力业绩压力，但是做了以后才发现，安子归真的擅长这些。"

"打心理战她从来没输过。"

"宓荷并不是第一个被她逼到绝路的明星，或许……"谷珊低笑，"费景明也算一个。"

贺瑫微微蹙眉。

"我让你见费景明，并不完全是因为费景明和安子归之间的绯闻。"

这种业界一眼就看穿的事情，她不会天真到拿来做主筹码。

"费景明和现有直播平台的合约快到期了，他开出的续约价比平台预期的高了百分之六十。"

"安子归最近的工作之一，就是要短时间内压下费景明的身价，确保平台能在预期价格内重新签下费景明。"

她们公司是和直播平台签的合约，保障直播平台的利益是第一位，至于费景明，也仍然只是商品。

所以最近总有费景明的负面消息流出，他过去的绯闻，他酗酒失眠的情况，他私下里爆粗骂电竞明星的录音，布局节奏都拉开了，只差收网。

这些事，费景明都是知道的，她带贺瑫去见费景明，就是想进一步刺激费景明，看他会不会一怒之下爆出安子归的情况——他们太需要安子归精神状况无法胜任执行总裁工作的实锤了。

谁知道费景明仍然什么都没说。

"安子归这么算计他，都逼到穷途末路了，他还是什么都没说。"

053

最后这句话，谷珊几乎是在呢喃了。

"你喝醉了？"贺瑫的声音听起来一点波澜都没有。

一身酒气。

"费景明跟我说，他一直到跟你分手，都弄不清楚你跟他在一起的原因。"贺瑫很平静。

谷珊像被定格一样，保持着居高临下的姿势。

有些滑稽。

贺瑫没动。

这时候说这话，很恶毒。

逝者已矣，他不做任何评判。

但是对面的这个女人，是安子归多年的助理，面试的时候成绩最差的那个，安子归留她是因为当时她最需要这份工作。因为那时候谷珊父亲重病，需要钱。

安子归不止一次动用她爸爸的关系帮谷珊找专科医生，尤其是她父母离婚后，她和她爸爸几乎断绝了往来。但是为了谷珊，她硬着头皮打了几次电话。

她们两个人，是典型的农夫与蛇的故事。

她说的，他一个字都不信。

"走吧。"安子归站在他们身后，不知道听了多久。

贺瑫站起身，把身上的外套脱给她，没有给她披上，只是举着。

安子归安安静静地看着他，瘦削的五官在阴影里更加立体分明。

"谢谢。"她接了过去。

和过去每一次那样，穿好之后下意识地拉高衣领，埋进半张脸。

衣领也很暖和，和过去的每一次那样，贺瑫会拉高衣领捂在脖子上面。

只是这一次，他们没有像过去每一次那样手挽着手，他们一前一后，若即若离，像是即将分开的陌生人。

第四章 准备离婚

停车场内。

安子归停在一辆黑色丰田车前,摁下了车钥匙。

贺瑫皱眉:"这是谁的车?"车型很老看起来车况堪忧。

"租的。"车门开了,安子归并没有马上进去。

"谷珊他们找到的离婚协议书是我故意落在公司的。"她看向贺瑫,"我们实际离婚要用的协议书里面并没有提到公司股份。"

她安静了一秒,想要咳嗽,又硬生生地忍住了。

"安心顾问的财务状况不太好,我已经让律师帮你写了免责声明,离婚后安心顾问如果产生债务,和你没有关系。"这句话说得很快,说完之后,安子归还是没忍住轻咳了一声。

"你打算站在这里把话说完?"贺瑫伸手拿走了安子归一直拽在手里的车钥匙,率先一步坐进了驾驶座,伸手把副驾驶座的门打开,"你先上来。"

反客为主得非常快,上了车就直接发动车子把暖气调到最高。

安子归犹豫着上了车:"我一会儿还有其他事。"

贺瑫静静地看了她一会儿,问:"车里有没有水?"

安子归沉默。

"你等我一会儿。"贺瑫下车,不放心转身又叮嘱一句,"别开走。"

安子归站在原地没动。

她当然不会那么幼稚,只是她接下来要做的事估计会让贺瑫觉得她还不如直接开走。

第四章 准备离婚

安子归低下头,她没想到谷珊那么蠢,把这些事都告诉贺瑫,不管对谁都不是一件好事。

绝对不能把贺瑫扯进那件事情里,这是她最后的底线。

趁着贺瑫现在还是一团糟的状态,想办法让他尽快和她离婚,她才能安心地做后面的事。

"给。"贺瑫回来得很快,微微气喘,手里捏着一瓶水。

是他那辆破吉普车后备厢里常备的水,他不在新城的时候她每次帮他保养车子都会把后备厢的水换上新鲜日期的塞满。

她爱喝这个牌子的水。

他经常笑话她矫情。

"去哪儿?"从不矫情的他上了车就系好了安全带。

安子归放下矿泉水也系上了安全带。

"新城宾馆。"她声音听起来已经没有任何情绪起伏,"从后门进,前门可能会有记者。"

贺瑫拿出手机低头设置导航,顺手又把手里的毛毯递给了安子归。也是他从车里拿过来的,她经常用的那种绒毯。

安子归捏着毯子,原样放到了车后座。

她口渴,可能着凉了还有些咳嗽,坐在车里暖气吹着还觉得冷。

这些别人都发现不了,哪怕是她那个以体贴周全闻名的助理谷珊也发现不了。

只有贺瑫会看出来。因为只有他的关心一直都是真心的。

但是她……不能不在乎了。

"我下周会飞一趟香港,得去两周。"她没有喝水也没有盖毯子,在暖气十足的车子里缓了缓才开口。

贺瑫唔了一声,公安局门外的路上有留守记者,安子归把身体压低,贺瑫手伸到安子归头顶,帮她挡住了外面的视线。

至于为什么她会害怕被记者拍到，他一句都没问。

手掌护在她头顶的时间久了，就有了温度，和暖气风不一样的温度，能渗进骨头里。

"所以，最好能在我去香港前把离婚手续办了。"离开记者的追击范围，安子归抬头，理了理弄乱的头发，藏起刚才皱眉的表情。

贺瑫也收回手，手指在掌心摩挲了半秒钟，才重新放到方向盘上。

"我不急。"他回答，很自然的语气。

安子归看向窗外："我急。"

车里的空气凝固了。

安子归等了等，没有等来贺瑫的反应。

他看起来所有的注意力都在开车上，仿佛压根没听到她刚才说的话。

"谷珊跟你说的那些事你不用在意。"安子归让自己继续说下去，"都是工作上的事，她黔驴技穷了才想把你扯进去，不理她就行了。"

她预料到谷珊无论如何也会想办法阻止她离婚，但是，她没想到谷珊那么心急，直接找到贺瑫要求和贺瑫结盟。

太蠢了，也连累了她。

从今天开始，她不得不面对她自己最不想面对的事——她得在贺瑫面前摊开她最丑陋的一面，赶他走。

她想要的体面离婚，难了。

"为什么要给谷珊看假的离婚协议？"贺瑫问。

话题终于按照安子归的计划展开。

"为了延后股东大会。"

"延后股东大会，我才有时间去找重组公司。"窗外是寂静的凌晨街道，安子归的侧脸光影斑驳，"我想尽快结束安心顾问。"

第四章 准备离婚

找靠谱的重组公司,把还能运作的部门分到其他公司下面,不能运作的烂掉的部门,就直接切了。"

贺瑫意外,扭头看她。

安子归却不再解释,换了另一个话题:"我们两人婚内共同财产只有一套房和两辆车,车还是各开各的,房子我已经挂到中介了,到时候折现对半。"

凌晨四点是一个城市最安静的时候,路上几乎没有车,慢车道上有已经收摊的夜宵大排档和正在准备出餐的早餐摊,商贩们都慢吞吞地骑着装满了东西的三轮车,在刺骨的寒风中面无表情地向前骑。生活皆苦。

所以,他们会在这个时间点在租来的老旧汽车里讨论离婚的细节。

"如果那份离婚协议书可以帮到你,你可以把那份假的当真。"贺瑫略过了安子归说的财产平分,"等你把事情都处理好之后再改离婚协议也来得及。"

"谷珊她们,我可以应付。"贺瑫开车很稳,凌晨前后没车,他在一个没有人行横道的路口停下,挥手让捡垃圾的老人先通行。

"你如果不放心,可以先让律师给我做一个公证。"想想这毕竟是不少股份,贺瑫补充了一句。

安子归低头。

"呵。"她轻笑,摇摇头,"不需要。"

"相比公事。"安子归转头看向贺瑫,"离婚这件事,我更急。"

贺瑫皱眉。

重逢之后,她三句话离不开离婚,就算他每次都回避都装作没听到,她也能两三句话绕回来。

仿佛他们之间就只剩下这件事。

可他脑子里乱糟糟的,还不想谈这个话题。

"你等我一下。"贺瑫打了圈方向在路边停车场停好车，下车去路边刚刚支棱好的早餐摊上买了两杯豆浆，摊了两个鸡蛋饼，其中一个加了两份葱，多撒了椒盐。

　　"吃点儿。"他把手里热气腾腾烫手的早餐递给安子归。

　　安子归没有接，看着贺瑫："你去过我的卧室。"

　　你也见过谷珊。

　　所以何必非要在这种时候去买个鸡蛋饼，这东西只是她以前爱吃的，多少年没碰过了。

　　"我知道你有进食障碍。"贺瑫维持着递过去的动作，"不吃的话拿着也好。"

　　"为什么？"安子归皱着眉接过。

　　鸡蛋饼气味大，瞬间就和路边冒着热气的早餐摊上的气味重叠，车里的暖气似乎更热了。

　　"闻闻也好，闻饿了就吃一口。"贺瑫拿着自己的鸡蛋饼啃了一口，拧开豆浆盖子的时候非常习惯地顺手帮安子归把豆浆盖子也拧开了。

　　"你没吃饭吗？"安子归发现他几乎是狼吞虎咽了。

　　他其实几个小时前才吃了两碗阳春面，咽下鸡蛋饼，他面不改色："我饿了。"

　　安子归捏着手里的食品袋。

　　在车里吃早餐冲击力很大，不管是气味还是贺瑫的吃法。

　　手心里软塌塌的鸡蛋饼滚烫滚烫的，车里香葱和椒盐的气味，让她对食物有了具体的触感。

　　"抱歉！"她迅速解开安全带，打开车门，弯着腰在路边干呕，呕出来的都是清水，手里还捏着那个滚烫的鸡蛋饼。

　　身后的贺瑫冲过来迅速拿走她手里的鸡蛋饼和豆浆，换了一张干净的纸巾。

　　"对不起。"贺瑫语气懊恼，怕她闻到他嘴里的食物气味，拿出

第四章　准备离婚

随身带的飞机上用的漱口水对着自己一顿猛喷。

看来他刚才在等安子归的时候查的那些资料，都是放屁。

"没那么严重。"安子归摆摆手，"饿久了也会这样。"

她虚弱地靠在车边，没有马上进去。

贺瑫把车子里的通风开到最大，打开了所有车窗，问："水可以吗？"

安子归点了点头："冰的。"

贺瑫往前走了两步又退回来把手里的漱口水和餐巾纸递给她："你先用着。"

他慌了。

和他恋爱结婚那么多年，她太熟悉他的微表情和小动作。

安子归低头笑。

他的反应很好猜，真心的人总是很容易被看穿，所以，也总是很容易对付。

她其实没那么容易吐，刚才为了催吐，她把鸡蛋饼都快要捏出形状了。

愧疚感可以击垮他，可以让他像上一次一样连为什么都问不出口就直接落荒而逃。

她几夜没睡，只吃了一点点东西。所以，她现在看起来应该挺不像人的。

他方寸大乱。

赶走他，应该不难。但是她并不开心，也体会不到酣畅淋漓。

安子归看着贺瑫匆忙从便利店走出来的身影，用力捏紧鸡蛋饼，弯着腰又开始新一轮的呕吐。

新城宾馆就像中国每一个以城市名命名的地方宾馆一样，地段很好，建筑极为陈旧，里面所有陈设都充满了年代感。安子归轻车熟路地领着贺瑫绕到一个非常偏僻的小门，把车子停在犄角旮旯的

061

建筑死角，走两步就是清洁电梯。

车子熄火，两人都坐在车里没动。

贺瑫有太多的问题想要问她，可又怕不管问哪个问题，问出来她都能绕到离婚，索性沉默。

安子归则低头弄了一会儿手机，抬头往窗外看了几眼。

"我跟客户约了凌晨五点。"她解开安全带。

还有两分钟。

贺瑫等着她的下文。

"你跟我一起上去吧。"她像是下定决心，"我俩的事等办完这件事再说。"

说完她率先下车，戴上卫衣帽子闪进了清洁电梯。

有几个缩在角落里避风抽烟的狗仔往这边看了两眼，安子归按着电梯开门键不耐烦地看着他。

表情疏离冷漠，就好像他的出现打扰她的生活，就好像他很多余。

藏在眼底的情绪在电梯微弱的灯光下，晦涩不明。

清洁用电梯不是客用电梯，装修简陋，里面还有一股经年疏于打扫留下的灰尘气味，安子归按了七楼，新城宾馆最顶楼。

电梯咯哒咯哒地抖了几下，缓缓上升。

安子归背对着贺瑫，仰头看着老旧电梯上半天才动一下的数字。

"一会儿你别说话。"她看都不看他，说话的语气像在交代不听话的下属。

贺瑫不吭声。

刚才见面的那一刻，他其实已经忘了他们即将要离婚。

公安局大厅里她隔着几米远和他对望的眼神，她像过去那样穿上他帮她捂暖的外套，他反客为主地钻进驾驶室，这些都不是一对

第四章　准备离婚

即将要离婚的夫妻会做出来的举动。所以他忘了。

但是安子归没允许他忘。

她好像只是懒得在停车场和他争车钥匙，她好像并没有把这一切当回事，她……好像只是带着一个甩不掉的累赘。

她想要尽快离婚。

她带着他，只是为了告诉他这件事。

他没打算跟她离婚。

他现在这样几近死乞白赖地跟着她，也是为了告诉她这件事。

电梯"叮"的一声，七楼到了。

新城宾馆的主楼还是九十年代的老楼，顶楼是加盖的，装修风格倒是和大厅里陈旧的风格不太一样，基本都是套房，凌晨五点的走廊里只点了几盏昏黄的廊灯。

安子归轻车熟路，拿出门卡打开了最里间的套房。

贺瑶跟在她身后像个安静的影子。

他在想，这是他们相识十年以前第一次来宾馆。刚开始恋爱那会儿他正在忙着毕业，风花雪月的事做得不多，安子归也从来没有要求过什么。

她父母帮她在学校对面买的那间小套房，几乎就是他们恋爱的全部。

再后来，他被分配到了煤矿安全监察局，安子归毕业开了公司，见面都变成了一种奢侈。

他以前挺自豪的，这样平淡的相处还能恩爱如初，现在再回想，却都变成了苦涩。

套房里面暖气开得很足，一开门扑面而来的热气夹杂着消毒水的气味。

"找地方坐吧。"她脱掉他的外套挂在门后，和屋里的人打了声招呼，"抱歉，我多带了一个人过来。"

屋里坐着一个女人，安子归说的她的客户，在这个时间点衣冠齐楚，脸上还戴着口罩，瓮声瓮气地问："你丈夫？"

"嗯。"安子归点头，"门口记者太多，一会儿离开的时候你跟着他走，我穿上你的衣服走正门。"

她物尽其用，安排得宜。

"我不打算走了。"那女人却拒绝了，"他今天白天来找过我，还是想私了，这次提了价，答应给我两千万。"

"离婚呢？"安子归问。

"不离。"那女人摇摇头，"和他之前第一次提出的条件一样，他把钱给我父母，我继续跟他在人前做恩爱夫妻。"

安子归沉默。

"你觉得呢？"这句话那女人是对着贺瑫问的，"作为男人，你对这件事怎么看？"

这话问得突兀，贺瑫没说话。

一方面是不知道她是谁，另一方面他还记得安子归交代过他让他别说话。

"你不认识我？"那女人惊讶地瞪大眼，拉下口罩。

口罩下面是一张鼻青脸肿的脸，最严重的是嘴巴，被利器划开了一个大口子，缝了针，现在又红又肿。

只是看清楚了全脸，仍然不认识。

"你……丈夫，是个宝贝啊。"那女人从贺瑫更加茫然的表情里确定他真的不认识她，感叹了一句，"我都在头版待了快两周了，他居然真的不认识？"

"他不怎么上网。"安子归代他解释，"他应该也不认识你丈夫。"

想了想，还是向贺瑫介绍了："这位是林秋，隐形富豪段亮的妻子。"

林秋怔住，就像是听到了什么好笑的笑话，一边按住伤口一边抖着肩膀，眼泪也不知道是笑出来的还是痛出来的。

第四章 准备离婚

"那你就更应该回答了。"她这下真的来了兴致,重新戴上了口罩,"我的丈夫很有钱,但是他家暴。"

"打人这件事应该会上瘾。"林秋自嘲,"婚前人模人样的,婚后却打得越来越狠,从刚开始的抽耳光到拳打脚踢再到现在用上了凶器。"

"一开始拳打脚踢他还记得避开重要部位不要留下证据,但是这一次估计是真的喝多了,那刀子一挥出来他就意识到大事不妙,就找来了你老婆。"

"他的目的应该是想让你老婆带我去看私人医生,然后找个地方私了。"她笑笑,"谁知道你老婆看到我的脸之后就开始不按常理出牌。"

"她先带我去医院做了伤情鉴定,接着拍了几张照让我用自己的社交账号发了个仅粉丝可见,曝光半小时立刻删除的那种消息。"

"事情闹大了,她就把我接到了这里,来的时候特别高调,所以很多记者都看到了,也守了快两周。"

"最后就是拉锯战。我这边的立场是公开段亮的家暴行为,离婚上诉,平分他的婚内财产,并且告他杀人未遂。段亮那边则威胁我他没有多少婚内财产,如果离婚我可能还得背负高额债务,但是私了就不一样了,他可以给我写一个会一直对我好的书面保证书,我不会失去任何东西,还能见到我的孩子。而且这个官司他不会输,我有抑郁症病史,他可以说这些伤口都是我自己弄出来的,到时候我肯定什么都得不到,并且还得跟他继续生活。"

"就算是打死。"她又笑了,"到时候说我是抑郁症自杀就行了。"

"拉锯战很累。"她手背也有一大块红肿,淤血在皮下渲成了触目惊心的紫,"我只是一个普通的家庭主妇,我已经有两个礼拜没有见过我的孩子,两千万已经是很多钱了,我觉得我应该见好就收。"

"所以,你觉得呢?"林秋看着贺瑫,"我应该继续扛下去吗?"

065

"两千万的卖命钱吗？"安子归没让贺瑶回答，"家暴这种事，只有零次和无数次。"

林秋沉默。

"两千万确实可以买一条命。"安子归拿出一沓文件，继续说下去，"但是既然都已经用金钱来衡量了，我们倒是可以算一笔账。"

"这是段亮现在的资产。"她把这叠资料交给林秋，"他对你撒了谎，你们两个的婚内资产挺多的。"

比起平分，两千万只能算是个零头。

"不过，这两周他已经开始做资产转移，只是数额太大，动起来很难。所以，他才会想先稳住你。"安子归看着林秋翻动资料慢慢变了脸色的样子，笑了笑。

和段亮的财产相比，投资人段亮已经算是个很低调的人了。常常上网的人知道他，只是因为他曾经在某慈善晚宴上一掷千金买了个限量芭比娃娃送女儿，现在突然传出家暴，和他之前的人设相差太大，再加上世人普遍仇富，这事才能发酵成这样。

人前非常正人君子，作风正派，从来没有传出过绯闻。安心顾问作为段亮公司的公关代理，做的大部分工作都是正常公关工作，最多有时候被记者偷拍到段亮孩子的照片或者其他私生活的样子，由公关负责搞定，这公关费拿的算是非常轻松愉快的。

但是这次之后，段亮估计就不会再找她做公关了。

"为什么要帮我？"林秋放下资料，"为了你现在的风评？帮我这样的家庭主妇可以帮你洗白？"

"对。"安子归想都不想就点头。

贺瑶微微蹙眉。

两周前蔷薇庄园还没有着火，安子归还只是个普通公关公司的执行总裁，林秋虽然是受害者，但是这样的说话还是太有失公允了。

第四章　准备离婚

可安子归居然承认了,她就那么热衷于做"坏人"?

林秋大概也没想到安子归承认得那么快,愣住了。

"我帮你确实是有条件的。"安子归又抽出两份文件,"如果我帮你成功离婚,平分段亮的资产后,你需要支付这笔违约金。"

"段亮和安心公关的公关合同。"安子归很好心地把文件翻到关键页,"我帮你,段亮是可以解除合同并且要求赔偿的。"

金额倒不太多,起码比起两千万来说只能算是小钱。

林秋更傻眼了。

"我帮你成功离婚,拿到孩子的抚养权。"安子归看着林秋的眼睛,"你帮我付掉违约金,公开案子之后,我的形象也能扭转一部分。"

"公平交易,各取所得。"安子归伸出右手。

她清瘦苍白,但是眼神坚定,仿佛选她,就可以和过去的生活告别。

她有所求,并不是为了正义这样缥缈的理由。

林秋也伸出了右手。

安子归微笑:"你下一个住所的门卡我放到文件袋里了,出去之后我会把住址发给你。"

她说这些话的时候看都不看贺瑫。

"不用你丈夫送。"林秋摇头,"我们不能那么快就让段亮知道你是站在我这一边的。"

既然和安子归是等价交易,林秋说话的底气也足了不少。

"我有信得过的人,他也一样希望我选择离婚。"林秋拿出手机,"我住到他家,地址已经发给你了。"

"他?"安子归提醒林秋,"如果婚内出轨,这个官司会很难打。"

"是我堂兄。"林秋很不客气地翻了个白眼,"很安全,段亮并不关心我的亲戚,只在七年前婚礼上见过一面,他对我堂兄没有任何

067

印象。"

"你们结婚多久了？"林秋给她堂兄发了个定位，放松下来，开始闲聊。

"准备离婚了。"安子归一点都不避嫌。

第五章

下一个人

林秋的堂兄很快就来了，四十岁左右的糙汉子，对安子归有明显的敌意。

　　"我都说了让你别相信她，公关的话不能信，更何况她还是出了名的黑。"林秋堂兄当着安子归的面就嚷嚷开了。

　　贺瑫冷面冷脸地站起身来，比林秋的堂兄高一个头。

　　林秋堂兄顿了顿，再后面的话吞了回去，用眼神疯狂示意林秋，想要知道这个大个子男人是谁。

　　"走啦！"林秋换上了安子归的衣服，拉低帽檐。

　　"你真要让她帮你吗？"林秋堂兄嘀嘀咕咕，"这种女人……"

　　"她开了价了，不便宜。"林秋拉着她堂兄走出门，"你放心，她也有求于我……"

　　再后面的话就听不清了。

　　贺瑫关上房门："你非得做黑脸吗？"

　　她自己的事情都忙得焦头烂额，刚才还吐了好几次，凌晨五点绕过门口的记者跑到这里，得罪已经签了合同的客户，结果只换来一句"不便宜"。

　　非得要这样吗？

　　"如果按照段亮的要求，林秋出了事，我就是间接杀人。"安子归打开桌上的矿泉水，灌了一大口，"林秋不信任我，等价交换是最快的。"

　　她说得简洁，但是贺瑫还是听懂了。

　　帮段亮，她犯法。

第五章 下一个人

而帮林秋,她就得在最短时间内拿到信任。

所以名声就不重要了。

"而且我不是做黑脸,我本来就黑。"安子归轻笑,"谷珊跟你说的都是真的。"

贺瑶不说话了。

开始了,她说的"谈谈"。

"我现在变得很功利,人际交往必须要能互惠互利。"她说,"让你和我一起上来,是因为楼下有狗仔,林秋离开的时候也需要有人保护。"

她本来是想找服务员的,可贺瑶总比服务员好用。

"我提出离婚,就是因为我觉得我已经不需要你了。"安子归直直地盯着贺瑶。

她知道她接下来说的每一句话都将无法挽回,她比任何人都清楚,言语可以变成凶器。

所以她说得很慢很慢:"我和以前不一样了,你不在家的这段时间,我遇到了很多事。"

"精神疾病都是因为压力引起的,婚姻对现阶段的我来说,就是最大的压力。"

安子归停顿了一下。

她注意到一直强撑着假装平静的贺瑶咬紧下颌低下了头。

"我在这段婚姻里得不到任何东西。"她听到自己继续说,"安全感、归属感甚至肌肤之亲,都没有。"

更阑人静,安子归觉得这话说出口,贺瑶的呼吸声都停了。

安子归悄悄地捏紧手心。还有最后一句话。

"贺瑶……"她喊他的名字。

他抬头。

我累了。她想说。

我很累了,所以不想扯进这样麻烦的关系里,所以想离婚,所

071

以想让你放我自由。

　　这应该是她最后一句话。

　　她了解贺瑫。

　　这句话说完他就会丢盔弃甲，因为他一直以来的心结就是无法陪伴她。

　　可是她抬头，看到贺瑫的那双眼睛，看到贺瑫已经冒出胡楂儿的脸，突然感到一阵晕眩。

　　她心里开始飙脏话。

　　"现在几点了？"她突然站起身，想要拿她进门的时候挂在门背后的包。

　　绷紧了神经等着安子归最后一击的贺瑫："啊？"

　　安子归不知道是不是起身的动作太急，身形一晃，头直接砸向了茶几。

　　贺瑫动作已经算是很快了，扑身上前只来得及用手护住安子归的额头，咚的一声。

　　他都分不清这声是安子归头砸在他手上的声音，还是他自己手背砸在茶几上的声音。总之，很痛。

　　"怎么了？"肌肤碰触之后他才发现，安子归在发抖。

　　安子归拽着贺瑫的胳膊，在心里又骂了一句脏话，却只能屈服于晕眩："帮我到包里拿药。"

　　她已经完全没了气势，声音都在发抖。

　　可是不应该啊……她上周才加大了药量，这才一周不到，怎么又这样了？

　　"什么药？"贺瑫几乎半抱着安子归往前，她偎得不行，在这种情况下碰到自己的包以后还试图靠自己的力量翻包。

　　可手指软得连拉链都捏不住。

　　贺瑫伸手按住安子归的手："什么样的药？"

　　他这句话问得很轻，安抚一般。

第五章 下一个人

安子归的眼睛有那么一瞬间失去了焦距,她迷迷瞪瞪地再一次咒骂这该死的时机,还是服了软:"药盒里的。红色的两颗,黄色的一颗。"

"好。"贺瑫过于正气的五官在十分坚定的时候莫名有种镇定人心的力量,"我来找。"

安子归不动了,跪坐在那里,手掌握成拳。

她随身带的那个包能装不少东西,化妆包、钱包、文件袋、漱口水、糖果,然后就是一堆杂物。

贺瑫一个个地翻过去,成功地找到药盒,把两颗红色药丸和一颗黄色药丸放到安子归的手心。

安子归指尖冰凉,手一直在颤抖。

"找到了。"贺瑫握住安子归的手。

他们两人时隔半年第一次这么近距离接触。安子归身上的味道仍然是他熟悉的味道,刻骨入髓。

安子归看都不看直接吞下药丸,三粒并不算小的胶囊,她没有喝水,仰着头就咽下去了。

贺瑫的手也很冷。

安子归以前最怕吃药,哪怕是生理期后吃的止痛药,也得他哄半天。

而现在,她一把就吃下去……

"都是什么药?"他问她。

"治病的。"安子归蹲坐在原地,闭着眼睛,面不改色地继续敷衍他。

吞了药,她的身体还在发抖,眼睛彻底失焦,身体软了下来,说话的声音低到呢喃。很难联想到几分钟之前,她还在运筹帷幄地和林秋谈判,她还满脸冷漠地告诉他她觉得婚姻是她最大的压力源。

贺瑫蹲在安子归身边,藏起自己颤抖的指尖,手背砸在茶几上瞬间肿了一片,但是感觉不到痛。

他在安子归冷静地告诉他离婚理由的时候，一点辩驳的借口都找不出来，她看起来对他已经没有了感情，她承认自己病了，病源却是他。

她没有给他留下任何余地。

然后，她就当着他的面栽倒在茶几面前。

他突然觉得，他宁可刚才那个冷静无情的安子归是真实存在的，没有这么脆弱，没有这么瘦，没有发抖成这样。

"贺瑫。"安子归仍然闭着眼，伸手抓住了贺瑫的毛衣袖子。

"嗯？"贺瑫改握住安子归的手。

安子归手僵了半秒钟，这次没有挣脱。

"我可能会睡着。"她努力抵抗晕眩，努力让自己语气听起来足够冷淡，"半个小时之后帮我和林秋确认她有没有安全到达。"

她太久没睡，知道自己已经熬到头，现在突如其来的眩晕只是一个开始。

"谢谢……"她已经变成了呓语。

迷迷瞪瞪的，只觉得身边的这个人气味太熟悉，太让人安心。

"你同意了多好。"她的声音缥缈，"别理我，走远了多好……"

离她远远的，别看到她现在这个样子，多好。

安子归彻底昏睡了过去，所以她并不知道自己最后说了什么，也不知道自己昏睡后贺瑫都做了些什么。

她醒来的时候，仍然在新城宾馆的顶楼套房。床单是白色的，并不是她习惯的灰黑色，她皱着眉盯着同样陌生的白色天花板，脑子一片混沌。

"醒了？"熟悉的低沉嗓音，额头被他触碰了一下，很快拿开，"还好，没发烧。"

安子归半撑起身体。

这里是宾馆。

第五章 下一个人

她脑子嗡嗡的。

他们为什么会在宾馆？蜜月？可他们没来得及度蜜月贺瑫就被紧急召回了啊！

"我怎么了？"她半揽着被子，发现自己声音嘶哑得跟八十岁老妪一样。

"睡着了。不过没睡多久。"贺瑫递给安子归一瓶矿泉水，冰的。

安子归微蹙眉心。

他以前给她的都是热水，老妈子一样老爱叮嘱她少喝冰的，太刺激了对肠胃不好。为什么要给她喝冰水？

"林秋已经联系过了，安全到了。"贺瑫看安子归始终呆呆的，忍不住又伸手碰了碰她的额头。

她没有僵住也没有躲开，很困惑地看着他。

林秋是谁？她大脑一片空白。

"你……饿不饿？"贺瑫凑近了和她对视。

凑得很近，她仍然没有排斥，没有一脸冷淡。

他为什么要那么小心翼翼地问她饿不饿？安子归捏着被单，眉心蹙得更紧。

她……饿吗？

她问自己。

没有感觉，身上没什么力气，指尖发麻，反复回想自己到底饿不饿，吞咽口水的过程就突然变得艰难。

"子归？"贺瑫喊她。

他为什么看起来那么担心，那么……小心翼翼？

"我……"安子归想回答她还不饿，胃里却突然一阵翻搅，熟悉的恶心感。

安子归一怔。

被抽离的灵魂因为肉体的痛苦回到现实。

安子归下意识地往后一仰。

"我不饿。"她说,简单有力。

"现在几点?"她敛下眼避开贺瑫错愕的样子,翻身下床。

身体还是软的,但是已经能靠自己站起来了。

贺瑫很绅士,把她抱上床之后什么都没脱,连袜子都还在。

"早上十点。"贺瑫抹了把脸。

刚才有那么一瞬间,他以为他们回到过去了,安子归没有穿上铠甲,对他毫不设防。

她睡了四个小时,这段时间以来最久的一次。

"我要去趟公司。"安子归去洗手间重新绑好自己的头发。

她打开那瓶冰的矿泉水,一口气喝掉半瓶。

冰水迅速填满了空无一物的胃,疼痛的刺激终于让她的理智全部回炉。

"我们尽快离婚吧。"她又说。

所有记忆都回笼,她清楚地知道自己要做什么,虽然时机不巧,她没有办法给他最后一击。

"就像你看到的,我病了,而且病得不轻。"她继续说,"根据婚姻法,夫妻一方有重大疾病不能履行夫妻义务的,可视为夫妻感情破裂。如果上诉,我能赢。"

如果他仍然不同意离婚,她就上诉。

"刚才有个电话。"贺瑫又揉了一把脸,"是公安局打过来的。费景明的案子,需要我们再去一趟。"他再一次直接回避了她说的和离婚相关的话。

"我们?"安子归皱眉。

"对,我们。"贺瑫点头,"费景明在去山上之前给我们俩留了一段录音,需要我们一起去听。"

"至于离婚……"贺瑫站起身打开门,"我不同意,你如果坚持要离,可以先上诉。"

安子归一时语塞。

第五章 下一个人

感情破裂?

感情破裂了,她睡着了还死命拽着他的手?

感情破裂了,她说梦话还叫着他的名字?

感情破裂了,她还用公关的那套东西对他那么严阵以待?

为了编排这套话,她估计花了不少工夫。

他信她个鬼!

安子归这一辈子都没有那么频繁地来过公安局,接待她的仍然是那个刑警老赵,和前面两次不同,老赵这次让贺瑫和她一起进了问询室,直接点开了费景明的录音。

录音里的费景明骂骂咧咧:"贺瑫你下手真重,我明天直播要是脸上还是青的,我就把你挂出来!"

背景音嘶啦嘶啦的,有风声和车声。

费景明骂完清清嗓子,又低低地骂了一句:"这种录音真尴尬。"

"我刚才接到一个挺妙的电话,所以我现在得去求证一件事。"听声音能感觉到费景明说这句话的时候精神很亢奋,"这件事呢……"

他嘿嘿笑了笑:"有点危险,有可能我就回不去了,明天也不用直播了。"

"所以这个录音就是这么个目的。"他又清嗓子,"如果我真回不去了,请警察叔叔帮我把这个录音交给贺瑫和安子归,就那一对准备离婚的夫妻,最好让他们分开听,凑一起我想到那个画面就不爽!"

接下来,费景明安静了很久,只能听到呼啦啦的风声。

"安子归。"他说,"这一次,可能轮到我了。"

"贺瑫。"他又说,"你要真是个男人,就保护好你的女人!我之后她就是下一个!"

录音断了。

老赵合上笔记本。

"说吧。"他看着安子归,"费景明生前最后这两句话,到底是什么意思?"

"110在蔷薇庄园火灾发生之前就接到了报警电话。"林从凡端着一次性纸杯,袋泡绿茶被他喝出雨前龙井的滋味,"所以老赵他们和消防队的人能前后脚赶到现场。"

"从110接警记录来看,报警人是宓荷,她说有人想要放火烧死她,语气很冷静,如果不是她把细节描述得非常详细,接警员都有可能把它当成报假警的恶作剧。"林从凡放下纸杯,"她说她报警倒不是为了让警察救她,就是想证明一下,这火不是她放的。"

宓荷说,她还不想死。

贺瑫端着纸杯暖手,没说话。

安子归还在问询室,不知道老赵会问些什么,蔷薇庄园不是林从凡的辖区范围,他突然提到,肯定也是有原因的。

"宓荷和费景明在各自死亡之前对他们可能死亡这件事都知情,也就代表,这四条人命很有可能并不是意外。"林从凡看着贺瑫,"所以如果你知道嫂子这边有什么情况,一定不要隐瞒。"

"为什么要把宓荷和费景明的事放在一起?"贺瑫问。

林从凡"嗤"了一声咂咂嘴,吐槽:"你对嫂子多了解一点,就不至于今天这么一问三不知。"

"我因为和你的关系,从案子里被择出来了。"林从凡举起手里的纸杯晃了晃,所以他能坐在这里陪他瞎掰扯,"我现在知道的不会比你多多少。"

贺瑫看了林从凡一眼。

林从凡的话他不知真假,但是有一点可以肯定,这人肯定不会在上班时间陪他坐在院子里闲聊。

贺瑫捏着纸杯,袋泡茶的茶水已经凉了,他盯着黄褐色的茶水,想:宓荷和费景明有什么共同点?

林从凡伸了个懒腰,半靠在椅子上,跷着脚,眯着眼睛仰面晒

第五章 下一个人

太阳。

他在等贺瑫的反应。

"你们找子归来,是因为这两个人都是子归公司的客户?"贺瑫问。

"你觉得费景明为什么说嫂子是下一个?"林从凡答非所问。

"费景明说的是下一个,就代表他应该不是第一个。"贺瑫顺着林从凡的问题,"宓荷是第一个吗?"

"嫂子和费景明是匿名互助会上认识的,他们之间的交情除了互助会,还有没有其他私交?"林从凡又问。

"宓荷会不会也是互助会里的人?"贺瑫转头看着林从凡。

林从凡看起来正在漫不经心地晒太阳,听到这个问题,斜着眼睛瞅了贺瑫一眼。

"你们平时聊天的时候,嫂子从来没有跟你提过费景明吗?"林从凡继续答非所问。

贺瑫的脸背着光,沉默。

这一次,他没有用问题回答问题。

"他们两个传出绯闻的时候,你什么反应都没有?"林从凡坐起身,"你揍费景明的那一拳,只是因为他嘴贱占嫂子的便宜?"

"还有跑山。"林从凡语速变快,"你是搞安监的,下雪天跑山要是出了事连工作都没了。"

"就为了费景明说他知道嫂子在哪儿?"林从凡盯着贺瑫,"贺哥,这不是你的风格。"

"我查过他。"贺瑫终于回答了林从凡的问题。

"我知道他做游戏主播前只是个小混混,学历是伪造的,有很严重的酗酒问题。"

贺瑫安静了一秒。

"他还勒索过子归,子归给过他一笔钱。"那时候他没有查出费景明勒索安子归的原因,但是现在想起来,可能是因为那个匿名互助会。

所以他在听到费景明知道安子归在哪儿之后，不管不顾地雪天跑山，所以他会听到费景明说要接盘的时候暴起揍人。

在他的调查里，费景明不是一个好人，安子归和他在一起不安全。

"但是，我并没有查到互助会。"

也不知道费景明和宓荷之间到底有什么联系。

"费景明擅长勒索。"林从凡终于回答了一个问题，"他也勒索过宓荷。"

老赵从大厅门口探出一个头，安子归那边结束了。

林从凡站起身。

"你刚才想的那些问题，都是我们警察该去想的。"他拍拍裤子上的灰，"破案不是你的专长。"

"保护好嫂子。"林从凡冲着安子归出来的方向努努下巴。

"其他的我不清楚，但是，宓荷和费景明在死之前对死亡这件事都不惧怕。"林从凡说，"别让嫂子也变成这样。"

新城公安局会议室，老赵沉默地听完林从凡提交过来的录音。

林从凡没有骗贺瑫，他确实因为和贺瑫的关系被择出了案子，今天找贺瑫聊天的这段录音，是他在这个案子里做的最后一份工作。

这小子鸡贼，贺瑫也不笨，这段对话该问的该透露的一点都没漏，擦着规则的边儿将将过关。

只是针对案子，还是没什么收获。

贺瑫确实不知道安子归为什么会是下一个，而安子归本人应该也不是特别清楚——她倒是提了一些线索，但是她工作的圈子太杂，该得罪的人一个都没少得罪，随便拉出一条线都有可能是下一个。

案子就像他们预料的那样，又一次陷入胶着。

"赵队。"年轻的刑警推门而入，把手里的资料递给老赵，"那个

第五章 下一个人

女孩子的资料。我们的猜测是对的,那女孩子只是因为精神问题,父母带着她换了个城市。"

资料首页贴着的照片,赫然就是安子归半年前私下让林从凡找的那个女孩子。

"他们那个互助会没有问题。"

查了又查,明面暗面的都翻出来一丝丝捋直拉顺,互助会里出事的只有费景明,其他的一切正常。

"宓荷和费景明死前提到的相不相信这个世界上有鬼,应该也只是巧合。"年轻的刑警因为调查次次都进死胡同,表情沮丧。

他一开始还以为顺着这条线索一定能挖到东西,结果还是一无所获。

"这个世界上没有那么多巧合。"老赵合上资料,冲着一屋子的年轻人点点投影仪,"我们再从头梳理一遍。"

贺瑶没有猜错,费景明并不是第一个。

新城公安局在四个月前接到一起自杀案报警,和宓荷那个报警电话一样,报警人态度冷静,说自己是被逼到跳楼的,报警只是想要告诉世人,她并没有自杀。报警人挂了电话就跳楼了,当时这个案子只确认了当事人确实是自己跳下楼的,排查她的社交关系也没有发现可疑之处,这个案子最终还是以自杀结案了。

但是一个月后,110又接到了新的自杀案报警,除了自杀方式不同,其他的特征都和那个跳楼案子十分类似。

再之后,就是蔷薇庄园和费景明。

其实,四个案子之间的联系一开始十分薄弱,除了当事人在死之前都不承认自己是自杀之外,并没有其他相同的地方,老赵他们也没有把这几个案子联系在一起。

直到费景明死亡之后,他们在费景明家里的硬盘里发现了四万多个视频以及几百封勒索邮件,一开始报警自杀的两个人、宓荷、曹苏清和他妻子刘玫还有安子归,都曾经被费景明勒索过。

081

巧合疑点太多，老赵的刑警直觉告诉他，这几个案子并没有表面上看起来那么简单，六条人命在这样的疑点下绝对不能简单地用自杀和意外结案，现在只缺一条能把这些案子全部串起来的完整证据链。

"现在最大的疑点，仍然是费景明的敲诈邮件。"老赵摸摸自己脸上的胡楂儿。

他们只在邮件往来记录里查到了费景明曾经敲诈过这些人的记录，但是那些邮件里具体敲诈的内容，都被费景明用暗语的方式发送，他们现在只能确定费景明敲诈安子归的内容。

根据安子归提供的线索，费景明拿来敲诈她的内容并不是她在互助会上透露的个人隐私，而是和安心公关财务有关——安心公关因为决策不当出现了财务危机，会影响本来预定在今年下半年完成的 C 轮融资。费景明敲诈的内容是一段安心公关的股东在某会所包间里的聊天视频。

而费景明留下的四万多个视频内容，基本都是类似的监控视频，不拘地点，人物随意。

"还是从费景明硬盘上的视频开始。"老赵下了命令，"查出他拿到这些监控视频的方法，进行地毯式搜索。"

一个个看，一个个排查，找到共同点，找到费景明敲诈死者的理由，找到费景明自己雪天跑山的理由，找到他一口咬定安子归是下一个的理由。

"密切关注安子归，她身上所有纠纷都来自安心公关，把安心公关这两年内所有的合同和财务往来都排查一遍。"

没有线索，就只能做刑警最常做的排查，几百个小时的视频，几万份文件，不放过任何细节，没有人能做到毫无痕迹。

"我们不能让犯罪分子再得逞。"老赵拍拍桌子，"必须在下一个受害者出现之前抓到他。"

不能在受害者宣告下一个受害者的顺序之后，还只能眼睁睁地

第五章 下一个人

看着，束手无措。

任何犯罪，都存在动机。

"费景明当时为什么要勒索你？"贺瑫站在停车场里，不上车也没让安子归上车。

"公事。"安子归两个字搞定答案，按亮了那辆黑色汽车的遥控锁。

"上我的车。"贺瑫昨天来公安局的车还没开走，靠着身高优势拿走安子归的遥控锁，径直地打开了他那辆破车。

安子归和昨天一样，不想和他在这种满是监控的停车场里徘徊，皱着眉也跟着上了车。

"为了什么公事？"上了车，贺瑫并没有结束话题。

"他拿到了公司股东开会的监控视频。"安子归这次没用两个字敷衍他，"里面谈到了怎么把我弄出公司，还谈到了公司的财务状况。"

贺瑫皱眉。

他没想到是为了这事。

"你为了这事给了他十五万？"他无法理解，"这种事为什么不直接跟股东们提？"

"他威胁的内容是你。"安子归面无表情，"他说我如果不给钱，他就把这段视频传给你。"

告诉你，我现在有多狼狈。

贺瑫一阵沉默。

"前面左拐。"安子归说完了就当没事发生一样，"我得去公司。"

"你为了瞒着我，真的是煞费苦心。"贺瑫把车停在路边，没打算让这事过去，唱了一整天粉饰太平的独角戏，终于唱不下去了。

她宁愿付十五万给费景明，也不想让贺瑫知道她的现况？

"要不然呢？"安子归看着他，"你知道了又能怎么样？"

贺瑙哽住。

"所以，你一直都是累赘。"安子归笑笑，打算故技重施。

她有些不明原因的焦躁，总觉得自己因为突然发病错过了最佳时机，总害怕夜长梦多，总怕贺瑙真的看穿了她，就像现在这样，不说话，静静地看着她。

贺瑙有一双非常漂亮的眼睛，标准的桃花眼，瞳孔颜色是琥珀色的，在阳光下面会发光。

他曾经无数次用这双眼睛看着她，笑着的，薄怒的，深情的。

但是从来没有像现在这样，直直地看着，没有任何情绪。

只有看穿。

"我叫车吧。"她低头，藏起了慌乱。

"我知道的。"贺瑙伸手盖住了安子归的手机，"我一直都是累赘。"

安子归蹙紧了眉。

"但是，我还是不想离婚。"他说。

"对不起。"他终于说了这三个字，"这一次不管你说什么，我都不会走了。"

上一次，他入了她的套。

这一次，不管被她戳成什么样，他都会留在她身边。

因为她睡着的时候，会紧紧拉着他的手。

第六章

不速之客

长久的沉默。

贺瑫把手放在安子归的手机上,掌心下是安子归微凉的指尖。

这是他经常做的动作,他们两人以前闹别扭的时候,他求饶时就会这样。

像个委屈的孩子。

安子归知道,她想速战速决解决离婚问题的计划失败了。

她不合时宜突然发作的病,费景明死前留下来的话,仅仅这两件事,就注定贺瑫这一次不会那么简单地被她糊弄过去。

她身上的破绽太多,只要贺瑫回过神来,她就没办法赶他走了。

但是不行。

她现在的情况不允许。

贺瑫有自己的工作、自己的生活,他离开她这个烂摊子才能向前走。

她不想连累他,更不想让他看到她狼狈的样子。

事到如今,他们还相爱,这才是最悲惨的。

"我得去公司。"安子归抽出被贺瑫压着的手机。

不能马上赶他走,就只能在赶走前瞒着,幸好她身边有很多可以让他转移注意力的事。

贺瑫抬头,眼角微红。

"我送你去。"他说。

重新系好安全带,把车后座的软垫交给安子归,他重新发动车子。

第六章　不速之客

两人不再说话。

安子归回公司主要是为了林秋的事,公司里的人不知道她会突然出现,乍见到她,表情都很错愕,尤其她身后还跟着看起来一身正气的贺瑫,公司里大部分的年轻人都不知道贺瑫是谁。

"这是安总的老公?"总是有沉不住气的年轻人惊呼出声,然后是一阵慌乱的"嘘"声。

公司氛围挺好,安子归看向骚乱处,那几个看起来大学刚毕业的年轻人挠着头立正,冲着她鞠了个九十度的躬,周围一片善意的哄笑。

"安总,你老公很帅!"还有不怕死的,吼了一句,接着就是更响的哄笑。

贺瑫注意到安子归也扬起嘴角淡淡地笑了,这两天下来,这是她第一次放松了眉眼。

这里是她的职场,也是她跟他说准备要拆分掉放弃的地方。

"安总!"迎面过来迎接她的是个看起来挺干练的小姑娘,表情有点兴奋和忐忑,"那个,谷总……谷助理今天出外勤。"

安子归径直地推开自己办公室的门。

"把法务姚姐叫过来。"她直接忽略掉小姑娘的复杂情绪。

小姑娘应了一声,走了两步又回头:"安总……"

安子归停下动作。

"谷助理是去找方蓝了。"小姑娘压低声音,"我听到他们开会的内容,在谈合并的事。"

"知道了。"安子归笑笑。

小姑娘欲言又止。

"我知道你不喜欢方蓝他们。"安子归语气温和,"放心,不会的。"

小姑娘眼睛一亮。

安子归冲她挥挥手:"去把姚姐叫过来。"
"好!"这声应得很响亮。
她在这里,是只要一句话就能让人安心的存在。
人前的安子归,是贺瑫熟悉的、以为放手才能让她幸福的安总。
人后的安子归,是只有等昏睡了才会紧拽着他不放手,一整天下来除了喝冰水没吃任何东西的安子归。
贺瑫从口袋里掏出一块巧克力,放在安子归的办公桌上:"刚才买水的时候买的。"
深褐色的薄片黑巧,她读书的时候很爱吃,因为太贵,贺瑫只在她生日的时候才舍得买,后来工作了,拿到工资的第一件事就是买这个牌子的巧克力。
她很久没吃了,家里成盒成盒地堆在杂物间里。
"谢谢。"安子归这次没有推辞,拆开包装咬了一口。
百分之七十二的黑巧,舌尖微苦回味醇厚,咽下去之后并没有反胃。
贺瑫开心了,从口袋里抓出一把放在安子归面前:"放你包里。"
三十二岁的男人,工作十年,为什么还能那么纯粹?好得纯粹,情绪纯粹,给她的爱也纯粹。
"吃多了会吐。"安子归把那一堆巧克力推开,打开了笔记本电脑。
一块几厘米的薄巧只吃了一个角。
那也总归是吃了。

姚姐是公司初创期的元老之一,公司困难的时候一起苦过,成功的时候一起笑过。参加过他们的婚礼,当时送给他们一套手工鸳鸯枕巾,最复古的款,手工绣的,两只交颈鸳鸯藏在碧绿的荷叶中间,肥得分不出下巴线条。安子归喜欢得不得了,舍不得用,到现在还藏在衣柜角落里。

第六章 不速之客

姚姐今年快四十了，性格沉稳，但是推开门看到贺瑫，还是愣了愣。

"帮我看看这份合同。"安子归招呼姚姐。

"林秋这件事，我的立场和你一直都是一样的，帮人隐瞒犯罪事实，这种事公关公司不能做，做了就肯定翻不了身。"姚姐只瞟了一眼合同就知道安子归找她的原因，"不过这事你不要出面，让林秋自己去申请人身安全保护令。她这两年连续拨打过好几次110，再加上她现在的伤势，不管段亮那边有什么手段，保护令肯定是能下来的。接着让她拿着保护令找居委会和妇联，他们那边有一整套机制，以后打官司比你出面方便。"

"我不出面。"安子归也同意。

她把舆论闹那么大，只是为了保护林秋的家人，闹大了段亮就不敢小动作不断了。

"其实，我觉得这事段亮赢不了。"姚姐开始一页页地看合同，"他这只铁公鸡居然肯花两千万，就说明他的律师肯定跟他交过底了。"

铁板钉钉的证据，自己又是富豪，在这个时代，他想逃脱不容易。

"合同没问题。"姚姐放下合同，"你以后要是不做公关了，做我的徒弟也行，律师证不难拿。"

"我大学都差点毕不了业。"安子归苦笑着拿回合同，"我最怕考试。"

说完一顿。

她想起那时候她每年考试前都会被贺瑫抓走强行"收押"，临时抱佛脚，就在她以前住的小套房里，贺瑫一道道地帮她押题，四年大学读完，学霸贺瑫等于拿到了两个大学学位。

这个人真的满满当当地占据了她所有的青春回忆。

姚姐笑了，一边笑一边用眼睛的余光看贺瑫。

他只在她刚进来的时候和她点点头打了个招呼，安子归没提他，他也就不说话，坐在沙发上随手拿了本杂志安安静静地看。

安子归说公事的时候也没绕圈子，看起来一点儿都不在意让贺瑶知道公司的这些事。

也不知道这小两口在闹些什么，马上要离婚的两个人看起来一点相看两厌的样子都没有。

要是贺瑶不同意离婚就好了，姚姐分了会儿神，要是贺瑶能帮安子归把这一团乱麻理出个线头，就好了。

"还有谷珊。"姚姐决定多一句嘴，"她这两天很忙，我听财务说她还找了个装修公司打算重新装修这间办公室。"

CEO的办公室，安子归还没走，谷珊就已经在做入驻的准备了。

贺瑶翻书的声音停了。

安子归意外地扬眉——她没想到姚姐会突然冒出这一句，明显不是说给她听，而是说给贺瑶听的。而且她说完就跑，还很贴心地帮他们关好了办公室的门。

"这事跟你没关系。"安子归觉得她这几个小时都快要变成复读机了，来来回回重复这句话。

只是这次说出来又有了别的意味，语气变得没那么强硬——她公司的事，足够让贺瑶转移焦点了。

贺瑶没回答，他仍然在低头翻看杂志——她办公室杂志很多，各行各业的，只要公司接到合作的都有，各种媒体稿，他坐下之后随手拿了几本，一页一页看得很认真。

安子归定定地看了他一会儿，她觉得不安，贺瑶这像是下定决心要做某件事的态度她太熟悉了，她能打赢很多仗，但是贺瑶的，她会输。

可是输了，就代表她得拉着他一起沉沦。

第六章 不速之客

那些诡异的不眠之夜，那些无法控制的暴躁情绪，还有费景明说的，她是下一个。

连费景明这样游戏人间的人都逃不掉的诅咒，她能逃掉吗？她能逃离噩梦吗？

安子归到底仍然是安心顾问的 CEO，公司高层们的争斗，员工们虽然多多少少听说了一些，但是没有书面通告，大部分员工还是习惯了找安子归做最后决定，姚姐走了以后，来找安子归的人就开始络绎不绝。

什么事都有。

某某明星被拍到在餐馆剔牙，样子不太雅观，需要做一拨挽回颜值的宣传；某某品牌明年春夏的主打款和另一个品牌存在高度重合，需要事先公关；某某企业大佬即将公开演讲，但是拒绝了公关稿，鉴于这位大佬每次都非得语出惊人的惯例，他们得提前做好各种危机处理方案云云。

这些人说话夹杂各种英文单词或缩写，对于贺瑫来说，像是光怪陆离的新世界。他安静地听，偶尔有员工忍不住冲他傻乐的时候，他也会回以微笑。

一个下午时间很快就过去了，安子归一整个下午喝光了两瓶矿泉水，吃掉了小半块巧克力。贺瑫翻完了十几本杂志，把每本杂志上面被安子归画了圈的文章都读了一遍——他一直都知道安子归的工作是什么，他陪她做过案例演练，安子归刚开始工作那阵子，写文案的时候经常一边嚷嚷着以后要做家庭主妇，一边熬夜赶稿。

但是这么直观真实地接触到，却是第一次。

虽然晚了，但是意识到有问题，总比云里雾里什么都不知道，以为安子归只是腻了想离婚的好。

贺瑫合上最后一本杂志，揉揉肩："巧克力要不要？"

他问得很平淡，无视安子归警戒的眼神。

她到底不想让他碰触什么？她不说，他就自己找。

公司里也并不是所有人都欢迎安子归的，忙到傍晚七点，安子归办公室里来了一位不速之客——谷珊。

她风尘仆仆，推门，关门，和安子归对视了一秒，站直了恭恭敬敬地喊了一声："安总。"

目不斜视，就仿佛坐在沙发上的贺瑨根本不存在。

安子归安静地看着她。

"你做了什么？"谷珊两眼猩红，明明很狼狈，却硬撑着挺直腰背梗着脖子。

"我什么都没做。"安子归回答。

"呵。"谷珊冷笑。

"但是你做错了四件事。"安子归在电脑键盘上敲下最后一个回车键，合上笔记本，看向谷珊。

从谷珊出面把她接到度假村到现在不足四十八个小时里，谷珊一直在战斗，试图趁着这次机会把她拉下台，试图一次性解决股东大会的难题。

但是，就在五分钟前，股东发了一封辞退邮件，因为战略调整辞退执行总裁助理谷珊，即时生效。

谷珊输了。

"第一件事，你不应该相信那份离婚协议书。"安子归慢吞吞地、耐心地一个个数下来，"你在我身边那么多年，应该明白我从来不会把公事带回家，也应该明白离婚协议书这种东西，我是绝对不会带到公司里的。"

但是，谷珊居然就上钩了。

"你无非就是觉得我精神不济，想要乘虚而入。"安子归笑笑，"但是谷珊，我吃药一年多，你什么时候看我失误过？"

谷珊的手慢慢地握成拳。

"第二件事，是选择了那个度假村。"安子归继续说，"如果我是你,那天晚上会直接把我送出国。你想要斩断我对外的联系方式,又怕万一有工作你一个人搞不定,犹犹豫豫的,结果就选了这么一个地方。"

公司的度假村,保安都知道她是谁,进出完全自由。

"你是笃定我的心理状况已经无法自理了,还是自信自己真的能靠着宓荷这件事的负面影响取得股东会的完全信任?"

"相信股东会给你开的空头支票而无视了我,是你犯的第二个错误。"

谷珊一动不动。

"第三件事,是费景明。"安子归没有停顿。

谷珊的身体微微一僵,背挺得更直。

"你不该去找他的。"安子归叹息了一声,"从以前到现在,你都不该去找他的。"

先不谈费景明这个人能不能让贺瑫真的吃醋,谷珊之前带着目的接近费景明所发生的那一系列风花雪月,伤得更重的那个人其实是谷珊。

相比费景明,谷珊对费景明动心得更多一些。所以,她才会在决定曝光安子归黑暗面之后,第一反应就是带着贺瑫去找费景明。

就像谷珊决定要和安子归争夺公司 CEO 位子的最初导火索,其实是安子归和费景明的绯闻一样,谷珊把安子归当成敌对对象,其实是因为费景明。

真正把对方放到心里并且一直在纠缠的人,是谷珊而不是费景明。

这一点,安子归没有再往下说。

"最后一个错误,"安子归的声音沉了下来,"也是最致命的错误。你不应该在宓荷这个案子还没有任何结论之前,就先断定这场火的加害人是宓荷。"

新城公安局的办事效率很高,蔷薇庄园火灾的具体情况已经在下午由官方微博发布了警方通报，内容说得十分翔实。

根据火灾现场的情况，蔷薇庄园的起火点是一楼楼梯口，起火原因是汽油燃烧，放火人是曹苏清。着火的时候曹苏清的妻子刘玫和宓荷都在二楼，因为二楼的窗户从外面被人钉死，宓荷和刘玫在逃跑无门的情况下吸入大量烟尘死亡。

警方通报出来之后，所有黑宓荷的声音全都沉默了，而黑安子归的声音，也一样沉默了。

这场拉锯战，安子归看起来什么都没做就赢了。

"你一开始就知道火不是宓荷放的！"谷珊声音尖厉。

她只错了这一步！

她输了，只是因为她被安子归假装精神不济的样子骗了！她输了，只是因为她没有安子归那么多的人脉和消息来源！她输了，只是因为安子归倚老卖老！

"我不知道。"相比谷珊，安子归平静到残酷，"我只是从来都不会在事情没有定论之前就下决策。"

谷珊冷笑，她不信。

如果不是累积的人脉够多够强，为什么蔷薇庄园火灾的警情通报刚刚出来，股东会那边的人直接就发邮件辞退了她，并且将股东大会推迟到半年后？

谷珊的牌都还没打完，股东大会就已经把她当成了弃子。

凭什么？

"就算安心公关现在的财务状况不佳，但是市场扩充很快，估值并没有掉很多。"安子归一个下午说了很多话，嗓子已经有些哑了，不管谷珊能不能听进去，这都是她最后一次教她，"股东会的人都是经验丰富的投资者，他们要找安心顾问今后的 CEO，最基本的条件就是不能比我差。"

"公关是个状况频出的高压工作，你在这四十八个小时里暴露了自己所有的缺点。"

第六章　不速之客

"决策错误、优柔寡断、公私不分。"十二个字，每个字的分量都很重，"不是我这几年教得不好，而是你的性格确实就不适合坐上我这个位子。"

"首席执行官的重点在执行，每一个决策都关系到两百多名员工的生计，这个工作，你胜任不了。"

安子归知道谷珊听不进去，她现在应该满脑子都在想，她输只是输在资历和人脉上，就像以前一次一次地跟她说定公关方案要了解人性，这世界上唯利是图的人确实有很多，但是也真的有那么一部分人并没有成为利益的奴隶，他们心里有其他想要守护的东西。

谷珊从来没信过这个。所以从一开始，谷珊就不适合做公关这一行，低估人性的人没有办法成为真正的公关。

她们今天之后就真的分道扬镳了，谷珊被辞退，估计会第一时间投靠竞争对手方蓝，再次见面，应该就是敌人了。

作为带谷珊入门的老师，她今天说的那些话是送给她最后的礼物。

谷珊走了。

她到最后倒是很有骨气，捧着自己的随身物品在所有人的注目下走得昂首挺胸。

办公室里又只剩下他们两个人，贺瑶放下了杂志。

"谷珊离职以后会去哪里？"他问。

他忘不了谷珊临走时的眼神，安子归到最后还在教她，但她却仍然怨恨。

这世界有一些人是无论被如何对待到最后都只能交恶的，因为他们能力不出众，出了问题从来不反思自己。

"应该会去方蓝的公司。"安子归合上电脑。

"她会不会知道费景明为什么说你是下一个？"他开口问的第二个问题，恰恰就是安子归最希望他问的。

095

"我不清楚。"几个小时前,她也是这么和老赵说的。

老赵信了。

但是贺瑫,她不确定他会不会相信。

她需要他不相信,这样他就会去查谷珊,就可以离真相远一点。

"我这次的假期出乎意料得长。"可贺瑫跳过了这个问题。

他在说话的时候起身用办公室的净水机接了一杯热水,安子归在脑子高速运转的状态下下意识接过,下意识喝了一口。

没有排斥。

她喝了那么多冰水,他都替她胃痛,也不知道她这几年生理期是怎么过的。

"这假期来得挺讽刺。"贺瑫说得慢悠悠的,"这几年我一直都在申请调岗,领导的意思是总得等我把矿里的安全监察做到可持续运行才可以。"

"为了完成领导的要求,我这几年也做了很多事。"

安子归端着热水,间或抿一口,慢慢入了神。

和她一样,贺瑫也很少会提到他的工作。

她都有些忘了上一次他们这样坐着谈心是什么时候了。

"好不容易安全系统运转可良性扩展了,领导也终于松口让我调岗了,拍着胸脯跟我说调岗前可以给我放长假了,"贺瑫苦笑,"结果没想到,我又要离婚了。"

"你领导同意你调岗了?"安子归抓到了重点。

"调到新城的城市地下空间安全和应急响应部门。"贺瑫回答。

安子归:"什么时候?"

"你跟我说离婚那次,半年前。"

安子归:"所以你拒绝了?"

半年了,他还在那个该死的矿里。

"嗯。"贺瑫苦笑,"我当时意气用事了。"

虽然现在想这些有些不合时宜,但是安子归还是没忍住想象了

第六章 不速之客

一下，贺瑁如果调回新城，他们会怎么样。

这是他们憧憬了好多年的梦想，原来曾经那么近过。

"总之领导听说我要离婚吓傻了，直接开了一个月的假，并且跟我说如果办离婚手续很麻烦，可以给我两个月。"贺瑁把话题拉了回来。

他领导当时很愧疚也很痛心，也知道安子归现在是出了名的女强人，他怕财产分割什么的时间太久，所以一拍桌子给了个很不合常理的假期。

"简单来说，我现在可以有两个月的长假。"

两个月，六十天，快要赶上他们结婚五年在一起的日子的总和了。

"我知道你想离婚。"他说，"我也知道我没有说不的立场。"

他卑微至此。

"但是你现在的情况，不适合一个人。"他接着说，"费景明死前说的那句莫名其妙的话，你凌晨的时候说摔倒就摔倒的问题，身边都离不开人。"

"所以，我想在这两个月的时间里和你寸步不离。"他终于说到了重点，"两个月以后，如果你还是坚持想要离婚，我会同意。"

这就是他的办法。

"你得给我时间缓冲一下。"贺瑁身段放得更加低，"我们对这段感情都是认真的，也都付出了很多。"

"我认为我们之间确实存在很多的问题，这两个月，我想正视这些问题，尝试解决这些问题。我总觉得，我和你，不应该是这样的结局。"

离婚，还不至于。

第七章

一团迷雾

安子归捧着水杯，掌心温度滚烫。

这也是她希望贺瑫想到的办法，只是时间比她计划的多了一个月。

一个月时间，足够让贺瑫完全了解她的病情，摸清她目前的社交关系，确定她虽然有很多仇人，但是成人世界这种事难免，真的结仇到会动手杀人的还是不存在的。

然后，他们就可以离婚了。

但是两个月时间，他有可能会摸到事实真相的影子，和她一样泥足深陷无法自救。而且，她会不会马上就步上费景明的后尘？她会不会连两个月时间都坚持不了？她会不会在自己根本没查到事情真相前就投降了？她会不会最终还是把贺瑫拉下水，让他看到她最狼狈的一面，让他看着她死？

"子归，你得给我机会。"她深爱的男人正在用最诚恳的语气请求她，他把自己放到最低的位子，把所有责任揽上身，"你现在这种情况让我放手，我之后要怎么生活下去？"

这样的问题，她无言以对。

"寸步不离？"她听到自己问。

"谷珊走了，你缺个助理。"贺瑫答。

"我不可能找自己的老公做助理。"安子归听到自己的声音还在继续。

她已经看到了结局。

她会妥协。

第七章 一团迷雾

因为这样，贺瑫会陪她两个月，在她最最危难的时期，寸步不离。

"你不用对外介绍我是你老公，只是助理就行。"贺瑫想了想，补充道，"你定个协议，只要不是雇佣关系就可以。"

就不会违反他自己的工作合同。

认认真真，一如既往。

"我接下来会拒绝股东会交给我的那些事情。"安子归看着贺瑫，面无表情，"我接下来的工作重点是拆分公司。"

"好。"贺瑫笑了。

他知道，她同意了。

"贺瑫……"半年来，安子归第一次想和她的丈夫说一句心里话，"你会后悔的。"

等到他看清楚迷雾背后藏着什么，等到他再一次经历无能为力的时候，他和她，都会后悔的。

贺瑫没有回答，只是站起身："一起去买点儿菜，晚上我下厨。"

他还顺手揉了揉她的头发，笑得很暖很暖。

安子归坐在车里想，她有多久没有去过菜市场了。

晚上八点以后的夜市，白天的菜场面积被压缩到一半，菜品并不丰富，来买菜的大多都是像他们这个年龄的人，下了班风尘仆仆，随手买点青菜面条回去就可以糊口。

很少有人像贺瑫这样精心挑选，一圈逛下来手里拎着两个大袋子，鼓鼓囊囊的。

怕她闻到菜味犯恶心，每个菜都包得严严实实，放到后备厢之后他还特意观察了下安子归的表情。

"我没那么敏感。"安子归不自在地别开眼。

之前的呕吐本来就是故意的，为了加深他的愧疚感，方便离婚才刻意为之。她在公司中午吃饭的时候员工都是叫外卖或者自己带饭，十二点之后整个公司都是饭菜香味，她要是连这个都忍不了估计早就呕吐致死了。

"跟我说说你的病。"贺瑫确定安子归真的不是在逞能之后才系好安全带，发动车子。

"哪一个？"安子归更不自在了。

贺瑫已经完全回到她提离婚前的状态了，对话太自然，仿佛断绝联络的这半年不存在一样。

贺瑫看了安子归一眼。

夫妻多年的默契告诉安子归，他这一眼的情绪十分饱满。

"非典型性进食障碍。"安子归发现自己挺尿，居然立刻就回答了，"还有就是失眠。"

"具体症状？"贺瑫皱着眉头，"别把手塞在安全带里面。"

安子归："两个月之后，我还是要离婚的。"

虽然这话说出来她自己都快要不信了，但是她觉得还是有必要重申一下的。

她已经自我适应了半年没有老公的日子，现在突然又要让她重新接受，觉得真的是在没事找事。

"什么情况下会吐？"贺瑫果然习惯性忽略了离婚的话题。

"不知道。"安子归把手从安全带里面拿出来，坐得规规矩矩的，回答得很没诚意。

"随机的。"她又补充。

也不知道为什么突然就心虚了。

"一整天不吃饭不会饿吗？"贺瑫继续问。

"不会。"安子归摇头。

"没有食欲，感觉不到饿，暂时还不了解为什么会吐？"贺瑫帮她总结。

安子归想了想："有食物触感的时候，容易吐。"

比如今天凌晨手里捏着鸡蛋饼。

第七章　一团迷雾

"睡眠呢？必须得借助药物？"贺瑫非常自然地进行下一个话题。

"嗯。"可能是贺瑫问的问题都是她打算告诉他的，也可能是他问问题的方式太熟悉，安子归渐渐地也放松了。

"一次能睡多久？"快到小区门口，贺瑫看了一眼拐角处的记者，伸手把安子归后脑勺压了下去。

"不一定，短的几分钟，长的三四个小时。"后脑勺再一次有了贺瑫的温度，但是这一次她没有皱眉。

"这一年我每次回家你都借口公司太忙，不是出差就是在家吃顿饭就离开，就是为了怕我发现你的情况？"贺瑫拐进小区，拿开压着安子归后脑勺的手。

拿开的时候，贺瑫很顺手地帮她捋了捋一头的乱毛。

"唔。"安子归含含糊糊地应了，视线看向窗外。

她心里有种很模糊的奇异的感觉，从贺瑫说这两个月他们寸步不离开始，这种奇异的感觉就越来越具象。

她轻松了很多，好像之前所有的重压都短暂地离开了，在贺瑫开的这辆她无比习惯的车上，她似乎又回到了病前的样子。

有人关心，活着的样子。

可是不应该那么容易的。

这一年来她为了找到这种感觉，做了那么多心理咨询，吃了那么多药，还参加了各种互助会，不应该只是他在身边，一切就变好了的。

她爱他，但是不至于依赖成这样。

她明明希望他离开的，真心希望他走，真心希望离婚，真心希望他们之间各奔东西也能有个好结局。

可为什么他不离开，她反而觉得松了口气？

"除了吃药，医生有没有其他的治疗方案？"拎着两大袋东西进电梯不方便按楼层，贺瑫想用手肘撞一下，结果看到安子归抿着嘴主动按了自家楼层，按完之后就退到角落里，继续抿着嘴。

"没有。"安子归很敷衍地回答。

"要不要换个医生？"贺瑫皱起眉头。

"不要。"电梯到了，安子归率先走出电梯，打开家门之后，愣在原地。

一片狼藉，尤其是主卧门口，电钻的电线还插在插座里，家用楼梯，工具包，还有几个不知道从哪里翻出来的探照灯。

他们家居然还有探照灯。

贺瑫也看到了，这都是他的杰作。

"我不知道主卧密码。"他难得有些窘，把一堆东西搬到厨房的时候，用很快的速度把电钻电线踹到角落里，连同插座一起。

"你怎么不直接炸了？"安子归走了两步就差点被电线绊倒，无语到找不出词来骂他。

至于吗？

"你今天先睡次卧吧，我明天白天把主卧的灯换了。"贺瑫从厨房里探出半个身体。

不知道为什么，他很不放心让安子归一个人进主卧，那个黑洞洞的光线都照不进去的地方。

"不用了，我让王阿姨过来收拾。"安子归已经从主卧走了出来，低头准备打电话，"主卧的灯不用修，电线是我自己剪断的。"

贺瑫忙碌洗米的手一顿。

"医生给你的治疗方案？"他不了解心理学，但是隐约觉得这治疗失眠的方法过于诡异了。

"心理咨询师给的。"安子归马上补充，"我不打算换医生，也不打算换心理咨询师。"

你就寸步不离两个月，折腾个屁。

这句话，她皱着眉咽了回去。

第七章 一团迷雾

为什么她心里会冒出这句话？

"那些洋娃娃也是心理咨询师给你的？"贺瑫随口问了一句，拆开袋子里的蔬菜。

"什么洋娃娃？"安子归抬头，一脸茫然。

"主卧里的……"贺瑫的声音戛然而止。

他刚才急于藏起他用电钻钻门的证据，进来的时候没有太关注周围，但是现在一回头，就发现不对劲了。

之前放在客厅的那些雕像不见了，拐角处的报时钟也不见了。

只有墙上还留着黑白画，但是没有了那些摆设，这些黑白画看起来就没那么恐怖了。

"今天白天王阿姨来过？"他迅速走进主卧。

不见了，沙发上放着的洋娃娃头，墙边堆的酒瓶和药都不见了，床铺干干净净，除了墙壁上棕色的花纹装饰，其他看不出任何异常。

"没有。"安子归打开手机 App——家里是密码锁，进出都有记录，"今天家里没人来过。"

"这些药你也没见过？"贺瑫想起自己昨天在安子归房间里拍下来的照片。

安子归只看了一眼，皱着眉头："不是我吃的药。我平时的药都随身带的，家里没有。"

"这是在家里拍的，你的卧室里。"贺瑫沉声。

安子归看起来有些疑惑也有些不确定："我应该没吃过这些药。"

"这药是治疗抑郁的，副作用会产生幻觉。"贺瑫收起手机。

他早就查过了，安子归卧室的药都是治疗抑郁的，副作用明显。

"我没有抑郁症。"安子归这次倒是答得很肯定。

"你也没有收藏断头雕像的习惯，也仍然不喜欢在家里放报时钟。"贺瑫用的是陈述句。

安子归一脸莫名地点头。

"联系王阿姨，让她来一趟。"贺瑫看着安子归，一字一句，"我

105

昨天到家的时候，家里都是断头雕像和洋娃娃头。"

他得弄清楚，是安子归忘了，还是其他的原因。

安子归就是下一个。

费景明临死前的警告言犹在耳。

一团迷雾中，贺瑫只能看到安子归看起来全不知情的空白表情，后背冷汗涔涔。

保洁王梅今年六十岁，做完这个月，正好在他们家做满十二个月。

安子归对卫生要求很苛刻，王梅手脚利落，算是在他们家做的时间最久的保洁，为人友善老实，和安子归的关系也不错，逢年过节王梅回老家都会给安子归带点土特产，贺瑫每次回来前安子归也会叮嘱他买点王梅孙子爱吃的驴打滚。

所以，当王梅赶过来一脸诧异地反问贺瑫到底是什么雕像的时候，贺瑫着实愣了一下。

"桌子上的那些被扯断头的雕像。"贺瑫重复，并且在茶几上比画，"就放在这里，当时我问你家里是不是重新装修过。"

"这话我有印象。"王梅老实巴交非常诚恳，"您问我家里是不是装修过了，我说动了几个小物件，重新刷了漆。"

贺瑫皱起眉头："房间里的药呢？还有那些空酒瓶？"

王梅下意识看了安子归一眼，一脸茫然絮絮叨叨的："什么药？"

"安小姐对卫生要求很高，所以，我会定期给房间里的地毯消毒。消毒的时候会有酒精味，但是用的都是安小姐买的消毒剂，没有用过酒。"

"怎……怎么了？"王梅似乎被贺瑫严肃的样子吓到了，转向安子归，"我……没有拿过您家的东西。"

安子归摇头："不是说你拿了家里的东西，只是家里的摆设和昨

第七章 一团迷雾

天不太一样了。"

贺瑶看了安子归一眼。

她用的肯定句,一点都没怀疑他之前的话。

"我没动过啊……贺先生来的时候我正在打扫主卧。"王梅怯怯的,紧张兮兮地搓着手,"您说过主卧不要让人随便进去,我看有人进来了,锁了门就急急忙忙出来了……"

王梅咽了口唾沫:"昨天贺先生的脸色很差,我……胆子小……走了以后就再也没有回来过。"

"您手机里有进出记录的,您可以去查。"王梅语速很快,满脸诚恳。

除了那些诡异的东西,她说的其他话都和昨天发生的事情对得上,只是一口咬定没有见过什么雕像,也没有动过家里的东西。

安子归不说话了。

王梅看起来很不安,搓着手踌躇着欲言又止。

"会不会是您看错了?"她佝偻着背,"或者记岔了?毕竟您有阵子没回家了……"

王梅的到来对解开那团迷雾没有任何帮助,她一口咬定自己没有再回来过,安子归手机上密码锁的进出记录也确实一片空白。这位看起来面容十分质朴的中年妇女只是絮絮叨叨地强调着她的手脚很干净,不会偷拿雇主的东西,她们做保洁的现在也是有组织的,不能随便冤枉,来来回回的,一直到走都满脸委屈。

"你怎么看?"安子归关上了门,转身面向贺瑶。

"报警。"贺瑶毫不犹豫。

这如果真的是王梅拿的并且王梅承认了,可能还不一定是大事,那些东西虽然诡异,但是大多造型逼真价值不菲,仅仅只是见财起意倒简单了。

可王梅没有承认,甚至矢口否认自己见过这些东西。

他不可能看错。那么，撒谎的人只有可能是王梅。

"这事算不算偷窃？"安子归皱起眉。

"我先问问。"贺瑫正站在昨天放报时钟的角落，那东西当时是贴着墙角放的，现在墙壁上有几个不怎么明显的刮痕，贺瑫弯腰对着那些刮痕一一拍照，凭记忆在网上找了些和那些东西差不多样子的照片，连同王梅在家里做保洁签的协议和身份证复印件一起全都发给了林从凡。

林从凡几乎立刻就打了电话过来，问清楚原因之后沉吟片刻："我跟老赵反应一下，你等我这边的反馈再报警。"

"好。"贺瑫应得干脆。

"就应该这样！"林从凡在电话那头亢奋得不行，"有什么不对劲的一定要找警察，千万别自己瞎折腾，万一真出事了，不但危险还容易打草惊蛇。"

"我跟你说……"他大概是真的没接案子闲得慌，一张口就又准备要长篇大论。

贺瑫皱着眉直接挂了电话，站直了开始环视四周。

家里还是乱糟糟的，刚才等王梅的时候没心情收拾，现在空下来，他卷起袖子准备先把主卧门口堆着的那些砸门工具归归位。

安子归就站在玄关处看着贺瑫忙东忙西。

厨房里炖着他之前就在熬着的汤——他说今天晚上吃乱炖，先弄了条鱼和肉骨头，大火熬成奶白色底汤，再往里面丢蔬菜粉丝，这是他俩以前冬天很爱吃的菜。

他说今天晚了凑合着吃一点，如果胃口不好，喝点儿汤也行。现在整个屋子里都是鲜鱼肉骨头汤的香味，还有抽油烟机轰隆隆的响声，以及贺瑫乒乒乓乓搬东西的声音。

"你真的不过来搭把手吗？"贺瑫扭头看她。

不知道为什么，总觉得她站在玄关处扶着门把手的样子像是随时想溜。虽然他知道自己老婆从来就不会那么幼稚。

第七章 一团迷雾

她最讲理。

安子归慢吞吞地走近,接过贺瑫递给她的电线和插座。都不是很重的东西,他只是需要她站在他旁边。

"你先拿着,一会儿一起放工具箱。"贺瑫苦笑。

他昨天可能是失去理智了,几乎掏空了地下室里所有的工具,也不知道一个人怎么搬上来的。

"贺瑫。"安子归低着头看贺瑫把乱七八糟的线一点点理顺,卷成一团团地放在她手上,剩下的又继续重复这些动作。

"嗯?"贺瑫应了一声。

"谷珊会发现我精神出现问题,是因为我有时候会记忆错乱。"她在抽油烟机轰隆隆的背景音下说得很轻,低着头,所以看不清楚表情。

但是贺瑫听清了,他手里的动作慢了下来。

"长期失眠,进食障碍都会让记忆力和情绪出现问题。"安子归继续说,"所以我有时候会突然忘记自己在做什么,或者忘记现在是什么时候。"

就像今天早上那样。

"还会情绪失控,痛哭或者狂笑。"

"照顾这样的病人是很艰难的。"

"久病床前无孝子,更何况我们只是夫妻。"

夫妻只是同林鸟,不需要大难临头,只要一阵大风都可以各自飞。

"我们恋爱五年结婚五年,十年时间,三千多天,你觉得我们只是夫妻?"贺瑫拧眉,反问。

"绕起来了。"安子归伸手拿走贺瑫手里的电线,避而不答。

贺瑫拧着的眉一直没展开过。

"林从凡说一会儿那个赵刑警会来我们家。"贺瑫的手机响了一声,贺瑫岔开了话题。

她不想聊就不逼她了,不管她装得多镇定多坚强,只要看到她薄成蝉翼的肩胛,他心里就痛得慌。

"把那个箱子递给我。"他又下了新的指令。

只字不提刚才的话题,也没有问出自己心里最想问的问题。

她情绪失控的时候,身边只有谷珊吗?她记不起现在是什么日子的时候,有没有想过找他?孤独吗?

老赵不是一个人来的,身后还跟了个二十出头的小伙子。

"他也姓赵,喊他小赵就行。"老赵介绍得毫无诚意。

小赵尴尬地冲着两人点点头,小声嘀咕了一句自己的名字。

"老赵小赵不好吗?"老赵不乐意了,瞪了小伙子一眼。

小赵讷讷地接过安子归递给他的水,挺不情愿地又嘀咕了一句:"挺好的。"

"我们来之前调了小区监控。"满意的老赵直接进入正题,"你们说的这个王梅确实是昨天下午五点左右离开的小区,之后一直到今天你们喊她过来问话,中间都没有进出记录。"

"而且根据贺瑫跟林从凡说的内容,这些东西里面包括一个一米多高的报时钟对吧?"老赵看向贺瑫,林从凡已经把所有东西都一股脑儿地发给他了。

"对。"贺瑫点了点头。

"这东西很沉,你让一个五十多岁的女人一个人搬出小区,可能性太小了。"老赵把手机还给贺瑫,"所以,我们也调取了你们这个单元的电梯监控,这段时间内也没有从你们楼层里搬出大件物品的影像。"

"不过这都说明不了什么,你们两个离开家的时间都超过二十四小时,这么长的时间内,拆开钟表逐件运走的可能性也是存在的,我们回去以后会重新细看一遍监控。"

旁边的小赵苦着脸。

第七章 一团迷雾

从他实习开始，他每天的工作都是看监控，导致现在做梦的时候，梦里场景的右上角老是刻着时间，动不动就快进。

"不过，我还在考虑另外一种可能性。"老赵看向安子归，"昨天之前，你回家的次数多吗？"

"如果不出差，我基本每天都回家睡觉。"安子归很合作。

"一般都几点回家，几点出门？"老赵继续问道。

安子归想了想："不固定，不过我通常晚上十点后回来，早上四五点走。"

"这么早？"老赵意外。

"嗯，我睡眠不太好，所以每天都这个点起床晨跑去公司。"安子归说这话的时候刻意忽略了贺瑫的目光——她没提离婚前，每天早上七点多都得假装自己刚睡醒的样子接他的叫早电话。

"周末呢？"老赵想了想换了个问法，"你最后一次白天在家是什么时候？"

"好几个月前了。"安子归皱眉回忆了一会儿，摇摇头，"抱歉，具体时间记不清了。"

老赵摆摆手，表示不用在意："你回来的时候会开灯吗？我的意思是，我听你之前说过，你的精神状态让你并不愿意在过亮的光照下待太久。"

所以第二次进问询室的时候，她要求把问询室的大灯关了。

"我一般只开过道的长明灯和卫生间的小灯。"安子归揉揉眉心。

"介意吗？"小赵站起身，打算模拟安子归以前在家的灯光。

安子归摇摇头。

屋子瞬间暗了下去，身边贺瑫的存在感变得非常突出，安子归皱着眉往另一边挪了挪。

贺瑫沉默了一瞬，站起身，坐到另外一张沙发上。

他不想给她压力，她身上的压力骤减，却奇怪地觉得心里空了一块。

111

老赵完全没注意两口子在干什么,他从玄关走到主卧门口,又从卫生间走到厨房冰箱门口。

"在这个光线下,贺瑙说的那些东西即使存在你也不一定能看得到。"老赵下了结论,示意小赵开灯。

"你的意思是……"贺瑙沉下了脸,"这些东西有可能一直在,只是因为我回来了王梅才把东西搬走的?"

"不一定是王梅。"老赵没否认贺瑙的猜想,"因为你发给我的那些照片,让我联想起了一些事。"

他把贺瑙发给他的那些物品照片递给安子归:"你看看这些东西,有没有特别熟悉的?"

安子归一张张地看过去。

都是恐怖风格的东西,熟悉她的人都知道她平时绝对不会接触也绝对不可能会放在家里的东西。

"没有。"她看完图片,答得很肯定。

老赵却不急着把图片拿回来,看着安子归:"你再看看。"

安子归怔了怔,低头拧眉继续看。这次看的速度慢了不少,一张张仔细地看。

"我……"她开始有些不确定,"应该见过类似的东西……"

安子归的眉心越锁越紧:"但是,我不记得在哪里看到过了。"

老赵和小赵交换了一个眼神。

"你有没有听过一家叫作无限维智能科技的公司?"老赵问了个毫不相干的话题。

"听过。"安子归答得很快,"我知道它是费景明弟弟开的一家创业公司,安心公关给他们上过几堂公关培训课。"

"友情价的那种,不是长期合作,所以没有协议和合同,只有财务那边的入账说明。"安子归补充。

"唔。"老赵含糊不清地应了一声,又递给安子归一沓照片,"你能在里面找到费景明弟弟的照片吗?"

第七章 一团迷雾

"能。"安子归只在照片堆里看了两眼就抽出一张照片,"是他。"

一个看起来二十多岁的年轻人,打扮得很潮,耳朵上有一颗银色耳钉,和费景明一样痞里痞气的。

"这是他公司内部装修的照片。"老赵又拿出一张图片。

安子归接过,动作一顿。

费景明弟弟公司前台的柜台上,放着和她刚才看到过的风格完全一致的雕像,只是柜台上的雕像被扯断了手脚。

"这些雕像应该是一个系列的。"老赵接着解释,他现在查的案子里,有两个以上的受害者家里曾经出现过这种东西。

安子归不说话了。

贺瑫拿走安子归手里的照片,照片里科技公司前台的柜台上面摆放了一排诡异的雕像,黑色的,和他昨天在家里看到的风格一模一样,只是这些雕像都有头,脸上表情像是在痛苦无声地呐喊。

"费景明有没有跟你提过他用来敲诈你的那些视频都是从哪里得到的?"老赵又问。

安子归摇头:"没有。"

"费景明所有用来敲诈的视频都是监控视频,这些监控视频都出自无限维智能科技公司。"老赵揭晓谜底,"公司的法人姓刘,是一个四十多岁从没有出过深山的男人,并不是所谓费景明的弟弟。"

"照片里的这个人,姓孙,叫孙其,是公安机关在内部公安网下发网上追逃(网上通缉)的犯人。"老赵的声音低沉缓慢,"一个月前,在家中烧炭自杀了。"

第八章

她的计划

安子归觉得冷，一股寒意从脚底直蹿上来，后脑勺麻麻的。

四十八小时内，她已经得知了五个人的死讯，三个死在火海里，一个死于意外，还有一个死于自杀，这五个人她都认识，都打过交道，她对他们最后的印象，都是活生生的。

她甚至在费景明临死前还和他通过电话，对方问她今天去不去跑山，她说她最近不太方便公开露面，接着就被费景明很不讲究地调侃了一番，大致意思就是笑话她不会用人。

"你这心眼真不适合做这行，也就看起来像个王者罢了。"这是他们之间最后一句对话。

她为什么总是记得这些画面，那些以后再也见不到的人留下来的最后一个场景，声音、颜色、触感，缠绕成梦魇。

贺瑫不知道什么时候又坐了回来，存在感仍然很强，但是她这次没有躲，像扑向热源的飞蛾，身体往后贴着他的胳膊。

她感觉贺瑫搂住了她，姿势熟稔自然。

她听到贺瑫开始说话，他问她："要不要吃药？"

"不用。"她很轻地摇头。

不是低血糖，只是单纯地觉得冷，从身到心，从皮肤到血脉。

"我们继续。"她看向老赵。

老赵知道她的情况，表情并不意外，只是后面说话的语气多少软和了一些："现在还无法确定费景明那段录音里最后说的那句话是不是死亡预告，但从我们现在调查到的线索来看，这也不是一句可以被忽略掉的话。我们今天过来，就是想重点聊下这件事。"

第八章 她的计划

到现在，能够串联起来的有问题的自杀和意外案件一共五起，死亡人数七人，都同费景明和无限维智能科技公司有关。

这个盗用身份信息注册的科技公司，表面生意是外包开发，实际则是一家专门利用监控漏洞非法下载监控视频的黑客公司，他们利用大数据筛选视频，留下有争议的进行敲诈。

费景明则是这家公司的掮客，负责和顾客沟通，敲诈顾客，甚至在敲诈之后还能很好地维系主客关系——不管是安子归还是宓荷，在给费景明钱之后，都没有和他交恶。

费景明为人处世自有一套诡异的原则，他只敲诈视频里的东西，对于视频外看到的秘密，他嘴巴很紧，并且为人十分仗义。而且他敲诈的内容五花八门，切入点极为刁钻，就像股东们决定卸任安子归的视频，他的切入点居然是贺瑫，让人非常难以预料。

所以他们无法从已经死去的受害人角度了解费景明到底敲诈了什么，但是也基本排除了这些人会因为费景明的敲诈选择自杀这种可能性。

这一个个散落在时间线里像是毫无关联的案子，因为费景明的死被连在了一起，这条线上相关的人都死了，唯一活着的，只有安子归。

她现在就坐在对面，被她的丈夫半搂着，脸色惨白，看起来强撑着精神，却终于和他第一次问询她的时候不一样了。

她有了情绪。

在自己家里，在丈夫身边，她不再穿着那身必须挺直腰背的晚礼服，脸上的浓妆卸了，她终于有了人味。

"这个辖区的派出所会增加在这附近的巡逻频率，我队里的刑警也会抓紧时间一一排查你身边可能产生威胁的人际关系。"老赵看着安子归，"但是同样，也需要你的配合。"

"我希望在一切还没有明朗化之前，你尽量不要单独行动，减少出远门的次数，维持相对稳定的行动路线，一旦发现异常，第一时间通知我们。"老赵顿了顿,"就像今天这样。"

安子归蹙眉:"如果我没有理解错,费景明应该是在跑山的时候因为路滑意外死亡的。"

这句话问得略微有些多余,老赵看了她一眼。

或许是她乍然听到那么多消息,精神有些恍惚。老赵心想。

"在死亡之前就已经预知到自己可能会死亡的情况,严格来说,并不能算是意外。教唆或者说引导他在那种天气下跑山的人,需要对这种意外负责。"老赵回答得很官方。

"费景明的事情,和我们家里出现这些东西又突然消失有关?"贺瑫开口。

老赵又看了贺瑫一眼。

"这个案子还在查,很多证据链都还没有闭环,作为警察,我不能说太多猜测的内容。"

"但是,你们家的雕像和无限维智能科技前台的雕像是一个系列的。再加上费景明死前说的话,这都不是巧合。"

"之后你们如果还能想起费景明或是无限维智能科技公司的事,也请第一时间联系我们。"老赵站起身,该说的都说得差不多了,跟这两人说话很省心,理智,合作,也都知道轻重。

走到门口,老赵又停下脚步。

安子归还坐在沙发上,把他们送到门口的是贺瑫,他个子高大,沉默寡言,一边送他们一边回头察看安子归的状况,显得有些心不在焉。

"小林在派到辖区之前,我是他师父。"老赵这句话是看着贺瑫说的,"小伙子挺踏实,做事也靠谱。"

小赵偷瞄老赵,不明白他为什么要聊这个话题。

"你有事可以多和小林聊聊。"老赵接着说,"不方便跟我们说的,你可以和他说。"

"你也看到了,受害者大多数都是死于自杀或者意外,身边的人

第八章　她的计划

在这种时候陪着她可能才是最好的保护。"

贺瑫瞳孔微缩，重重点头："谢谢。"

老赵冲他笑笑，带着小赵走了。

在电梯里，年轻的刑警想问又不敢问，熬得眼珠滴溜溜地转。

"人民警察最重要的职责是保卫人民生命财产安全。"老赵按了负一楼地下停车场，"生而为人，人命必须关天。"

"明白！"小赵脸上一肃。

"这个案子如果要以安子归为突破口，她身边的所有社交关系都得摸个底朝天。"老赵揉揉眉心。

偏偏是安子归这样复杂的人。

这是一场硬仗啊！

老赵走了之后，他们没有再对话。

厨房煤气灶上还煨着骨头汤，咕嘟咕嘟地冒着热气，冷色调的厨房里充满了水蒸气，迷迷蒙蒙，暖洋洋的。

安子归只喝了几口汤吃了一筷子娃娃菜两三块豆腐，贺瑫盯着她洗漱完吃了药关掉了主卧所有的灯，在黑洞洞的环境里钻进了被窝。

贺瑫没有进次卧，他找了条毛毯拿出笔记本电脑，准备在客厅安家——这样安子归夜里需要什么他都能第一时间知道。

"你几天没休息了？"半个小时后，安子归靠在主卧门边，裹着毛毯，手里端着一个杯子。

贺瑫合上笔记本，安子归瞥到屏幕上的几个关键词，都是和她的病有关的。

从前天公安局遇到他开始，他只在她面前假装狼吞虎咽地吃了半个鸡蛋饼，之后他滴水未进，给她递水给她投喂巧克力，哪怕晚上盯着她吃东西，他都没动过筷子。

睡觉就更不可能了。

她就没见过他闭过眼。

"睡不着。"贺瑫站起身,伸手想拿安子归的杯子,"你要喝水?"他去倒。

"你坐。"安子归看着他,"我们聊聊。"

"我在互助会里认识了一对夫妻。"她坐到贺瑫对面,"结婚快三十年了,孩子在外地读大学,夫妻两人很恩爱。"

"最先得病的是妻子。"安子归娓娓道来,"可能是因为孩子出去念书少了寄托,她一开始只是简单的失眠,后来严重到几天几夜无法合眼,神经衰弱,更年期提前,脾气暴躁,和生病之前判若两人。"

"之后,她的丈夫也病了。"安子归看着贺瑫,"抑郁症,失眠,在妻子又一次失控发疯的时候想要拉着她一起跳楼,幸好那天他们儿子突然回家……"

后面的话安子归没有接着说,她低头抿了一口水。

贺瑫在她床头柜放了一杯温水,用加热杯座热着,现在喝还是很烫。

"他们后来分居了,吵架的时候怎么伤人怎么来,再好的感情也磨没了,没离婚主要还是因为孩子。"

"我们也会变成这样的。"安子归放下杯子,"我们的感情甚至没有他们稳固,结婚这么多年一直聚少离多。"

"我这几年看了太多人性阴暗面,爱情亲情这些东西,太不堪一击了。"

"我知道你现在的心情,你觉得愧疚。"

安子归说话的时候,贺瑫就一直看着她,坐在沙发边缘,手肘放在膝盖上,双手交握。

客厅里只开了一盏三瓦的长明灯,所以,安子归看不清楚他的表情。

"我生病的事情瞒着你,我工作上遇到问题也瞒着你,你这人责

第八章　她的计划

任心重，觉得自己什么都不知情挺浑蛋的。"

安子归笑笑。

"都是这么过来的。"

"刚开始发现自己精神出现问题的时候，我也想过告诉你。"

"但那段时间兵荒马乱，你一直在矿里，我这里连续出了几个需要危机公关的案子，错过了时机，就变得不想说了。"

距离产生的隔阂无法消除，越变越深。

"人很奇怪，诊断出问题的时候第一时间就想告诉你，可等第一时间过去，我就觉得告诉你也没什么用，一个人烦总比两个人烦好。"

于是，事情越瞒越多，她的失眠越来越严重，神志恍惚，像是被下了魔咒，所有的事情都变得很不顺，生活变得越来越诡异，人……越走越远。

"你也会像我这样。"

"第一时间的愧疚过去之后，你也会像我这样的。"

冷静下来之后，他会发现她很难照顾，他会开始体力不支，他慢慢地会开始埋怨她为什么不早点把病情告诉他。

他也有工作，身上也有重担。感情只能支配第一感受，而之后，他们就得面对现实。

没人能斗得过现实。

她说得还算诚恳，算是再次见面后第一次推心置腹的长谈。

"你进去半个小时，就在想这些？"贺瑢终于说话了。

声音有点沙哑。

"我感冒了。"他说，"跑山的时候太冷了，费景明又非得在半山腰说话，吹了山风，一整天都不太舒服，所以没食欲。"

"我确实也觉得愧疚。"他笑笑，"这和责任心没什么关系，这几年我一直挺愧疚的，别人家夫妻双宿双飞，我俩除了过年，别的节基本碰不到面。两人要是有头痛脑热的都习惯自己去看病，明明是两个人，却过得跟单身差不多。"

"我想得没你多。我只是在想短期内应该怎么办。"

她为什么会是下一个？那些雕像怎么回事？她的病怎么才能好？

"我们先不想那么远的。"他说，"先解决眼前的问题。"

"我觉得夫妻之间谁的感情更稳固是无法比较的，现实问题确实很难解决，但是这五年来，我们一直都在解决。"

"你现在只是病了，想问题悲观了。"

"你刚上网查的？"安子归打断他。

这句话太心理医生了。

"嗯。"贺瑫没否认，"你要不要喝热牛奶或者泡个脚？"

他网上查的，这样容易入睡。

"不要。"安子归站起身。

不聊了。她太久没睡，反应不快，聊不过他。

"你也睡吧。"她转身，想了想，"感冒药家里应该还有，在药箱里。"

"吃药前先喝碗汤。"她走进黑暗里，又幽幽地说了一句，"沙发睡得不舒服就回次卧吧，被单什么的都是新的。"

两个月……

钻进被窝，安子归脑子混混沌沌地想，这如果是她生命最后的两个月，那么其实，她还是有愿望的。

她希望最后被牵扯进来的贺瑫可以全身而退。

她希望他们婚姻最后的这段日子，不要争吵，不要变得丑陋，不要留下怨恨。

她希望她可以解脱得体面，起码不要在死的时候像费景明一样惨不忍睹。

留个全尸，也算是她的愿望了。

第八章 她的计划

安子归进房间之后,贺瑫接了个陌生来电,一开始是吱吱啦啦的电流声,几秒钟之后,熟悉的女声传来——是几个小时前捧着杂物箱离开安心公关的谷珊。

"贺先生。"她笑嘻嘻地,"出来一趟,我给你看点东西。"

贺瑫皱眉,想直接挂了电话。

"是报时钟和雕像!"谷珊像是知道贺瑫要做什么,很快就说出了重点,"你不想知道是谁拿走的吗?"

贺瑫动作定格。

"一个小时后,来楼下。"谷珊也不啰唆,交代完直接挂了电话。

现在时间是晚上十一点,安子归刚躺下半个小时,主卧的灯全黑了,里面一点动静都没有。

贺瑫靠在主卧门旁边,脸上表情模糊不明。

一个小时后,客厅传来脚步声,大门门锁"咔嚓"一声又关上了,一切恢复安静。

安子归睁开眼,从黑暗中坐起身,等了一分钟,确定门外确实一点声音都没有了才翻身下床。

贺瑫记得她现在的精神状况不喜欢太亮的光照,家里所有窗帘都拉上了,只有玄关处那盏昏黄的小灯还亮着,客厅里面也基本漆黑一片。

安子归出了主卧后径直走向客厅角落的餐边柜——之前放报时钟的那个墙角,她虚空摸了摸,啧了一声。

黑暗中,她低头给自己点了一根烟,靠在餐边柜旁吸了一口。

看不清楚她的表情,只是点烟的那一刹那,打火机"啪嗒"一声照亮了她小半张脸,嘴角讥诮地扬起,点烟动作娴熟。

接着她的手指在餐边柜上模拟弹钢琴的动作,隔着木板,指尖轻敲,瘦削的手腕在餐边柜台面上左右翻动——那个地方,是之前摆放诡异雕像的地方,长长一排没有头的黑色雕像,颈脖边缘有逼真的血迹。

安子归就这样来回弹了两下,又吸了一口烟,把剩下的大半截烟掐了丢到一旁,打开了餐边柜的抽屉,伸手往抽屉最里层掏了掏,拿出几个药瓶。

接着拿水杯,接水,从每个药瓶里都倒出一把药,伸手仰头,准备把这堆东西吞下去。

手在半空被拉住了。

安子归第一个反应不是去看拉她手的人,而是闷着头手腕用力,试图在这种情况下把手心的药塞到嘴里。动作激烈,睡前编成麻花辫的微卷长发散乱地贴在脸上,衬得她的脸色更加苍白。

"子归!"安子归挣扎得太激烈,贺瑫怕伤到她只能把她卡在墙角,一手举起她胡乱扭动的手腕贴在墙壁上,又用膝盖把她乱蹬的腿抵在墙边。

安子归气喘吁吁,手里还紧紧捏着她刚才倒出来的药。

"放开!"她瞪着贺瑫。

她嘴唇半张,麻花辫彻底散了,一张脸被头发遮住一大半,一双瑞凤眼瞪得老大,瞳孔有焦距,看起来是清醒的。

"先让我看看是什么药。"贺瑫没有松开。

"维生素。"安子归仰着头。

他信她个鬼!

贺瑫拧着眉腾出一只手,打算把安子归手心里攥着的药掏出来。这些药五颜六色的,一看就不是普通的药。

安子归拳头攥得死紧,纤细的手指用力到发白,指甲嵌进手心。贺瑫怕用力过猛真把她手指掰断了,维持着禁锢她的动作,侧着身,另一只手伸得老长,企图把安子归刚才放在餐边柜台面上的药瓶捞过来。

动作多少有些狼狈,也有些滑稽。

安子归冷眼旁观,低头,正好看到他俩贴在一起的双腿。

"我现在只要一抬膝盖,就能让你断子绝孙。"安子归冷不丁地

第八章 她的计划

冒出一句。

气氛就这样凝固了,贺瑫捞药瓶的动作停在半空中,安子归也抿着嘴不说话了。

空气里弥漫着淡淡的烟味,两人紧紧贴着,傍晚厨房里炖着骨头汤的温馨气息荡然无存。

"你刚才往那边摸什么?"贺瑫问。

安子归维持着一抬膝盖就能让他断子绝孙的姿势。

"灰。"安子归大气都不喘,回答得十分迅速。

贺瑫又沉默了。

安子归也不说话,被贺瑫扣着手腕,掌心的药因为热气熏化了外面的糖衣,黏黏腻腻的。

"那个地方是放报时钟的地方。"贺瑫沉着声音,"餐边柜上那一排,也是之前放雕像的位置。"

"还有那些药。"贺瑫指着药瓶,"和我手机里拍的药瓶一模一样。"

"安子归。"贺瑫连名带姓地叫她,"那些雕像、药瓶和报时钟到底是别人搬走的,还是你知道我晚上会回家,特意让别人搬走的?"

安子归还是不说话,散乱着头发靠在墙边,唇色苍白,嘴角却一直微微扬起。

"你还有多少事瞒着我?"他问得很慢,因为感冒再加上情绪失控,声音有些瓮声瓮气。

四十八个小时,她在他面前从抗拒到合作,她带着他去见客户,带着他去办公室,她犹豫不决地同意了把离婚延后两个月,她今天晚上甚至还很合作地吃了点东西。

现在回想起来,却一点儿都不能信。

这个骗子,从头到尾都在演戏!

"连谷珊知道的都是假的?"他声音都哑了。

安子归的眼睛一眨不眨地看着他,突然开口:"我哪里错了?"

关于那些雕像的去向，消息一经放出本来应该一招制胜，她掐着时间点让人把这消息透给了谷珊，知道以谷珊的愚蠢肯定会入套，而贺瑫在她的预估下选择下楼才是正常的。

她到底哪里露出破绽，让他选择不下楼找谷珊，而是躲在黑暗中等她？

"没有破绽。"贺瑫回答。

他被她骗得团团转，只是出门的那一刹那，回头看到一室漆黑，心里突然痛了一下。

他不想把安子归一个人丢在屋子里，他也不太相信谷珊这个女人会给他什么值得他这样做的消息。所以，他又关上了门。

鬼使神差一般，在主卧有动静的那一刹那，他选择躲在阴暗里，于是，他看到了这一切。

她知情。那些雕像，那个报时钟，还有那一堆的药。

"为什么要让我报警？"贺瑫吃了感冒药头昏昏沉沉的，只能从最近发生的事情开始一点点往前推。

她没有阻止他问王梅，王梅否认后，她也没有阻止他报警。

如果整件事情都是她自导自演，她为什么想要他报警？

"你想要知道警方查到了什么。"贺瑫迅速抓住问题的关键所在。

老赵他们今天过来说的那些话，是安子归想要听到的。

安子归低头笑了，散乱着的头发在黑暗里晃动，更加看不清楚她的表情。

"再说下去，你会不会就要开始怀疑费景明的死和我有关了？"她问。

"或者说费景明假弟弟的死，宓荷、曹苏清和刘玫的死也都和我有关？"她又追加了一条。

贺瑫握着安子归手腕的手紧了紧，忍无可忍："你能不能好好说话？"

之前安子归太软太乖了，他心里难受。

第八章 她的计划

现在她一副卸下伪装披头散发满脸讥诮的样子,他心里更难受。

"你得跟我说。"他大声了之后又立刻压低了声音,放软了语气,"林从凡跟我说老赵是重案组的刑警,他接手的案子都不是小案子。"

"你如果瞒着,会出大事的。"他贴着她才能切实地感受到她到底瘦了多少,身上几乎一点肉都没了,那么贴身的睡衣一抬起手就滑了下去,光裸的手臂细成了十几岁小姑娘的模样,似乎随便动一下就能折断。

她快消失了。

贺瑫不知道为什么脑子里突然冒出了这个念头。

他怀里的这个女人,抛开白天病弱精神不济的伪装之后,眼底的光芒让他觉得恐慌。

虽然她现在看起来比白天精神很多,有攻击性,生机勃勃。但是她被他这样卡在墙角瞪着他的样子,带着一种豁出去不顾一切的疯狂,在这种疯狂里,他没有看到他的影子,也没有看到安子归自己的影子。

她看起来像是个准备赴死的战士。

她到底准备要干什么?

维持这样的姿势太久,安子归捏着的药都黏在了一起,乱糟糟的一团。

安子归张开手心,任由那些药像一坨坨黏腻腐烂的糖果散落,五颜六色的食用色素黏到他们两人的手臂,黏到贺瑫的肩膀上,然后掉在地上。

"你应该下楼去见谷珊的。"安子归轻轻开口,"她会给你看几张照片。"

"照片里有两个陌生男人从我们这栋楼里搬了几箱东西放在后备厢里离开,照片拍得很清楚,包括这两个男人的车牌号码。你拿到这些照片,应该第一时间联系老赵,这些东西是他们想要的。"

"顺着车牌查下去,他们会发现这两个人也是无限维智能科技的员工，抓了这两个人，老赵他们就能找到更多被费景明和他那个假弟弟藏起来的敲诈视频。"

"这样这个案子才能查下去。"她平静地看着他，"这样才能帮到我。"

贺瑫的手微微松开。

安子归恢复了自由，却还是卡在墙角，没有走开。

"我确实知道他们在查什么。"安子归扬起脸，"警察问的我都回答了，也都没有撒谎。"

只是有时候会调整顺序，有时候会演出错误的情绪，他们没问但她需要他们知道的，她也会想办法让他们知道。

贺瑫往后退了一步。

"谷珊应该还在下面。"安子归微笑着。

她这个徒弟，别的没有，做坏事的时候韧劲儿很强。只是晚了几分钟而已，她肯定还在等。

"你下去吧。"她两手放在贺瑫胸前，用力推了一下，"就当是帮我。"

就当是偿还你认为的对不起。

第九章 幸好你在

"他最后还是下楼了?."石骏誉的声音不急不缓。

安子归点头。

心理诊疗室里点着她熟悉的熏香,她躺在自己熟悉的沙发躺椅上,双手交握看着天花板。

那天晚上,贺瑫还是下楼了,没问为什么,也没有再说话。

事情就像她之前计划的那样,老赵他们找到了更多的敲诈视频,她又被叫去问了一次话,但他们似乎和她一样,都没有在这堆东西里面找到什么有用的线索。

她也仍然闭上眼就是幻觉和噩梦。

而贺瑫,那天晚上之后他们就陷入了冷战。

他寸步不离地守着她,每天变着花样做一日三餐,但是很少再和她说话。

其实,安子归更喜欢现在这样的状态。太过亲昵自然的贺瑫她无法招架,就像是明明已经送走了的亲密爱人又突然诈尸还魂一样,不自在,很惊悚。

"事情都按照你计划的发展了,你为什么还会做噩梦?"石骏誉又问。

安子归转头,躺在躺椅上盯着石骏誉看了很久。

"这一年来我一直都是你的病人。"她说,"我看着你用各种方法企图和我的潜意识对话,企图弄明白我的病因。"

"但是没有用。"安子归又重新转头看向天花板,"你和我一样,都不知道我变成这样的原因。"

第九章　幸好你在

所以都解释不了为什么她不管做什么，都无法阻断自己的噩梦。

"就这样吧。"安子归在躺椅上换了个舒服的姿势，微笑，"别想着能治好我，让我每周在这里躺一个小时也挺好的。"

她在这里能感到放松，难得的平静。

"精神科医生给你开的药单呢？"石骏誉没接她话茬，翻翻病例，推推鼻梁上的镜框，"上周的药单上用药剂量的问题你有没有跟医生提？"

安子归不再回答，仰面躺着闭上了眼睛。

她没提。

贺瑶押着她去了一趟医院，一一确定了那些药到底都是治疗什么的，记下了所有可能会产生的副作用，她现在失去了吃药自由，每天给她的剂量都是固定的。

所以药对她来说已经没什么用了，正常剂量的药没办法让她睡觉，也没办法让她的幻觉变得友好。

副作用倒是少了，起码她不会想吃药的时候把药当糖一样一把塞进嘴里，头发掉得少了，情绪起伏的时间多了。

"你如果是这个态度，以后还是不要来了。"石骏誉皱起眉头，"我挺贵的，你花十分之一的钱找个按摩店也能有这样的躺椅。"

安子归叹口气，睁开眼。

"你还有什么要问的？"她认命。

她不想失去这唯一一个可以彻底放松的地方。

"你的丈夫。"石骏誉问，"我想知道你们没有按计划离婚这件事对你的影响。"

安子归想了想，答："我现在有一日三餐，固定时间吃药，固定时间上床。"

这是对她最大的影响。

石骏誉安静了一秒，继续问："你的感受呢？"

安子归转头看他。

"对于固定时间作息这件事，你觉得舒服还是排斥？"石骏誉问得更详细。

"不排斥，也不舒服。"安子归给了个很难界定的回答。

石骏誉放下病历。

"对于很多患者来说，有规律的作息时间，良好的生活习惯都是有助于病情恢复的。"

"但这只是纸上数据，实际操作还是不能强迫。"石骏誉很严肃，"如果你在这个过程中感觉到不舒服，一定要及时喊停。"

安子归歪着头盯着石骏誉。

石骏誉推推眼镜，笑着问："怎么了？"

"你在暗示我贺瑙正在用纸上数据强迫我？"安子归也笑了。

石骏誉往后一仰，这次真的笑了："我是心理咨询师，又不是催眠师。"

"我的工作是找到你心里的症结点，而不是暗示你对错。"石骏誉放下病历，抬头看了眼时钟，"时间快到了，我们又成功地消耗了一个小时。"

安子归坐起身，扭着脖子拉伸肩胛骨。

"你真把我这里当按摩店了。"石骏誉把安子归的病历夹好放到病人卷宗里，哭笑不得。

安子归咧嘴，石骏誉这个人就像一台机器，诊疗时间一结束，整个人的画风就会和看诊时完全不同，连说话的语气都会不一样。

公私分得很开。

每个职业都有自己进入走出的独特方法，很可惜，她没找到适合自己的。

"坚持吃药，噩梦和幻觉内容一旦发生变化，一定要第一时间告诉我。"石骏誉都记不得这是他第几次和她叮嘱这些话了，"很多觉得过不去的坎只是因为时间还不够长，时间长了，所有的伤口和问题都会过去。"

第九章　幸好你在

"这话你自己信吗？"安子归在穿外套，听到这句让她耳朵都快要起茧的话，停下动作反问了一句。

问这句话的时候石骏誉正好背对着她，安子归注意到他脖子动了动。

像是很意外她会突然问这话一样。

"信。"石骏誉转过身来，"不信都是因为时间不够长，你还不够老。"

安子归低头笑。

"下周开始，一周来两次吧。"石骏誉把就诊时间表推送给安子归，"贺瑶回来对你的精神状态还是有影响的，我需要时间来判断这种影响对你是正面还是负面的。"

安子归看了眼时间表，耸耸肩。

"另外，警察来找过我了。"石骏誉斟酌了一下，"你不属于加害人，仍然有病例隐私权。如果警方要调用你的诊疗记录，需要你书面同意才行。"

"好。"安子归围好围巾开始戴帽子。

"你能不能给我一点正常人的反应？"石骏誉气到敲桌子，"一个月内进出警察局五六次，这种事你不打算在诊疗的时候告诉我吗？"

"这些都是工作上的事。"安子归对着镜子整理好帽子，语气平静，"对我的精神情况没什么影响。"

石骏誉沉默。

"你如果已经不再信任你的心理咨询师，建议你再换一个。"他这话又用上了诊疗时的语气，"长时间跟着一个咨询师，很有可能会产生惯性，对你的情况也没什么好处。"

说完这些，石骏誉又玩笑着回到了平时的模样："你如果喜欢这张躺椅，等你找到了新的咨询师，我送他一个。"

安子归懒得理他，挥挥手打开了诊疗房间的门。

正对着门的椅子上坐着一个男人，身材高大，正低着头翻阅诊所的杂志，见安子归出来，放下杂志站了起来递给她一杯水。

门渐渐掩上，遮住了安子归和贺瑫，也遮住了石骏誉的目光。

颇负盛名的心理咨询师盯着电脑屏幕看了很久，才按下通话键："下一个。"

声音低沉威严，没有情绪。

"一会儿先去菜市场。"整整一周，贺瑫的角色就是司机、助理兼厨师，基本没什么废话。

安子归更绝，上车都直接坐到车后排，大部分时间都在闭目养神，偶尔嗯啊几句。

贺瑫不再问安子归任何问题，安子归也就懒得再回答——彼此都知道安子归绝对不会给他答案。

但是贺瑫能看出来，安子归更喜欢这种相处模式。

这个认知让他心里五味杂陈。

他开出停车场，从后视镜里看到安子归像平常一样闭上了眼。

她每天的食量和睡眠时间大概只够一个正常成年人活下去的程度，人前用化妆品撑着，人后基本就是这个状态，多说一句话都觉得浪费精力。

一周了，他看着她进出医院进出心理治疗诊所，看着她按时吃药，但是也只是维持住她现在这个状态。

他怀疑她闭上眼就会看到幻觉，因为她闭上眼之后，脸上的表情有时候会不太对劲，叫她也不会立刻有反应。这几个晚上，偶尔会听到她发出被梦魇困住挣扎的呻吟，但是等他进去查看时，她早就醒了，一脸什么事都没发生的样子。

很明显，问了也不会告诉他。

可是她又很爱闭眼，就像现在这样，他只是开出了停车场，她在车后排已经皱紧了眉头，两手紧紧抓着衣服下摆，呼吸开始急促。

第九章　幸好你在

"我们晚上吃春饼吧。"贺瑫开口。

安子归将近一分钟后才睁开眼，皱眉："什么？"

"你去年双十一买扫地机器人的时候送了一个春饼机，一直没用。"贺瑫装作没看到安子归睁开眼后一脸茫然的表情和满眼的血丝，"我昨天收拾柜子拿出来了，今天试试。"

安子归揉揉眉心，不想回答他这种家常问题。

不过，这次她不敢再闭眼了，扭头看向窗外。

又下雪了，今年新城的第二场雪，路上都是欣喜若狂地拿出手机狂拍的人。

"车后座的口袋里有张名片。"贺瑫在安子归又忍不住想要闭眼的时候再次开口，"你拿出来看看。"

安子归探身，抽出一张白色的名片。

袁之薇，心理咨询师。

新城乃至全国都很有名的心理咨询师，也是石骏誉最大的竞争对手。

安子归看了一眼，又把名片塞回到原来的位置。

"我不打算换心理咨询师。"她拒绝。

"袁之薇是我们的校友。"贺瑫面不改色地继续说下去，"我们学校快校庆了，她是这次的联络人。"

"她想找我们几个以前一起在学生会的聚聚，也提到了你。"快到菜市场了，路开始变窄，人开始变多，贺瑫开得很慢，说得也很慢，"要去吗？"

"冀文华应该也会去。"他找了个停车位，侧身倒车，正好和安子归面对面，"他现在在 UL。"

一家很大的投资公司。

贺瑫会知道这个是因为他看到安子归最近在私下接触收购安心公关的投资公司，里面有 UL。

"什么时候？"安子归终于有了反应。

贺瑶微笑:"明天晚上。"

"唔。"安子归等车子停好就率先下车,很反常地从左边后座挪到右边车门——因为贺瑶在驾驶座转身看她,距离太近。

贺瑶转身熄火。

安子归裹得严严实实地站在人来人往的人行道上,看都不看他一眼。

贺瑶却笑了。

慢慢来,他告诉自己。

他用了五年时间走远,总得要花费更多的时间走近。

新城公安局,会议室。

"安子归的人际关系都已经理清了,除了工作,她的人际关系很简单,父母离异,母亲再婚,父亲移民,安子归这几年和他们基本没有来往。"

这是小赵第一次在会议上做简报,要发言的内容已经背得滚瓜烂熟,但是还是紧张,闷头闷脑地,不敢看老赵的眼睛。

"她这一周的生活轨迹也非常单一,退掉了去香港的机票,她现在的重点工作是拆分安心公关,最近正在频繁地接触投资公司。"

"她为什么要拆分安心公关?"老赵问。

一心想要背完简报就撤的小赵愣了半晌,张着嘴想了想:"资料上没提。"

老赵面无表情地盯着他。

小赵后背一凉,挺直了腰抓重点:"她这一周做了很多收尾工作,没有接新的公关案,结束公司拆分,还找律师咨询了离婚上诉的手续。"

老赵低低地"哼"了一声,挥挥手示意他继续。

过关了。

小赵心底舒了口气,又闷头闷脑地开始背简报。

第九章　幸好你在

"安子归身边的人也完成了第一轮排查,和她有过冲突的人都列出来了。"

PPT 翻了一页,出现了十几张照片,其中有三张画上了圈。

"方蓝,三十五岁,海百公关公司执行总裁,和安心公关存在恶性竞争关系,曾经扬言迟早要找人做掉安子归。"小赵点了点其中一个圈。

"傅光,三十八岁,安子归家里保洁王梅的独子,无业游民,嗜赌,靠王梅做保洁的工资生活,有偷窃前科,偷过安子归家里的东西被安子归抓了现行并且报警。因为这件事结怨,也曾经威胁安子归让她走夜路小心。"

"谷珊,二十八岁,上周被安心公关辞退,现在在海百公关公司任职。因为费景明,同安子归交恶,她比较了解安子归,和安心公关的股东们私交不错。"

这三个人,是目前和安子归关系最糟糕的三个人。

小赵喘了口大气。

刚才老赵的问题让他想到了另外一件事。

"还有这个人。"他磕磕巴巴地指着另一张没有画圈的照片,"段亮,45 岁,安心公关的客户。"

"最近在打离婚官司的那个?"组里其他的刑警对这个名字有印象,最近各大媒体都在报道这件事。

他老婆学历不高,但是这离婚官司打得相当漂亮,也算是处理家暴问题的典范案例了。

"对,林秋的案子其实是安子归帮忙打的,从前期舆论铺设到现在妇联出面,都是安子归安排的。所以,段亮也算是安子归近期交恶的人之一。"

"安子归这人挺有意思。"同组开会的刑警翻完所有资料,感叹了一句。

和傅光都这样了,她也不辞退王梅。

放着段亮那么大的一个隐形富豪的生意不做,反而掉头帮他老婆打离婚官司。

"她……"这个问题小赵能回答,"一直在错误的地方寻找正确的方向。"

所以她过得很累。

"继续吧。"老赵翻了一页。

"无限维智能科技所有视频的第一轮筛选也已经结束,根据费景明敲诈账户的入账记录,所有敲诈人对应的敲诈视频都已经找到,除了我们已知的几例,一年前,还有一名被敲诈人死于意外。"

投影仪上出现了一张年轻男人的笑脸。

"张志强,男,三十二岁,新城人,普通白领,死于交通意外。根据交警记录,事故原因是疲劳驾驶,高速变道冲上对面防护栏。"

"但是在这起意外发生之前,张志强在前一天给老家的父母打电话把自己所有的财产都列了清单,电话内容类似遗言。"

刑警一组所有人的表情都很凝重。

又是意外,又是事先就准备好后事的死亡。

可除了五花八门的敲诈视频,他们仍然没有找到这些人的共同点,现在敲诈人和录制视频的人都死了,案子还是没有头绪。

"从这周开始,把重点放在寻找受害者的共同点上,时间追溯到一年前,把他们的活动路线,社交情况都列出来,找到交叉点。"老赵合上本子。

"把叶琪的资料调出来,问问安子归认不认识。"老赵接着安排,"安子归的时间追溯也需要做,看看她和几个受害人有什么交集。"

"她现在在做收尾工作本身就是一个危险的征兆。"老赵表情凝重,"我们需要时刻关注她的动向。"

安子归的生活只有工作和贺瑫,她现在想把这两件事情都收尾,要么是要彻底离开现在的生活,要么就是想结束生命。

因为费景明的死亡预告,老赵更怀疑是后者。

第九章　幸好你在

贺瑶挂了电话。

离学生会重聚还有两个小时，安子归还在房间里梳妆打扮，以前这种时候他都会凑过去，安子归很爱让他猜口红色号，笑话他的直男审美是她一直以来都很喜欢的保留节目。

但是他今天只能坐在客厅里，不断地消化林从凡刚才跟他说的那些话。

安子归在给自己料理后事。

这是他最近越来越真实地触碰到的事实真相。

她在了结她的牵挂：公司里那些相信她的人，她负责给他们找到新的工作；他，她选择放他走。她给精神医疗机构捐出了很大一笔钱，还签署了遗体捐赠意愿。

这一周时间，他多知道一点，就多害怕一些。

他甚至开始后怕，如果没有蔷薇庄园那场火灾，他一回家就和她离了婚，那么现在的安子归会在哪里？

林从凡让他密切关注安子归的精神状况，不要让她一个人待着，注意她吃的药。让他拿出多年安全监测的功力，每次出行都得检查交通工具，家里的电器、天然气和锋利的物品也要放在不容易拿到的位置。

林从凡仍然不太清楚老赵那边到底是什么案子，但是这些话，他交代得胆战心惊。

"肯定不是小案子，也幸好是你在她身边。"

"就算要离婚，也得等老赵这边有眉目了再离。你俩那么多年的感情，就算是看在这份感情的分上，你也别抛下她不管。"

他怎么可能抛下她不管？

"走吧。"安子归从房间里出来，戴好耳环。

现代化妆技术出神入化，她又会穿衣服，全副武装的安子归没有苍白无力、瘦骨嶙峋的感觉，反倒是烈焰红唇、光彩照人。

她是打算去和人聊公司合并的。

就算去不了香港,她也一刻都没有停下来。

她身后像是一直有一个滴答滴答的时钟,她怕自己来不及,所以不敢睡觉,匆匆吃饭,所有活人应该有的生理需求,她都靠药物完成。

贺瑫抹了把脸站起身,自然地苦笑着摊手:"我要不要换套衣服?"

他穿着半旧不新的套头毛衣,外套是她几年前给他买的羽绒服,穿着这件羽绒服站在盛装的她面前,就真成司机了。

"穿这套。"安子归从衣柜里拿出一套西装。

"裤子大了。"贺瑫比了比。

安子归动作一顿。

贺瑫确实瘦了。但是,她现在没有多余的力气去考虑他的感受。她只是拿着那套西装,一声不吭地盯着他。

撑不下去就走。这是她目前最大的愿望。

"就这身吧,都是老同学。"贺瑫放弃。

他能看懂她的眼神,但是没打算理她。

"到了那边,别到处宣扬我们快离婚了。"上了车,贺瑫特意叮嘱了一句。

安子归即将闭上的眼睛又睁开,从后视镜里盯着他,眉头皱成了一个问号。

"出席的男人有一大半当年都追过你。"贺瑫木着脸,"我要面子。"

安子归倒是没想到,贺瑫彻底豁出去之后能这么直白。

"唔。"她含糊不清地应了一声,打算到时候看情况,如果能遇到打击他的事,多做做总是好的。最好能把他对她的感情都打击没了。

贺瑫把车子停在路边的临时停车场。

安子归眉心的问号更明显了。

第九章 幸好你在

"坐前面来。"贺瑫拍拍副驾驶位。

安子归默然。

他似乎说了那句他要面子之后就开始不要脸了。

她坐在后座上瞪着他的后脑勺,贺瑫纹丝不动、理直气壮。

"你……"安子归词穷,"大可不必这样。"

"我们的生活本来就没什么交集,我已经提交了离婚诉讼,你只要签了字,直接回矿上就行。"

不要两个月。

她前期的伪装都被撕掉了,贺瑫再待下去就危险了。

"我知道,律师事务所是我陪你去的。"尽管他等在外面大厅,但是他知道她是去做什么的。

"你先坐过来。"他又拍拍副驾驶座,"这样说话开车太危险,而且我们快迟到了。"

这个理由安子归无法拒绝。

"我不蠢。"贺瑫等安子归落座系好安全带就发动了车子,"我能看得出来你在做什么。"

"虽然我不知道你为什么要这么做,是因为生病还是其他的问题,但是,"贺瑫看了安子归一眼,最后那三个字说得咬牙切齿,"你休想。"

安子归安静了一瞬。

她知道瞒不过他,从他宣布接下来两个月寸步不离开始,她就知道他有预感了。

"我只是以防万一。"她也想好了说辞。

她以为这天会来得更晚一点,贺瑫是个慢性子,她以为他会拿到切实证据后再跟她对峙。

她没想到他直接在车里就说了。

没有措手不及,只是觉得这点路估计不够她把那套说辞说完。

"我有抑郁症。"她表情特别自然,仿佛一周前斩钉截铁地说自

141

己没有抑郁症的人不是她,"而且症状不太好,我怕哪天控制不住了……所以总是要找好后路,以防万一。"

可惜了,她本来有更能拨动他心弦的说辞,但是那套太长了。

"我陪着你,不会有这种万一。"贺瑫回答得干净利落,"你的病历我都给精神科医生看过了,除了幻觉这点不好控制,其他的都不至于到那个份上。"

"你要上班的。"安子归揉揉眉心。

"我可以辞职。"贺瑫回答得更快。

安子归张嘴,闭嘴,又张嘴:"你能不能不要拖我后腿?"

"你懂个屁啊!"她听到自己咆哮。

她有多久没咆哮过了?

她那套说辞里没有咆哮这一项,她得理智安静有逻辑地把他逼走,而不是像个泼妇。但是,理智那根弦在贺瑫一点儿不在乎地说出他会辞职之后立刻崩了。

他有病吗!

贺瑫安静。

车子似乎停在了一家饭庄门口,站在门口翘首期盼的男人搓着手上来打开了车门:"你小子怎么还没换车?"

是熟人,老同学孙庆东,追求过安子归的名单列表里最死乞白赖的一个。

"一起来的?"他开的是驾驶座的门,一打开就看到夫妻两个人脸色铁青地坐在里面。

"不是……"孙东庆挠挠头,小心翼翼地说,"你们真要离婚了?"

他们从朋友的朋友的朋友的朋友那里听来的谣言,居然是真的?这气氛不对啊。

"真……离?"他发现他问完,贺瑫的脸更青了,还带着点儿绿。

孙东庆骂了一句,直起嗓子:"冀文华你这个贱人,你是不是知道内幕,所以才不肯把你那套西装借给我?"

第十章　同学聚会

安子归是美女,当年大学新生入学的时候曾经轰动一时。

本来公关传媒专业就容易出美女,安子归不但长相出挑,还有钱。来学校报道的时候,接送的车子是三百多万的豪车,别人住宿舍,她父母直接在学校对面小区买了一套房。

这时代的人已经很实际了,追上长得好看家里又有钱的安子归可以至少少奋斗十年。所以,安子归身边从来没有缺过追求者。校内校外、各种类型。她也很符合白富美的设定,为人高冷,没有什么朋友,对所有的追求者都只有一个态度——冷漠。

贺瑙不在追求者队列里,安子归大一的时候他大三,两人不同系也不在同一个校区。贺瑙家境一般,读书的重点目标就是拿到每年的奖学金,大三开始大部分时间都在帮导师做项目,对这种风花雪月的事情毫无兴趣。

所以没有人想到,他们 Z 大的校花最后竟然会和贺瑙在一起。而且一路顺顺利利地恋爱结婚,两人的工作圈子天南地北,感情却一直都不错。

前几年听说安子归家境不如以前了,父母离异重组家庭,她自己创业开了一家公关公司,丈夫贺瑙在几千公里外的煤矿里搞安全监督,当年的女神堕入凡间,和普通人一样经历着柴米油盐。

再之后,就听说他们要离婚了。

这对当年跌破很多人眼镜的情侣有不少传说,所以刚刚进门就成了众人的焦点。

安子归更漂亮了,三十岁是女人容颜最艳的年纪,少女的青涩

第十章　同学聚会

褪去，女人的风情开始滋长，她一进门，就让很多人都挪不开眼。

只是身边仍然陪着碍眼的贺瑫。

他也没怎么变，石头一样硬邦邦的，寡言、木脸，仿佛这个世界上的灯红酒绿纸醉金迷都和他没有任何关系。

想看热闹的孙庆东跟在他们身后，挤眉弄眼比手画脚。

真要离了？

好事的人更好奇了，伸长了脖子想要再一次找到爱情敌不过现实的铁证。

就像贺瑫说的那样，这只是一场小型聚会，几十平方米的小厅布置成西式自助餐的样子，一个小小的演讲表演台，参加的人三三两两地站着，小声议论大声笑。

这是贺瑫最讨厌的场合。

他不喜欢这种社交，不喜欢西装皮鞋，也不喜欢太浓的香水味。

他以前从来不会主动参加这种聚会，安子归知道他这次来，应该就是为了袁之薇。

或者说，为了她的病。

安子归并不认识袁之薇。

贺瑫当年只是为了优秀毕业生的评选做了一年的学生会纪委，袁之薇则是上一届的学生会纪委，两人之间的交集不多。安子归甚至花了点时间才想起这个名字，但袁之薇却似乎和她很熟，进了门就热情地拉着她，嘘寒问暖。

"别老黏着你老婆。"她还很嫌弃地赶走了跟着过来的贺瑫，亲亲热热地拉着安子归走到角落。

安子归在无人的角落笑着抽出了自己的胳膊，直截了当地拒绝："我还没有换心理咨询师的打算。"

所以，不管袁之薇和贺瑫之前商量过什么，都和她没关系。

"我知道。"袁之薇一点都不意外，笑眯眯的，"可我欠贺瑫一个人情，我得还。"

"冀文华公司有点事，会晚到半个小时。"袁之薇有这个年纪成功女性特有的从容，"我们就聊半个小时，我还了人情，你也没什么损失。"

考虑得非常周到。

这也是贺瑫的做事风格——他找来帮忙的人，肯定都是靠谱的。

难缠的……

"聊吧。"安子归放弃。

只是半个小时，再厉害的心理咨询师也不可能挖出她心里的秘密。

"我和石骏誉是仇人。"袁之薇用了很有趣的类比，"类似于你和海百公关的老总方蓝。"

"都是双向恶性竞争关系？"安子归抓了一手好重点。

袁之薇笑了："是的，他捅我一刀，我还他一脚的关系。"

"所以，我对他的病人很感兴趣。"袁之薇有一双笑眼，天生自带亲切感，"我能不能问问，你为什么不换心理咨询师呢？"

"我跟石骏誉的履历都差不多，能力也相近。"袁之薇一点都不含蓄，"按照贺瑫的说法，你看心理咨询师的时间也挺长的，为什么不考虑换一个咨询师？可能会有新的视角。"

袁之薇一本正经，听起来好像真的是在认真地拉客。

安子归不置可否地笑笑。

她看到贺瑫坐在角落里，有人跟他打招呼他就笑笑，全程都不说话，穿得也格格不入的。

这么远远地看着，突然就觉得他很孤独。

她半年前提离婚并不是突然提的，为了让他直接点头，她用了快半年时间做铺垫：她经常在他下矿没信号的时候找他；她发一些只有他能看到的朋友圈，里面都是一些夫妻过日常生活的合照；她对他的态度越来越敷衍，费景明需要有绯闻的时候，她选择了亲自上阵。

第十章　同学聚会

那半年，她没有掩饰情绪，崩溃的时候在电话里哭过，没说原因，只是号啕大哭。视频电话，她能看到他在那一端咬紧了牙。

所以他越发努力地申请调岗，所以他也越来越瘦。

她在他最挫败无力的时候提了离婚，她知道他一定会答应。

现在暂时离不成了，她也仍然在伤害他。

为了不要连累他，为了不要让他看到她凄惨的样子，为了让他在她走了以后能够活下去，她变本加厉地伤害他，言语伤人，他被她戳成了筛子，却仍然在努力靠近。

"你……"沉默了很久以后，安子归开口，"要不要帮帮贺瑫？"

"嗯？"袁之薇意外。

"做我的心理咨询师帮不了贺瑫。"安子归说，"你如果真的欠了他人情，应该帮帮他自己。"

"我和他离婚之后，你帮帮他吧。"贺瑫那边正抬头看向安子归，安子归别开眼，"他那个时候可能会需要帮忙。"

如果运气不好，如果她不够坚定，贺瑫可能会需要袁之薇这样专业的人帮忙才能走出去。

袁之薇张嘴，想再问点什么，安子归却离开了。

门口进来的人，是她来这里的目的——最近这几天她一直试图联系但是一直躲着她的冀文华。

"你好。"安子归在众目睽睽下递上自己的名片，"我是安子归。"

"她并不信任石骏誉。"袁之薇坐到贺瑫旁边。

安子归已经开启工作模式，冀文华的态度从一开始的为难到现在已经开始认真倾听。

贺瑫听说冀文华他们公司暂时并没有收购公关公司的计划，但是很显然，安子归有她自己的办法。

"除了这一点，其他的都和你想的差不多。"袁之薇端来的盘子里堆了一大堆碳水，她吃了一口，满足地眯起眼。

都差不多。

那就是她确实准备消失。

"但是不像是抑郁症。"毕竟交流的时间太少，袁之薇说得并不是十分肯定，"她的表现太积极太正常，没有任何思维反刍的迹象。"

"她的收尾和告别都不是逃避型的。"袁之薇继续解释，"不管是结束安心公关还是和你离婚，方式都有很多种，她选择的都是积极面对。她更像是在解决问题，而不是逃避问题。"

"可是她很急。"贺瑫一直看着安子归，看着她笑，看着她皱眉，看着她极具攻击性地说服冀文华的样子。

她又出现了那天晚上被他抓包后的表情，眼底有不顾一切地疯狂。

"其实……"袁之薇沉吟了一秒，还是把心底的猜测说了出来，"你老婆这种情况，更像是预知了死亡。一般这种情况容易出现在绝症患者身上，因为知道自己寿命的尽头在哪里，所以会非常积极地安排好自己牵挂的所有事情。"

因为知道生命所剩无多，因为牵挂的东西太多，所以顶着只有自己知道的倒计时在和时间赛跑。

她又补充："但是我们聊的时间太短了，我只能根据你说的情况和她今天的样子做判断。"

贺瑫还是看着安子归。

她刚才有那么一瞬间和他对视到了，异常慌乱地别开眼，一点都没有刚才在车里吼他让他别拖她后腿的气势。

和她保持一定的距离，反而可以在不经意间看到她藏起来的真实。

"那个石骏誉，你了解吗？"贺瑫又问。

袁之薇吃掉了半盘意大利面，皱着眉放下盘子。

"这个人很倒胃口。"袁之薇一点都不掩饰自己对他的厌恶，"留学派，没什么朋友，也不喜欢和人交流，阴森森的。"

第十章　同学聚会

"你也知道,国内的心理咨询师是不能开药的,主要职责是心理疏导。"袁之薇拿手机搜了几个新闻,"但是这个石骏誉,喜欢干涉病人的药方。"

都是小新闻,按照报纸排版的规律,最多排在社会版最不显眼的角落,给分个豆腐块大小地方的那种,基本都是控诉国内现在心理咨询师的水平良莠不齐,有个别名气很大的心理咨询师会在诊疗过程中暗示病人修改药量等等。

石骏誉,应该就是这个名气很大的心理咨询师。

"一直没出过事,也没有病人给过切实证据,所以只有几个小新闻断断续续地爆出来,一点儿水花都没有。"袁之薇耸耸肩。

贺瑫眉心紧锁。

如果安子归真的在给自己做死亡倒计时,她那么珍惜时间甚至到了连吃饭睡觉都想省略的地步,为什么要去一个这样的心理咨询师那里看诊?而且还打算从一周一小时调整到一周两小时?

"这个石骏誉,可查。"袁之薇和他想的一样,下了结论就端起盘子,打算吃完剩下的那盘意大利面。

贺瑫闷不吭声地站起身,径直地走向安子归。

袁之薇端着盘子,在后面探头探脑。

安子归的公事似乎聊完了,她旁边站着孙庆东,还有几个平时和孙庆东玩得还不错的老同学。

从安子归的表情看不出他们在聊什么,但是从孙庆东的样子看,聊的内容肯定不是贺瑫喜欢的。

"你真的要离婚啦?"贺瑫走近,就听到孙庆东压着嗓子一边八卦一边兴奋。

安子归越过人群和贺瑫对视。

距离近了,她又一次藏起了情绪,完美得看不出一丝破绽。

"要离了。"她说。

"离了我会再追她。"贺瑫站在人群外,冷冷地、清晰地宣布。

四目相对。

安子归只觉得自己的心彻底沉了下去。

他追查的速度太快了。

他们,太熟了。

聚会到后半场,大家多多少少都喝了点酒,有人被拱着上表演台唱歌,气氛比一开始热闹了不少。

"上个月,方蓝找过我。"冀文华又给安子归拿了一杯红酒。

气氛其实有些尴尬,贺瑙像门神一样站在安子归旁边,那么大一个人,安子归愣是假装他不存在。

既然她都这样了,旁人也只能跟着一起假装。

"他跟我提过安心公关。"冀文华是个工作狂,并不怎么在意这诡异的气氛,"他说安心公关内部问题很多,财务是一方面,另外一方面是你个人对公司政策的影响也很大……"

虽然和安子归聊了一个晚上,他觉得方蓝应该是夸大其词了,安子归精神状况看起来很正常,离疯婆子的距离还很远。

安子归抿了一口酒:"他找你也是为了公司合并?"

"差不多,但是他们不交出经营权。"冀文华并不隐瞒。

方蓝和安子归一样,都是拿着天使轮投资做起来的小公司,到一定规模都遇到了扩张瓶颈,想找大树靠是必然的。

两家公司各有优缺点,也都有足够的发展前景说服他改变公司明年的投资计划,冀文华打算回去以后好好评估一番。

"海百公关签的品牌不行。"安子归晃着酒杯,"去年签下来的国际品牌今年因为人种歧视问题被全亚洲抵制,就这个品牌,占了他们公司收益比重的百分之六十。"

"方蓝这个人也不太行。"安子归面不改色,"我和他竞争过几次,基本都是我赢。他这个人决策力方面很弱,不太适合做领导人。"

第十章 同学聚会

"你真直接。"冀文华感叹了一句。

上个月方蓝找他，为了说安心公关的坏话绕了一个大圈子，绕到他都不耐烦了才说到正题，而且支支吾吾半遮半掩。

大部分人说人坏话都是这样的，说七分藏三分，似乎这样才符合潜规则。

很少有安子归这样，拽别人后腿拽得理直气壮的。

"国内从零开始爬上来的公关公司最多不会超过五家，光新城这个小地方就占了两家。"安子归笑笑，"公关市场就那么大，我和他已经是不死不休的关系了。"

所以她何必藏着掖着？

让投资方明确知道彼此的优缺点，总比像个村头闲汉一样指桑骂槐的好。

"其实我有一个想法。"既然安子归那么放得开，冀文华决定多说两句，"你和方蓝那边能放手的东西都不一样，他不想放出经营权，而你又正好想要出让经营权。"

"你们两家公司的优点和弱点都太互补，我觉得最好的方式是两家公司同时做重组，你觉得怎么样？"冀文华问。

一般而言，他是不会问被投资人这种意见的。但是，安子归可以例外。

她提的方案里面基本没有任何和她个人相关的利益。

"去掉方蓝就可以。"安子归毫不犹豫。

冀文华笑了，冲安子归举举酒杯。

直截了当，喜恶分明，真的不错。

大学的时候他也吃到过安子归和贺瑫的瓜，只是他的立场和大部分人不同，他一直觉得可惜的那个人是贺瑫。

闷声不响、石头一样的贺瑫，其实是个干大事的人，在应急响应部门前线做安全监管的人，晚一分钟可能就是一条人命，但是贺瑫从来没有退缩过。

他对名利无所求，毕业多年，眼底的坚持从来没有变过。

这样的人，他觉得配不上的反而是安子归。

富二代，业界名声一般，谎话张口就来，为达目的不择手段，名利场里面混的人应该有的缺点她几乎都有。

他以为贺瑫对安子归死心塌地，是因为安子归的美貌。毕竟自古英雄难过美人关。

但是今天接触下来，倒是十分惊喜。

安子归真的是个美人，而且还是个十分有趣的美人，确实有值得让男人拜倒在她石榴裙下的资本。

散场了。

安子归全程都没有再和贺瑫说过话。但是，贺瑫在众目睽睽下的那句离婚了也会继续追她还是宣誓了主权。一整场聚会下来，除了一开始，之后再也没有人八卦过他们的婚姻。

主要是不敢。

女方太艳，男方太轴，都不是普通人能驾驭的类型。

而且安子归也就嘴上说说要离婚了，真到散场了还特意站在角落里等贺瑫和袁之薇打完招呼才走。

一起走的，一起上的车，贺瑫还帮她开了车门。

多年单身、对安子归还存着一丝丝幻想的孙庆东站在寒风中呸了一声，在他看来，这也不过就是夫妻吵架罢了。

离婚个鬼。

安子归整个聚会全程都在和人说话，但是说几句就忍不住眼尾往贺瑫身上瞟，另类撒狗粮罢了。

"你今年的体检报告呢？"撒狗粮的夫妻在车里的气氛远没有外人看起来那么和睦。

安子归喝了不少，坐在副驾驶座悠悠然地看着窗外，没打算理他。

"绝症？"贺瑫也没看她，没头没脑地砸下来两个字。

第十章 同学聚会

安子归转头："你喝酒了？"

她问了一句废话。

贺瑫为了晚上开车回家滴酒未沾。他要是敢酒驾，估计就直接和工作永别了。

"要不然，我想不到别的理由。"贺瑫没回答那句废话，"从零开始的安心公关你说不要就不要了，为了和我离婚花了快一年的时间，机关算尽，你把这两个都结束掉了，想干什么？"

"你现在牵挂的也就只有这两个地方，都不要了，你打算干什么？"他换了个说法又问一遍，"换个名字重生？还是……"

想死？

这两个字他说不出口。

他忍了一个星期，避开她放出的所有烟幕弹，直接问了核心问题。

她之前以为起码可以拖一个月，但是，现在贺瑫只用了一个星期就找出了问题的关键。

"你费了大力气找到的袁之薇，就给了你这点建议？"安子归还打算继续挣扎。

"你再阴阳怪气地说话，我就直接把车开到机场。"很显然，贺瑫已经不打算再纠缠下去了，"你跟我回矿里去。"

安子归张着嘴。

之前几次傻眼都是装的，只有这一次，她呆滞了一秒。

去矿里？挖矿？

他气出神经病了？

"反正你都不打算要了。"他看起来很认真，"不要的东西就别想着一定收尾，直接放弃也可以。安心公关除了你还有其他的领导层，还有股东，就算你走了，也一样能运转。跟着你的那些人，你都没有亏待过，这样就够了。"

安心公关的员工福利很好，每年十四薪，丰厚的年终奖，各种商业保险，每次谈投资，员工福利都是安子归需要谈最久的地方。

她从没亏待过任何人，就算是谷珊那样的，她在对方临走的时候也苦口婆心地说了很多心里话。

大家都是成年人，商业社会，少了一个安子归，他们也能继续生活下去。

"跟你回矿里干什么？"安子归还是满头问号。

"在宿舍待着。"贺瑫对答如流，"饿了吃饭，困了睡觉，把病养好。"

"离开新城，其他的什么都不要管。"贺瑫终于在等红绿灯的时候转头看了她一眼，"这样了结最快。"

何必要拼成这样？

安子归觉得自己可能真的是酒喝多了，酒精中毒，脑子坏掉了，她居然真的心动了一秒。

"了结了安心公关，那你呢？"她问。

"安子归。"贺瑫吸气，呼气，"就算你真的得了绝症，只有几天的命，我也不可能跟你离婚的。"

"假如我真的死了，还是死在你面前呢？"安子归酒意上头。

"你不会的。"贺瑫说。

就算没有看过她今年的体检报告，他这一周去医院也拿了不少安子归的化验单，她身体确实不好，但是离绝症还是挺远的。

我会的。

安子归在心里回答。

不但会，而且会死得很惨，让你终生难忘，让你永远无法走出来。

"停车吧。"安子归突然意兴阑珊。

他们两个，谁都说服不了谁。

她以前看书，最痛恨有人打着为了他人好的幌子擅自做决定，现在她却懂了。

不是为了他人好,她只是不想自己那么不堪的一面被贺瑫看到。

她在他面前一直都是美好的,哪怕现在,她糟糕成这样,她回家也会穿上整套的居家服,搭配不同的发型,身上永远干干净净。

他们的爱情也一直都是美好的,毫无保留的付出,毫无保留的信任,在这个浮躁的世界里做到了一生一世一双人。

费景明摔下山当场死亡,宓荷被浓烟呛死、尸体被烧焦,她不知道她会怎么死,但是,不会比这个更好。

"停车吧。"她真的喝多了,自制力差得一塌糊涂,却终于再也不打算理智了,"放我下去,在办离婚手续之前,我们都不要再见面了。"

贺瑫不动如山,继续开车。

只是车子转了个弯,似乎是真的打算开去机场的高架。

车内落锁,安子归用力掰也掰不开。

她咬着牙转身,试图去抢贺瑫的方向盘。

她疯了。

这段时间吃的药、喝的酒,脑子里面的那根弦突然就断了。

手指碰到贺瑫的手,她想的是只要使劲拉,就可以停车。

贺瑫被她突如其来的攻击吓了一跳,正打算靠边停车,安子归突然一声尖叫。

非常刺耳的尖叫。

她抖着手闭上眼,像是看到了异常可怕的东西。

"子归!"贺瑫打着双闪在路边紧急刹车。

安子归闭着眼睛披头散发只知道尖叫,身体离驾驶位越来越远,缩在副驾的角落里,像是驾驶座上藏着可怕的怪物。

贺瑫下意识地看向方向盘——安子归刚才是碰触到他手背之后

才突然失控的。

　　从安子归的视线往方向盘看去，仪表盘上放了一个看起来十分廉价破旧的发卡，粉红色的，上面有嫩黄的波点。

　　发夹的边缘，还夹着几缕头发，缠缠绕绕的，随着汽车暖气一上一下。

第十一章　刨根问底

贺珆第一反应就是扯过外套盖住仪表盘，遮住了那个明显不是他车里应该有的破旧发卡。

"没事了。"他空泛地安慰，伸手想抱住安子归，又怕更加刺激她，只能在空中虚晃了两下手臂。

贺珆认识安子归十年，从来没有见过安子归尖叫，她不是情绪外放的人，那么歇斯底里癫狂的样子，是第一次。

"没事了没事了。"他焦急地放软了语气，"没事了，有我在。"

他甚至都不敢问她到底怎么了，生怕言语再次刺激她。

安子归并没有第一时间听到贺珆的声音，她的尖叫声越来越凄厉，两手开始撕拽安全带，动作激烈得仿若困兽。

贺珆这下什么都顾不上了，从驾驶座翻身过来把安子归整个人压在椅子上，固定住她胡乱挥舞的手脚，从她挣扎的间隙看到她已经睁开眼睛，仍然是有焦距的，很清醒。

"子归！"贺珆的脸被她的指甲划了两道口子，气喘吁吁，"你先冷静下来，我已经停车了，没有去机场。"

猜不到她突然癫狂的原因，他只能一个个排雷。

"仪表盘我也遮起来了，看不到了！"

他还是不敢提发卡两个字。

太诡异了，这东西是有人撬开车子放进来的。

他被吓得一身冷汗，刚才启动开车前他什么都没有检查，如果对方撬进来不是为了放发卡，而是做点其他的什么，那他们两个现在估计都不能全须全尾地坐在这里了。

第十一章 刨根问底

安子归剧烈喘息，尖叫声终于停了。

她皱着眉，明显愣了一下。

"你……"她在斟酌措辞，"今天几号？"

"啊？"贺瑫不明白她为什么会问这个问题。

安子归吸了口气："没事了。"

她还在喘气，头发乱七八糟的，很狼狈，但是恢复了冷静。

贺瑫一动不动。

冬季晚上十一点，路上虽然没有什么行人，但是，安子归刚才的尖叫，还是引来了关注。现在贺瑫用这个姿势趴在她身上，关注的人就更多了。

"你起来。"再不起来他们估计就会上新闻了。

还得再去一趟警察局。

她最近都快把警察局当公司了，朝九晚五地去报到。

"怎么回事？"贺瑫眉毛都没动一下。

安子归只能把椅背放平，这样两人都能躺得舒服点，位置放低，路人看进来只会觉得他们玩得野，不会真的报警……

"你刚才是清醒还是不清醒的？"椅背放平，贺瑫很自然地从后座拿了个靠枕垫在安子归脑袋下面。

安子归沉默。

他动作熟练到让她不合时宜地羞愧了一下。

这辆车买了好多年了，始终舍不得卖就是因为这辆车有他们的一些回忆……

她没想到那么多年了，贺瑫的动作还是一气呵成。

"你那天晚上也像今天这样。"贺瑫显然没往奇怪的地方想，维持着这样的姿势聊着严肃的话题，"我之前以为你那天晚上是清醒的。"

安子归知道，他指的就是他发现她什么都知道的那天晚上。

他问出了关键。

"你为什么每次都喜欢压着我问问题？"安子归已经彻底恢复正常，"会有快感？"

和上次一样，一旦被制服到无法动弹，她为了转移话题，就开始肆无忌惮地调戏他。

"你除了睡觉会做噩梦外，闭上眼睛也有概率会出现幻觉。"

贺瑫这一回没有上当，他觉得这个姿势挺舒服，离得这么近，才能看清楚安子归的表情。

这女人太能唬人，真要是有事想瞒他，她能从头发丝就开始编故事。

"你以为我下去找谷珊的那天晚上，起床去看报时钟墙上的刮痕还有碰触雕像的手势，其实是不对劲的。"

他懂了，当时看到后觉得怪异的那些姿势。

"在你当时的幻觉里，那些东西还在。"贺瑫没有用疑问句。

"所以，当我拦下你吃药的时候，你反应会比正常的时候激烈很多。"

她当时的幻觉里根本没有他，所以他突然从后面出现，她激烈得像是失去理智。其实她没有失去理智，她只是以为贺瑫是藏在暗处的坏人。

"今天则恰恰相反。"

她一开始以为贺瑫也在她的幻觉里，所以刚才的肢体接触更像是夫妻打架。

贺瑫说得很慢。每说一句，安子归的脸色就沉下去一分。

"你在车上看到那个发卡……"贺瑫停顿。

安子归一僵，但是并没有再次发疯。确实是因为那个蝴蝶发卡。

"你以为是幻觉。"再后面的话，贺瑫的语速就开始快了。

他已经确定，他的猜测是正确的。

"所以你尖叫。"因为她以为是幻觉，所以肆无忌惮地发泄。

"你一开始以为我也是幻觉里的。"

第十一章 刨根问底

"直到你问我，今天几号了。"他盯着她，"我没有马上回答。"

他这个人有一些鲜为人知的怪癖，问他几号他一定会秒答。刚才真的是整个气氛太紧绷，他才犹豫了一下。

就犹豫了那么一秒，安子归就确定这不是幻觉了。

"你的幻觉里有报时钟，有那些奇怪血腥的雕像。"贺瑫伸手把安子归散乱在脸上的碎发拨开，"还有这个会让你以为在幻觉里才能看到的破旧蝴蝶结发卡。"

"安子归。"贺瑫一个字一个字地往外冒，"你如果是怕我被这些怪事连累，所以抵死不肯把事情告诉我，我能理解你的逻辑，但是我会怀疑你的智商。"

安子归眯起眼。

"如果你是因为生病的样子太难看，和你平时的样子判若两人，担心这样会让婚姻陷入困境所以才提出离婚，那么，我不但会怀疑你的智商，也同样会开始无法理解你的逻辑。"

"还是说，你觉得我们真的离婚了，我通过别人知道了你可能会有的状况……"

贺瑫有些说不下去了。

安子归抿起了嘴。

"你觉得我会平静地接受，还是觉得我到时候应该已经二婚了，并且会假装从来没有认识过你？"

"你……"贺瑫舌尖顶着下颌努力把翻腾的情绪压了下去，"是觉得我们这十年的幸福都是假的，还是觉得我就是个彻头彻尾的浑蛋？"

车里其实很热，她这段时间看起来太虚弱，所以贺瑫把所有能开暖气的地方都开着，弄得车里像个暖炉。

贺瑫压在她身上。

他们曾经在这辆破车买来的第一天，开车到山里，就在这个位子上，庆祝过他们用自己的钱买到的第一辆车。

很多记忆都历历在目,十年,她的青春岁月和所有美好,几乎都和这个男人有关。

她以为他要弄清楚这些事情起码得花一个月的时间,毕竟谷珊在她身边一年多才发现她精神不对劲,而且一直到现在都还没有完全弄清楚她到底哪里不对劲。

难怪这段时间在车里只要她闭眼,他就一定会找话题聊天。

她这次真的躲不过去了。

"我会死的。"安子归终于说话了,说了实话,"我不知道我被安排了什么样的死法,但是应该不会太好看。我只是不想让你近距离地看到这些。"

她现在的愿望很朴素,就是希望能留个全尸。

"所以一直以来你要的都不是离婚,而是要我不再爱你?"贺瑫迅速得出结论。

她忘了他是学霸,很能举一反三。

"抱歉。"贺瑫长长地吁了一口气,"我做不到。"

半年的心如死灰,一整个星期的煎熬,因为安子归这句实话终于把心放了下来。

她不是厌倦了婚姻,不是责怪他没有陪她,她只是不想让他直面悲剧。

"我们一个个来。"他有很多问题终于可以问出口,"你为什么会死?谁安排的?"

近乎荒谬的问题。

但是,安子归松了口气。

他没有问她是不是因为精神障碍才会有这种消极思想,他没有怀疑她现在确实正处在危险中。

那么她后面要说出口的话,听起来会比较不像疯子。

"你相不相信这个世界上有鬼?"她问。

"我不信。"贺瑫摇头,不同于上次费景明问这个问题的时候他

第十一章 刨根问底

的沉默应对，他这次很认真。

"我也不信。"安子归笑了笑，"但是一年多前，我睡觉的时候突然陷入了梦魇。"

"因为睡眠障碍？"贺瑶蹙眉。

相信科学的人对很多现象永远都有非常科学的解释。

"对，睡眠障碍。"安子归笑笑，"我一开始也是这么以为的。"

他们都是相信科学的人，身体出现问题第一个反应肯定是去医院。

"所以我开始去看医生，但是情况并没有变好，反而越来越糟，梦魇的场景也变得越来越清晰。"

"什么样的场景？"贺瑶问。

"有个女人在哭。"安子归说这话的时候肩膀是僵着的，"我只能看到她的背影，她刚和人吵完架，没完没了地哭。"

贺瑶改成搂住她的肩。

"一直都是这个场景？"他问。

"对。"安子归点头。

一直都是，持续了一年多。

一开始只是睡着了之后会出现，到最近已经发展到她闭上眼，耳边就能听见。

幻觉也越来越多，各种各样的，总觉得她在幻觉里过着别人的人生。

"那这个发卡？"贺瑶眉心紧锁。

持续一年多一模一样的梦魇场景，这种经历对于胆子不大的安子归来说，实在是太煎熬了。

"是那个哭泣的女人戴的。"安子归敛下眉眼，"她头上戴着这样的发卡。"

梦魇的时候看到的东西出现在现实世界里，被人放在他们的车上，上面还夹着头发。

老赵他们把发夹放到证物袋里带走了，临走的时候跟贺瑫说，这事应该不难查，他们停车的地方是闹市区，没有监控死角，估计很快就能查到是谁放的。

发夹上的头发他们也会拿去做化验，有结果了会第一时间告诉他们。

"如果她明天情况好一点了，你带她再来局里一趟。"老赵走的时候叮嘱贺瑫。

安子归裹着毛毯缩在车子后座角落里，低着头一声不吭。

她发烧了，吐了，吃了两颗药，现在手还在抖。

贺瑫等老赵他们走了，也跟着爬到后座，坐到安子归旁边，把她搂进怀里。

她今天晚上说了很多。

她说她一开始并没有把梦魇当回事，这种事很常见，就算每次梦魇的内容都一模一样，她觉得从心理学上来说可能也只是某种记忆投射。

但是挺费神的，身体有了意识却动不了，感觉哭泣的女人就在她旁边，她却永远看不到她的正面，次数多了，她就开始在网上搜有关解除梦魇的方法。

接着就让她发现了一个论坛，需要注册才能查看主帖，里面有很多人都和她一样有过梦魇的经历，甚至有几个人和她一样，每一次梦魇都是一模一样的场景，安子归看了这几个人的主帖，其中有一个叫病人家属的人引起了安子归的注意。

病人家属说自己的弟弟有梦魇的经历，老是看到一个女人背着他哭。帖子发了有段时间了，只发了一个主帖，没有更新后续。

安子归私信病人家属，那个时候她已经因为梦魇有了很严重的睡眠障碍，连带着也失去了食欲。

病人家属很快就有了回复，对方说她弟弟死了，死于交通意外，

第十一章 刨根问底

死之前打电话给家里说他看到了那个哭泣的女人,他说他找到了梦魇的原因,他是被鬼诅咒的人。

"这是第一个。"安子归低下了头。

她在这一年多时间里通过梦魇这个线索,在网络茫茫大海里找了很久,又找到了第二个,结局也类似,那个人跳楼了,家人只是觉得她最近精神不济,其他的一点预兆都没有。

所以她开始害怕,开始拼命回想自己到底在什么地方看到过这个女人的背影。

可并不是所有人都会把自己梦魇的经历放到网上去的,安子归再也没有找到过类似经历的人,直到她因为精神状况太差,被石骏誉推荐到了匿名互助会。

她认识了费景明,在匿名互助会互相倾诉压力的时候,她发现费景明和她都有一模一样的梦魇经历,这是她认识的唯一一个活着的有共同经历的人,他们都对自己为什么会这样一筹莫展。

再之后,宓荷死了。

费景明留下了她是下一个的视频影像,也死了。

而安子归则在说完这一切之后开始疯狂呕吐,她还是把贺瑶拉了进来,到最后,她还是得拖着自己最美好的感情一起走向坟墓。

这个世界上当然是不可能有鬼的,成年人都知道,比鬼更可怕的是人心。

安子归这一年多时间紧绷着神经,靠近暗处未知的危险,失去睡眠失去食欲,精神一点点崩溃,健康一点点消失,这一切,都是人为。

她很清楚,所以她一直都在寻找真相。

她很勇敢,就算一切希望都没有了,她甚至已经在料理自己的后事了,也没有放弃寻找真相。

但是她太累了。

放弃挣扎之后,她整个人都虚脱了,听什么声音都嗡嗡的,这个世界和她隔着一堵厚厚的墙,她分不清幻觉和现实,刚才贺瑫把她搂在怀里的时候,她还在想,这到底是真实存在的,还是自己的想象?

"我们去哪儿?"她想这应该不是幻觉,因为贺瑫把车子停在了一家宾馆门口,看样子还打算下车。

"先住这里。"贺瑫先下了车,绕到副驾驶座打开车门帮她解开安全带,问,"能自己下来吗?"

"不然你打算抱我进去吗?"安子归习惯性地吐槽。

就算贺瑫肯她也不肯,那么多人,她才不要示弱。

她就是个死要面子活受罪的人,下车的时候腿一软差点滑倒,咬着牙又重新站了起来。贺瑫想扶她,还被她瞪了一眼。

贺瑫忍住了想把她拎起来抽一顿的冲动,他现在并不知道应该怎么对待自己的妻子,一面心疼她一个人独自承受了那么久,一面又很气她这死犟的脾气。

她没说出口,但是以他对她的了解,她最在意的应该是怕自己死得太难看被他看到。

这理由让他一口气闷在肺里差点憋死自己。可他的心疼大过生气,所以他还得宠着她。

"为什么要住宾馆?"办了入住,安子归假装没听到贺瑫要的是一个双人床的套间。

"那个家还能住?"贺瑫反问。

都装修成那样了,跟鬼屋似的,她难道还想回去?

"其实住哪儿都一样。"安子归不怎么赞同,反正闭着眼睛出现幻觉的时候看到的都是大脑想让她看到的。

"我不能住。"贺瑫把安子归往他旁边拉了一下,"过来一点,那边有风。"

站那么远干什么?他们又没打算离婚。

安子归讪讪的。

第十一章 刨根问底

他们认识太久，太了解彼此了，所以她能猜到贺瑫现在在想什么。他这气生得有理有据，只是她也没觉得自己做错了。

再来一次，她肯定还是会瞒到最后。

"费景明出事的那天，你离开度假村以后去了哪儿？"贺瑫问。

他要问的问题太多了，想到什么就问什么。

"在处理林秋的事。"安子归现在非常合作。

贺瑫既然已经知道了，她就不能再做两手准备了。她不能死，死了不管是不是全尸都不好看了，她不想让贺瑫看到这样的自己。

所以她会共享自己所有的信息，哪怕被看成疯婆子，哪怕可能会摘不掉嫌疑，她也不会再瞒着了贺瑫。

"你为什么那么在意林秋的事？"在意到这种时候安心公关里所有事情她都交给别人了，只有这件事她还在亲力亲为。

电梯到了，贺瑫刷卡进房间。

这个问题安子归没有马上回答。

贺瑫也不急，他先里里外外地把套房看了一遍，房间看起来还不错，不枉他查了半天的点评，干净没有异味，最重要的是够明亮。

"你先坐。"房间里空调开得足，贺瑫打算点一些清粥小菜回来，吃完了如果安子归还有精神，他们就继续聊。

安子归坐下了。

她抿着嘴看贺瑫忙东忙西，先是点外卖，然后把房间里暖气温度调高，最后去了卫生间——他把放在车后备厢里备用的洗漱用品都拿过来了，看起来打算在这里住一段时间。

今天晚上她把一切都说出来了，他反而不慌了，莫名其妙地笃定。

"你不怕吗？"她问。

"怕什么？"贺瑫反问，他正盘算着明天白天回家一趟带点日用品过来，安子归这个问题又把他刚刚压下去的火气重新撩了起来，"怕你太难看？"

安子归无言以对。

她伸手做了个你请便的手势，拿出手机打开邮箱开始工作——他都不在意，那她也就不管了。

而且不得不说，贺瑫现在这个反应是她最舒服的反应，没有如临大敌，没有对一个又一个问题刨根问底，没有自责，也没有质问她为什么要瞒那么久。

他就是接受了。平静地接受，一边消化一边想办法。

这才是她爱的男人，这才是她在这个花花绿绿的世界里看尽人性黑暗却始终相信仍有真善美的原因。

所以她今天晚上哪怕会吐，也吃掉了小半碗清粥，甚至半个鸡蛋。

贺瑫显然是开心了，也多喝了一碗粥，扬着嘴角收拾东西，帮她量体温还跟哄小孩似的"啊"了一声让她张嘴，恶心得她翻了个白眼。

"还咳嗽吗？"她的烧退了，半个鸡蛋下去，脸色也稍微红润了一点，贺瑫仅剩的那点儿气也消了。

相比那些看不见的危险，他更关心安子归现在这身体能不能养回一点肉。

"我想跟你聊聊林秋。"安子归半躺在床上，拍拍旁边的位子。

这是双人床，他们也没再提离婚的事。所以，她一点都不矫情。

反倒是贺瑫犹豫了一下才翻身上床，他犹豫的原因也挺奇特："你如果梦魇了，我躺在旁边会不会让你更有压力？"

他还惦记着最近只要他一靠近她就皱眉头的事。

"宓荷在去曹苏清家里之前，曾经问过我有没有做过亏心事。"安子归懒得理他，自顾自地往下说，"她说不是传统道德约束下的亏心事，而是那种真正让我夜不能寐的事。我当时其实没有理解这句话的意思。我觉得我确实没有做过亏心事。"

在日常生活中她没做过坏事，工作上面的倒是有，但是基本都

第十一章　刨根问底

是徘徊在规则边缘，双方竞争，输的那方肯定会受到伤害。

成年人的世界，这种事太多，但到夜不能寐这种程度的，真的没有。

"嗯。"贺瑫也赞成。

安子归在某些方面比他善良，她只是看起来张牙舞爪罢了。

"但是宓荷之后就死了。"安子归声音轻了一点儿，贺瑫摸摸她的头。

"老赵找我去问话的时候，我心里就有种预感，我怀疑她也有过梦魇的经历，但是我没有证据。"

这是一种遇到同类人的第六感，她很难解释，所以也就没有提出来。

"我开始重新回想谷珊最后跟我说的每一句话，想到了一个我以前从来没有想到过的角度，这个梦魇会不会真的会危及性命？"

贺瑫皱起眉头。

"我查到的第一个交通意外死亡的男人，他跟自己的家人说他会被杀；第二个人在跳楼自杀前给110打了电话，说她不是自杀；宓荷也在死前问我，有没有做过亏心事；还有费景明……"

"这些人，这些事，似乎总是有某种特定的指向，会不会是我们几个人身上都背负了同一件亏心事，有人想起来了，有人没想起来……"

"你做过吗？"贺瑫问。

"嗯。"安子归点了点头，"林秋，就是我的亏心事。"

第十二章　有恃无恐

段亮和安心公关签的是三年公关合约，他打老婆这件事从来不看场合，和他熟一点的人多多少少都知道这件事。所以，她其实可以在事情变成这样之前就帮林秋造势打官司的。

没有提前帮她的理由有很多：段亮是公司的大客户、没有时间、林秋不配合、毕竟是别人的事。

但是再多理由，伤害都已经造成了，在这件事上，沉默就是错了。

"但是，这件亏心事不至于会造成这种后果。"安子归笑笑，"我在梦魇里看到的女人，也不是林秋。所以林秋对我来说，应该是一种心理补偿吧。"

她察觉到这一切可能会发生的根本原因，试图亡羊补牢。所以，她对林秋的事情特别上心，甚至不惜在这个节骨眼上得罪段亮。

"反正我现在就是掉进陷阱里的猎物，逃不出去又不想等死，所以只能挣扎。"安子归自嘲。

能想到的都做了，可梦魇仍然存在，幻觉和现实的界限也越来越模糊。

她能很清楚地感觉到死亡临近，不管是心理上的还是身体上的。

贺瑫不再问她问题，他关了大灯，留了一盏床头灯。

"想不想听故事？"他把安子归裹到被子里，自己隔着被子抱着她，"我可以给你讲讲安全知识，还挺催眠的。"

安子归窝在被子里，手指头隔着被子捅了捅贺瑫的腰："你现在不碰我是因为我太瘦吗？"

反正都在胡说八道转移注意力，倒不如找个她喜欢的话题。

第十二章　有恃无恐

贺瑫又不说话了，只是伸手撸了一把她的脑袋，叹气。

他们分开半年，没有任何联系，那个时候两人其实都默认了他们已经分手的事实。

半年后，他们又重新躺在了一张床上，谁也没有再提离婚分手这件事。

"等这事过去了，我们再谈谈其他的。"不是不提，只是现在还有其他事挡在前面。

安子归这下真的笑了："这事如果真能过去，随你怎么谈。"

要是真能过去，她真能好起来，贺瑫想怎么算账都行。

"如果……"贺瑫犹豫了一下，"没有宓荷那件事，也没有谷珊阻拦，我们真的离婚了，这事过去后你会后悔吗？"

他真的有可能会走的，被伤透了是真的有可能会不再回头的。

"如果这事能过去……"安子归在被子里打了个哈欠，"我会去找你的。"

负荆请罪之类的。

贺瑫一脸惊讶。

"反正你也没地方去。"安子归翻身，咕哝，"来来回回也就在矿里。"

笃定了他爱她，笃定了他逃不出她的手掌心。

有恃无恐的任性女人。

"困了？"贺瑫恨得牙痒痒，也只能帮她重新拉好被子。

"很奇怪。"安子归确实是困了，皱着眉十分困惑，"大概是放松了吧……"

她很久没有这么困过了，这段时间其实连安眠药都没什么用，除非像上次那样几天几夜没合眼突然昏过去的，像这样困到打哈欠的感觉，真的久违了。

"睡吧。"困到贺瑫这句话她都只听到上半句，"做噩梦了就叫我……"

他应该是说了这一句。

迷迷茫茫的安子归还是忍不住内心吐槽，梦魇是没办法动的，用尽全力也无法动弹，只能睁着眼睛看着那女人不停地哭泣。

不过，有贺瑫在旁边，她可能在看的时候不会那么害怕。

如果再自私一点，这段时间有贺瑫陪着，真的可以好过很多。

要熬过去，不能死。

乱七八糟的思绪最终败给了睡意，她攥紧了拳头，彻底睡了过去。

安子归抱着被子，半靠在床头发呆。

贺瑫就在她旁边睡着了，侧躺着，脸朝着她的方向，眉头微锁，睡得并不安宁。

安子归木着脸拿出手机又看了一眼时间，确实是早上十点半。

她昨天差不多快两点睡着的，闭上眼睛再睁开就十点了。整整八个小时，没有梦，没有挣扎，中间可能还来上了一次厕所，躺下之后几乎又立刻睡着了。

很久没有这样长时间熟睡过，她觉得自己整个人都飘在空中，骨关节像是老旧生锈的机器，咯吱咯吱地响，动一下就全身酸痛。

这很不合理。

她的睡眠障碍已经非常严重，就算没有药物作用在很累的情况下可能会入睡，但是也绝对不会超过两个小时。

如果说仅仅因为贺瑫在她身边或者说换了个环境，她的睡眠障碍突然就治愈了，这也太匪夷所思了。

这诡异程度一点儿都不比相信这个世界上有鬼来得轻。

更诡异的是，她居然还饿了。

饥肠辘辘的那一种饿，像是正常人的那一种饿。

这是现代社会，唯物主义世界，存在地心引力，人类相信科学。

所以仅仅因为她昨天把心里的话都坦白了，仅仅因为贺瑫在她

第十二章　有恃无恐

身边，这困扰她快两年的找了各种专科医生吃了那么多药都治不好的毛病就突然好了。

这件事情本身，就是不可能的。

"贺瑫。"

安子归的声音不大，但是贺瑫马上就醒了。他睁开眼睛，眼底都是血丝。

他睡得比她浅。

"怎么了？"他一副随时待命的状态，抹了一把脸清醒一下立刻就坐了起来。

"你再去开间房，今天晚上我们分开睡。"安子归很严肃。

贺瑫一脸茫然。

他又搓了一把脸，虽然知道很荒谬，但是还是忍不住问了一句："你失忆了？"

记忆清零了？

他们昨天睡前虽然谈不上恩爱如初，虽然有些心结还没解开，但是起码算是和谐的。怎么一觉起来突然就变卦了？

"我睡着了，而且还饿了。"安子归仍然很严肃。

贺瑫一愣。

"因为吃了药？"难为他刚刚睡醒，听到这么奇怪的话还能立刻反应过来。

"昨天就在车上吃了点儿镇定的药，其他都没吃。"安子归补充，"睡着了，没来得及吃。"

"这样……"贺瑫找了下形容词，"是正常的吗？"

"不正常。"安子归答得很肯定。

贺瑫翻身下床，找到丢在沙发上的手机，低头不知道在弄什么。

"最好能订个附近的酒店，别让我知道的那种。"安子归以为他在订酒店，皱着眉头，"或者你直接离开新城。"

她要看看是不是只有确定他不在身边，一切才会回到原样。

"武昌鱼要吃清蒸的还是红烧的？"贺瑫问。

安子归非常疑惑。

"你不是饿了吗？"贺瑫一副理所当然的样子。

安子归一脸问号。

"让我再开间房是为了测试我离开以后你会不会继续失眠无食欲，对吧？"贺瑫想了想，点了个鱼头豆腐汤，"没这个必要。"

"如果我在旁边你就能睡得好吃得好，这不是挺好的吗？"点好菜，贺瑫笑了，"何必要去反向测试？"

安子归愣住了。

"我希望的也不过就是你能吃得好睡得好。"

健健康康的，和以前一样。

"先去洗漱。"他揉揉她的脑袋，"我点了楼下餐厅的菜，吃完以后，我们去一趟公安局。"

她脸色真的好看了很多，只是一个晚上的正常作息，皮肤看起来就没有那么干燥暗沉了。

只是她满脸的不赞成，因为睡太久有点儿浮肿，看起来鼓鼓囊囊的。

"不面对不是解决事情的方法。"她果然是不赞成的。

昨天觉得他不问问题很体贴，今天就觉得他这是在逃避而不是在解决。还带着点儿起床气，一边说话一边歪头，不让他碰自己的头发。

"我们换种方式面对。"贺瑫不知道为什么，就觉得心里软得一塌糊涂，昨天乍然听到真相后的气闷一点都没了，"就像石骏誉一样，我们把发现的问题都交给警方，不要自己去面对。"

安子归抬头。

"我知道你不信任石骏誉。"贺瑫知道她想问什么。

昨天袁之薇的判断是对的，安子归发现自己能睡着能觉得饿，第一个反应就是反向证实。

第十二章　有恃无恐

她不信任自己的心理咨询师。

所以她去石骏誉那边不是做心理咨询，而是在寻找真相。

"我知道你的顾虑。"这一个晚上，安子归睡着的时候，他又把安子归说过的那些话拿出来一句句反复回想，"梦魇这种事很难作为笔录说出口，说了之后也不见得会有人相信。"

而且和她有相同经历的人都死了，能准确说出梦魇场面的人只有她一个。

"所以你告诉老赵他们的，都是你实际上遇到的，其他和梦魇相关的，你都没说。"

那些雕像时钟是和幻觉相关的，她瞒着；费景明他们藏起来的监控视频是实际发生的，她想尽办法交给警方。

"一直去石骏誉那里，估计也是同样的原因。"

她想拿到石骏誉也知道梦魇这件事的证据。

她被现实和幻想割裂了，发现幻觉侵入现实之后，她想要找到能证明这种感觉存在的人，但是他们接二连三地都死了。

她孤立无援，脑子里却一直在不停地进行着死亡倒计时。

这件事如果换到他身上，他不一定能做得比她好。

"你现在不是一个人了，我也看到了那个蝴蝶结，我相信你的梦魇不只是精神问题。"

"如果你跟我在一起能够吃得下睡得着，那我们就一直在一起。"

"不管这件事背后的真相是什么，能让你舒服地吃饭睡觉是最重要的事。"贺瑫看着安子归，"其他的，我们慢慢来。"

安子归抱着软乎乎的被子，看着贺瑫的眼睛。

真温柔啊！她感叹。

"你话真多。"她嫌弃道，翻身下床。

"和老赵他们提梦魇，不会觉得是我在推脱吗？"她一边刷牙一边问。

贺瑫笑了。

她同意他的办法了。

"不会。"贺瑫摇头,"他们能把宓荷、费景明和你联系在一起,说明他们肯定也查到了什么。"

所以就算是诡异的梦魇,可能也只是犯罪手段之一。

"还有,你手机早上的时候响过一次,你让我挂了。"贺瑫靠在卫生间门边,把手机递给安子归。

安子归皱着眉头接过手机,依稀想起一点。

贺瑫说得委婉,她的原话应该是砸了。毕竟好不容易睡着的。

牙刷在嘴里停住。

"怎么了?"贺瑫探身进来。

"石骏誉办公室的电话。"

安子归冲掉嘴里的泡沫,直接拨了回去。

"安小姐。"是一个女孩子的声音,听起来很焦急还带着哭腔,"石医师有没有找过你?"

"怎么了?"安子归的声音听起来很镇定,只有贺瑫看到,她手指已经开始用力。

"他不见了。"那女孩子语气非常焦急,"昨天下午开始就没来上班,预约的病人都爽约了。怎么办啊?他会不会出什么意外?我要不要报警啊?"

"这件事发展到最后,就变得越来越不像是人为。"安子归在录像视频里显得苍白瘦削,她自嘲一笑,"他们都经历过梦魇,都有过精神恍惚崩溃的时候,都死了,可是死因却都不一样。"

"如果真的是人为,那么这个人就得在不同时间不同地点让我们每个人都看到梦魇的场景,让我们在疲于应对之后选择不同的死法,死之前却对到底是谁造成梦魇这件事只字不提。"

"这难度太高了。"安子归在视频里把老赵给她的那八张照片一字排开,挑出其中一张,"这八个人里面,我比较熟悉的人只有费景明一个。他的那个假弟弟,我一直到他死都以为他是费景明的亲弟弟。"

而不是什么公安网内部通缉的黑客。

"我和宓荷也仅仅只是商务关系,和安心公关签合同的是她的经纪公司。总共只做了一次公关活动,宓荷就出事了。一直到现在坐在这里,我才知道她确实也曾经经历过梦魇。"

"至于曹苏清和刘玫夫妇,最多就是在年末各种晚宴上远远地看到过,从来没有说过话。"

"剩下的三个人,我根本就不认识。"

"我想不出会有什么人费那么大力气做出这种事,我想不出他那么恨我的原因。所以我越来越觉得,这更像是一种报应、诅咒。"

"我们都做了一些错事,注定会遭到报应。"安子归最后这句话说得过于阴森,"所以,对方才会用这种无法用科学解释的方法报仇。而我之所以还活着,应该就是因为我始终没有想起那个背对着我哭的女人是谁。"

想起来了,也就死了。

视频至此戛然而止,定格在视频里的安子归看着镜头,表情绝望而疯狂。

老赵关掉了视频,投影仪里出现了一张化验报告。

"这是那个蝴蝶发卡的化验报告,发卡上的头发是安子归本人的头发。"

"除此之外,这发卡很干净,上面没有任何指纹,发卡顶端也没有头皮组织残留,初步判断安子归的头发是事后放进去的,并不是安子归曾经使用过的东西。"

这个结论其实大家都知道。

这个发卡看起来像是二元小店的赠品,实在不像是每次出现都打扮得体的安子归的风格。

"把蝴蝶发卡放到贺瑫车上的人也已经查出来了,是他们家保洁阿姨王梅的儿子傅光。傅光是个破落户,几进宫了,吊儿郎当的,笔录的可信程度很低。"

这种人最麻烦，警察嗓门大点儿他就大喊人民警察打人，回答问题东拉西扯，先一口咬定是贺瑫他们没关车门，他就是开门进去看看，后来调出对面车子的停车记录仪，里面清晰地录下了他往仪表盘上面放东西的样子，他才悻悻然地改口。

"不就是一个发卡吗？"他又开始扯谎，"我之前顺手从安子归家里偷的，现在良心发现了还给人家不行吗？他们车里也没少东西，多了东西也值得大费周章，有钱人家是不是都有病啊？"

傅光这人长得其实还算周正，只是心歪了，五官就跟着斜了，梗着脖子瞪着眼睛，一副与全世界为敌的样子。

"这发卡最多两块钱，你从安子归家里偷走过几万块的首饰，怎么没见你良心发现？"老赵冷笑，丢出一条转账记录，"你和这个人什么关系？"

一条发生在发卡事件当天的转账记录，转账人是石骏誉，金额是十万元。

傅光哑着嘴。

老赵也不急，双手环胸靠在椅背上等着傅光想出新的谎话。有时候谎话也是一种信息，他瞒得越多，说明傅光和石骏誉之间的关系越紧密。

"我能先问问这发卡到底是什么东西不？"傅光看起来有些犹豫。

"不能。"老赵很爽快地否决了。

傅光"啧"了一声，一双眼睛滴溜溜地转。

"这要是什么重大案件，我举报算不算立功？"他搓着手，压着嗓子，猥琐地嘿嘿笑。

老赵抬眸，一声不吭地盯着他。

傅光一边嘿嘿笑，一边别开眼。

"就是这个人让我放的。"他开口了，比老赵预计的要快，"我一开始不敢答应，但是看了下东西也就是一个女人用的发卡，只是放

180

第十二章　有恃无恐

个发卡，就给我十万块。"

"有钱人玩得都挺野的，我看这人长得人模人样的，以为他让我放的是贺瑫姘头的东西。"傅光笑得十分猥琐，"男人嘛，也就为了胯下那点事愿意出那么多钱……"

"那人长什么样？"老赵打断傅光的絮絮叨叨，拿出五张照片放在傅光面前。

"就是他！"傅光半点没犹豫地选出了石骏誉的照片。

照片里的石骏誉戴着眼镜，笑得正气凛然，真是讽刺。

"石骏誉，男，四十二岁，心理咨询师，美籍华人，最后一次出现在诊所的时间是一月七日上午，午饭之后就关机失踪。"老赵看着投影仪里那张石骏誉的照片，表情冷峻。

"根据出入境记录，石骏誉本人已于一月七日下午从新城机场乘坐华航 UT506 航班出境，目的地是加拿大温哥华。但是，在经停台北的时候办理了转机，目前还无法确定他最后抵达的地点。"

"从石骏誉心理诊所就诊的病人记录来看，目前已知的九名受害人包括安子归在内，有三名受害人做过石骏誉的长期病人。而根据石骏誉本人定期参加过的一些公益公开咨询交流的资料整理，有四名受害人和石骏誉有超过一次的一对一免费心理咨询。"

"这个石骏誉除了心理咨询师这个职位外，也是美国 NGH 催眠协会的成员，有催眠执照，之前一直从事催眠咨询的工作。"

"根据安子归提供的线索和我们后续的调查，这些受害人都经历过所谓的梦魇，在梦魇里都看到了一个背对着他们哭泣的女人，长期睡眠问题之后都出现了不同程度的精神问题，而且全都是在接触石骏誉半年到一年内自杀或者意外身亡。"

投影仪上显示的内容再次变化，出现了几张绘图。

"这是技术组的同事根据安子归和其他受害者家属口述画出来的**梦魇场景**。"

加上安子归的只有七张绘图，费景明和他那个假弟弟孙其没有和任何人描述过自己梦魇的经历。

绘图里的场景几乎都一模一样，一个密闭的空间，一张靠窗的书桌，书桌上摆放着奇怪造型的雕像，书桌旁边是一个木制的落地报时钟。

一个女人背对着坐着，穿着灰绿色的毛衣，长发，后脑勺别了个粉红色的蝴蝶结发夹，上面有黄色的波点。

七张绘图，不同的人在不同时间点分别口述，画出来的内容除了桌上摆放的雕像形象都不太一样之外，其他的几乎没有差别。

尤其是背对着他们哭的那个女人，受害人对这个女人的描述从头发的长度到服装的颜色款式，甚至擦眼泪用的左手都一模一样。

这个世界上当然没有鬼，所以做出这种诡异场景并且把受害人一步步逼入绝境的，只有可能是人。

"石骏誉和受害人的交集高度重合，再加上他的催眠工作背景，是目前为止最有可能制造出这种场景的人。所以，石骏誉已经可以列为本案重大嫌疑人。但是，他现在人从台湾转机之后就查不到行踪。而且，如果要引渡，我们证据链还不够完整。"

老赵关掉了投影仪。

"从时间线来看，所有人都是在出现梦魇后陆续和石骏誉产生交集的，新城的心理咨询师并不多，石骏誉作为比较出名的那个，和受害者产生这种程度的重合其实是合理的，并不能构成重要证据。"

"目前为止，我们找到石骏誉并且提交引渡申请最大的一个证据，就是傅光指认石骏誉让他往贺瑶车上放蝴蝶结发卡以及他们之间有金钱往来。但是，傅光这个人证有污点，他的话并不能百分百采信。"

"最重要的，就像安子归说的那样，石骏誉为什么要大费周章地找九个毫不相干的人制造出梦魇的幻觉，把这些人折磨致死？"

老赵沉声下了结论："我们找不到作案动机。"

会议室里一片寂静。

第十二章　有恃无恐

这段时间，他们排查了包括安子归在内的九个人两年内的行动交集，排除了这九个人不在新城的时间，因为工作节假日和其他原因，这九个人共同待在新城的日子只有五十八天。

而这五十八天内，老赵他们看过了每一个人的行动轨迹，查过了每一个监控，结论都是一样的——没有交集。

他们就是九个完全独立的生命体，有不同的工作不同的朋友，有固定的生活轨迹，新城虽然不大，但是，这九个人在两年内的交集等于零，甚至连九个人同时擦肩而过的概率都没有。

作案动机。

如果真是石骏誉干的，他到底是为了什么？

"以石骏誉为突破口，"老赵沉吟着再次下了新的命令，"查他的人际关系，包括以前被他催眠的病人病历，所有能查到的信息全都汇总出来。"

"另外，费景明的视频仍然需要继续排查，这一次把重点放在石骏誉身上，找到费景明他们存档的监控视频里关于石骏誉的内容。"

"根据费景明死前的视频和安子归的判断，受害人死亡厄运开启的切入点应该是知道梦魇里的那个女人是谁的时候，这一点我倾向于相信当事人的判断。"

他相信视频里那个苍白瘦削的女人。

她在幻觉里坚持了一年多，至今仍未放弃。

第十三章

他的底线

安子归这段时间过得很艰难。

因为贺瑫在身边就能吃好睡好的日子只持续了五天，这五天突然之间她就全好了，不用看医生不用吃药，突然之间就像个正常人一样能吃能睡，知道饿觉得困，身体恢复了正常机能，猝不及防的，连梦魇也没有了。

五天时间，不长不短，恰到好处地让安子归想起自己正常时候的样子，恰到好处地让安子归产生了说不定自己的病真的就突然好了的侥幸，然后夜幕低垂的时候，她再一次看到了那个背对着她哭泣的女人无法动弹，发觉一切正常只不过是某种回光返照。

这五天的正常生活打破了她用一年多时间一点点建立起来的麻木，所有的一切照旧之后，带来的伤害变成了双倍。

她再也不能云淡风轻地告诉贺瑫，这是常态了，没事，她能挺过去。

她记起了自己健康时候的样子，所以，她再也无法直视镜子里那个病态疯狂的女人。

"情况变得更糟了。"

心理诊疗室里，安子归躺在差不多的躺椅上，看着天花板。

她最终还是来了袁之薇这里，和去石骏誉那边步步为营地试探不同，这一次她是真的来寻求帮助的。

虽然袁之薇这边的躺椅没有石骏誉诊所的舒服。

"说说看。"袁之薇和石骏誉比更温和，聆听得更多，没有攻击性。

第十三章 他的底线

"梦魇的场景变得更清楚，我开始真实地觉得那个女人的哭声我应该在现实生活中听到过。"安子归声音轻了下去，"我觉得，我应该很快就能想起她是谁了。"

想起来了，就意味着她的死期也到了。

袁之薇安静了几秒钟。

"我们来聊聊石骏誉吧。"她换了个话题。

安子归失笑："聊你的竞争对手并不能解决我的心理问题。"

"但能让你觉得轻松一些。"袁之薇也跟着笑，"而且他如果是造成你出现幻觉的罪魁祸首，了解你跟他的对话有助于我帮你打开这个心结。"

安子归重新看向天花板。

"你真的相信这是石骏誉一个人做的吗？"安子归问，"一个和我完全不熟的人，通过心理暗示让我晚上睡觉会看到一个一直哭的女人，连续看一年。这种事情，真的存在吗？"

"我不了解催眠。"袁之薇想了想，很诚恳，"但是，心理暗示对一个人的影响是很大的。比如一个人的父母如果从童年开始就一直用贬低他的方式教育他，那么这个人很有可能到老都会维持着自卑的性格，并且会用同样的方式教育下一代。"

安子归挑挑眉。

"怎么？"袁之薇笑着问。

"没事。"安子归摇头。

她只是想到了贺瑫。

他父母也是打压式教育，所以，他骨子里很自卑。而她想让他离开的时候，卑鄙地用这点攻击过他。

"了解石骏誉和你沟通的方式，就能大概猜出他在你心里设置屏障的方法，解除屏障，就可以解除你梦魇的幻觉。"袁之薇没继续追问，只是把话题重新拉了回来。

她和石骏誉比，确实更没有攻击性。

"我没有详细告诉过他我梦魇的经历。"安子归在躺椅上换了个舒服的姿势,很合作,"我只是说自己一直在做噩梦,噩梦影响了睡眠也影响了食欲。所以我每一次去诊疗,聊的都是我做噩梦的原因。"

没有原因,所以诊疗一直毫无进展。

"你为什么会怀疑他?"袁之薇接着问,"我的意思是你是因为怀疑他才去他的诊所治疗的,还是在治疗的过程中发现他有问题的?"

"诊疗的过程中。"安子归回忆石骏誉的时候表情有几分抗拒,"我从来没有和他提过噩梦的内容,但是,他突然提到了落地报时钟。"

"梦魇里的场景?"袁之薇皱起了眉,"他具体是怎么说的?"

"他说如果噩梦中出现了会准点报时的报时钟,很有可能是一种倒计时。"这句话安子归记得很清楚。

袁之薇沉吟着没有马上接话。

"按照常理,这种事情是不可能发生的。"袁之薇说得很慢,"如果真的是石骏誉给你留下的心理暗示,他应该对心理暗示里所有的内容都非常敏感,在你清醒的时候,他是不可能透露出这些内容的。"

"什么意思?"安子归看向袁之薇。

"如果你的记忆没有问题,那就只有可能是他需要让你知道他有问题。"袁之薇放下手里的笔,"那之后你的生活有变化吗?"

安子归安静了一会儿。

"有。"她叹了口气,"那天之后,我开始准备离婚。"

"袁之薇说,婚姻是我最后的堡垒,石骏誉没有办法通过心理暗示攻破这个堡垒。所以,他用了最冒险的方法。"

石骏誉主动打破了现实和幻觉的屏障,让她在已经很绝望的情况下发现自己四面楚歌，牵挂变成压力，她被迫困在了孤岛上。

石骏誉最后没有选择攻破堡垒，而是选择用蛮力把安子归从堡垒里拉出来。

"嗯。"贺瑫半蹲在柜门旁，大半个身子都挤在柜门里，应得很吃力。

他们又搬回家住了，搬回来之前，贺瑫把家里奇怪的东西都给扔了，重新刷回了白色，开除了保洁王梅，自己一个人把角落的灰尘都给擦干净了。

忙了一下午，现在又开始通水管。

安子归向来很喜欢看贺瑫修东西通水管，他经年干活练出来的肌肉在这种时候形状正好，可以让她联想到不少暧昧的画面。

赏心悦目。

哪怕现在因为吃不下睡不着身体孱弱，她也仍然饶有兴趣地坐在小板凳上双手托腮，美其名曰帮他递工具，实际上逮着机会就怂恿他把裤子往下拉拉。

比如现在："你腰上沾东西了。"

贺瑫不吃这套。

他对她这次不管是不是因为心理暗示提出的离婚和隐瞒没有流露出半分情绪，唯一的情绪就是不再理会她隔三岔五的调戏，直接当作没听到。

再次调戏失败的安子归用脚拨了拨地上的扳手，撇撇嘴。

贺瑫动作停了，身体往柜子旁边蹭了蹭，露出半截腰。

安子归咬着嘴唇，眼底都是笑意。

"你说……"她的声音柔和了不少，"你是装的还是真的觉得可以用这种正常的方式和我交流？"

她自己都不知道自己会神经病成什么样，他怎么就那么淡定呢？

"没装。"贺瑫半边身体又从柜子里探出来，灰头土脸地看了安子归一眼,"也没觉得你正常。"

安子归无语。

"不过这样也挺好。"这确实是最适合他们的相处方式。

贺瑫拿了个起子又重新钻了进去。

安子归皱起眉:"水管平时也没怎么用啊,怎么通那么久?"

"有东西卡住了,拧不紧。"贺瑫伸手,"把那个黄色的管子递给我一下。"

安子归顺手捡了个管子递给他:"不过,这地方之前爬出过虫子……"

所以,她再也没靠近过。

"什么虫子?"贺瑫顿了下才问。

"我怎么可能靠近看?"安子归翻白眼,想到当时的场景就觉得手脚发麻,两条腿跟着缩到了凳子上。

贺瑫那边"咯哒"一声拧开了什么,安静了一会儿。

"子归。"他声音听起来特别平静。

"啊?"安子归蹲在小方凳上莫名地就有了不祥的预感。

"你把眼睛闭起来。"贺瑫仍然很平静,"你今天吃得少,我怕你一会儿晕过去。"

安子归:"什么东西?"

她后背开始发麻。

"我把它扔了就好了。"贺瑫没有正面回答。

安子归闭上眼,听着贺瑫站起身窸窸窣窣地拿垃圾袋:"什么东西?"

她就是自找的,一边怕得要死,一边还是想要知道真相。

贺瑫还在窸窸窣窣地动作着。

安子归蹲在方凳上缩着脖子继续执着地问:"什么东西?"

"蜈蚣。"贺瑫终于洗干净手,确定那包东西已经被扎得严严实实放到玄关外面的临时垃圾桶了,才回答。

第十三章　他的底线

安子归瞬间僵直。

"我现在在你左手边。"贺瑫知道自己老婆多惧怕这种多足动物，"我先把衣服换掉，马上过来。"

安子归僵直着身体伸出了左手，死命拽住本来打算去洗手间换掉脏衣服的贺瑫。

眼睛还闭着，脸色惨白惨白的，但她还是坚强地问："几只？都死了？都收拾干净了？"

"一窝。"贺瑫知道她就算怕死了也不要听到他撒谎，"都清理掉了。"

安子归拽住他手臂的手肉眼可见地起了一层密密麻麻的鸡皮疙瘩。

"为什么我们家里会有这种东西？"安子归深呼吸了好几次才能把话说完整。

她左手用尽全力，两只脚蹬在方凳上，身体倾斜三十度，只为了尽可能远地避开那个水槽，尽可能远地远离地面。

她怕虫子的时候，恨不得浮在空中。

"我背你。"贺瑫觉得她再这样下去要抽筋了，每天吃几粒米的人，体力却好得出奇。

"外套已经脱了。"他哭笑不得地看着安子归像个瞎子一样摸他身上的衣服——她怕他衣服上还有虫子。

安子归僵着身体，拧着脖子，动作倒是异常熟练，闭着眼睛爬到贺瑫的背上。

他经常背她。但是这次是他们半年来最亲密的时刻了，她闭着眼睛都能碰触到他的耳朵。

他的耳朵最敏感。

"嗡！"果然，碰一下他就这样。

"家里为什么会有这种东西？"安子归前胸贴着他的后背，两腿悬空，终于觉得自己安全了，才睁开眼。

"我定时除虫的。"她皱着眉头。

她突然看到这种东西有可能会被吓到休克,一个人在家最怕遇到这种事。所以,她说的除虫是最严格的除虫,定时地找专业除虫公司来做的那种。

"而且,这地方平时王梅经常打扫的。"她眉头就没解开过。

太危险了,如果不是贺瑫,如果她自己一个人在家的时候打开了那边的水龙头……

她可能会看到浮出水面的蜈蚣,那她可能会被吓死。

"今天晚上还是继续睡酒店吧。"安子归就快要把他掐死了,一身的皮包骨。

不碰触她,心疼感觉就没有那么真实。

碰触了,他说话的语气都不知不觉地变硬了。

他恨死了让她变成这样的人,恨到快要失去理智。

不敢碰她,怕自己克制不住心里的暴戾。

"我明天过来把所有的下水道都通一遍。"贺瑫顿了顿,"顺便去趟公安局。"

"嗯?"安子归还在和地面做抗争,想到蜈蚣的样子就觉得自己应该挂在天花板上而不是地板上。

"查查王梅。"贺瑫沉着脸。

他刚才没细说。

那堆蜈蚣是被人用塑料袋扎在水管里面的,安子归用了那里的水槽,堵住之后这东西要么从上面浮起来,要么就是她下去通水管的时候从下面流出来。

不管是哪一种,都是特意针对安子归设计的。

他其实和安子归一样,都不太相信只是一个石骏誉就能心理暗示到这样的程度。

但是,如果不只有一个石骏誉,还会有谁?

安子归到底做了什么事,值得被那么大费周章地对待?

第十三章　他的底线

她只是一个看到虫子就恨不得飞上天的女人，有小心思但是罪不至此。

不至于瘦成现在这个样子，不至于连谈都不敢谈这件事。

没有等贺瑫清理完家里藏着的隐患，王梅就自己找上了门。

她穿着半旧不新的灰褐色羽绒服，蓬乱着头发，局促地站在门口，看到贺瑫开门，忍不住探头探脑地往里看："贺太太不在吗？"

"不在。"贺瑫沉着脸站在门口，并没有打算放王梅进来。

安子归今天一整天都在安心公关谈合并，谈判场合他不能跟着，一大早把她送到公司自己就回了家。

一个人，情绪就容易失控。

放王梅进来，他不知道自己会不会忍不住把那堆藏得很好的蜈蚣塞到她嘴里去。她是负责家里保洁的，就算这东西不是她放的，她也不可能不知情。

"我……"王梅犹犹豫豫吞吞吐吐，"有些话想跟你说。"

贺瑫侧身让王梅自己进去，关上了门。

正好，他也有话想问她。

王梅看起来非常紧张，站在玄关两只手都不知道往哪里放。

"大扫除呢？"她憋了半天，嗫嚅地寒暄了一句。

贺瑫没理她，自顾自地坐到客厅沙发上，也没招呼她坐。

王梅一个人在玄关磨蹭了一会儿，跟着进了客厅，挑了一张最角落的单人沙发。

"其实也没什么大事。"王梅半坐在沙发上，两手在膝盖上一直搓。

"贺太太之前上班很忙，白天留在家里的时间不多。"王梅的眼睛很小，藏在眼周的褶皱里，常年过重的体力劳动让她看起来比同龄人老，不经常笑，所以嘴角的纹路都是向下的，看起来很苦，"所以家里的快递邮件什么的都是我帮忙拿的。"

她停顿，从随身带来的那个黑色皮革已经裂成一片片的包里拿出了一封信。

"这封信是你回来的那天我在楼下信箱里拿到的。"她把信放在茶几上，"当时我走得急，给忘了。"

"后来……"王梅的肩膀耷拉了下去。

后来发生了很多事，她因为儿子傅光撬了贺瑫的车往里面放了一个发夹被保洁公司开除了，而她儿子傅光从公安局回来以后砸了一堆东西撒完气之后，至今没有回家。

"这信就塞在楼下信箱里面，也没贴个邮票什么的。"王梅的脸垮了下去，显得更苦了，"我马上要回老家了，贺太太对我很好，要是直接丢了我怕自己会一直惦记着。"

所以，她在回老家前把这封信送了过来。

"就这事儿。"王梅说完就重新拉好了随身包的拉链，站起身打算走人。

贺瑫伸手拿走了那封信，当着王梅的面把信拆开了，从里面抽出了几张照片。

王梅一怔，她没想到贺瑫直接就把信给拆了，捏着随身包带子的手指紧了紧。

都是用数码相机拍的照片，下面是一行橙色的时间戳，半年前的凌晨两点，照片里是安子归和费景明。

半年前，也就是安子归和他提离婚之前。

照片里两个人的姿势看起来非常暧昧，头挨着头，费景明在点烟，安子归把手凑过去借火，打火机的火光里，费景明看着安子归笑得很开心。

另外几张就更亲密，连体婴一样肩挨着肩在角落里站着，不知道在说些什么，周围的环境可能很吵，安子归一直侧头倾听，表情专注。

但是，这些都不是照片的重点。

第十三章 他的底线

这些照片是凌晨两点在跑山的地方拍的,他们站着的地方,就是几周前费景明缩着脖子问他这世上有没有鬼的地方。安子归低头向费景明借火的地方,几周之后,他站在同一个地方,跟同一个人也借了一次火。

几个小时后,费景明就死了。

贺瑫把照片一张张地翻过去,全部看完之后,往茶几上一丢。

声音不大,但一直僵直站着的王梅没来由地眼皮一跳。

"我记得当时面试你的时候,你说你老家是吴县的?"贺瑫开口。

王梅点了点头。

不知道为什么,这个平时看起来老实巴交的妇人此刻紧闭着嘴,一脸的戒备。

"吴县离我老家很近。"贺瑫补了一句。

所以安子归在三个备选人里选了她。

"我如果把这些照片送到公安局,上面应该也只能检测出我的指纹。"贺瑫话题跳跃度很大,一直没什么表情。

屋子里很安静,王梅的呼吸声浑浊,胸膛剧烈起伏了一下:"我……听不懂。"

贺瑫摇摇头。

"有件事你应该知道。"他看着王梅,"我长期不在家,又不放心子归一个人,一直想要在家里装监控,但是子归对这事很排斥,我们还为了这事吵过几次。"

王梅不吭声。平时一点点小事都能絮絮叨叨讲很多话的人一下就变成了锯嘴葫芦。

"但是,我还是装了。"贺瑫吐字清晰。

王梅的瞳孔一缩。

"除了主卧和卫生间,这个家里大部分的地方我都装了监控。"贺瑫一直盯着王梅。

"所以,你趁着子归不在家让傅光来家里。你在子归精神不济的时候打扫卫生偷工减料。你捉了蜈蚣包在布袋子里塞进下水道。"

贺瑫说一句话就停顿一下,王梅戒备的表情逐渐放松,说到蜈蚣的时候,她垮着的脸一抖,明显地松了口气。

"贺先生。"她终于说话了,"我没读过什么书,小地方来的没见过世面,脑子也不聪明。你们城里人的那些花招我大部分都看不懂,什么监控摄像头的我也没见过,我只知道做人最重要的还是得诚实。没做过的事,我就是没做过。"

她像是突然想通了什么,明显放松了。

"你说的这些事,我都没做过。你大可以拿着你说的监控去警察局,去我之前的那家保洁公司,甚至拿去给媒体。但是我没做过,就是没做过。"

王梅的话越来越多。

贺瑫沉默着,看着这个在安子归身边待了一年的妇人唾沫横飞、义愤填膺。

"做人都是得讲理的,我儿子是在你们不在的时候上了你的车,但是他什么东西都没拿,就被警察带到公安局里问了半天话。"

王梅深吸一口气。

不知道为什么,沉默的贺瑫让她感到不安,刚才松掉的那口气又吊了起来。

贺瑫没有装监控,他说的那些都是在蒙她!

王梅又一次挺直了腰。

"你们还把这件事投诉到了保洁公司,我也因为这事没了工作。我又不是只给你们一家做保洁,我儿子跟其他家的家主关系都处得很好,唯独你们家,贺太太……"

贺瑫盯着她。

王梅梗了一口气把贺太太后面不太好听的话给咽了下去。

"我知道你们有钱,贺太太开公司,你拿着铁饭碗,在新城认识

第十三章 他的底线

好多有钱有势的人。一点点小事就能把我儿子抓进去问半天，一点儿小事情就能冤枉我。"

"但是，国家是有王法的。"

"贺太太自己精神有问题，今天做的事明天就不记得了，亏心事做多了，半夜三更神神道道的，家里的怪事不能都怪外人！"

最后一句话，王梅是吼出来的，眼眶都红了，胸膛剧烈起伏。

"我也是好心好意怕误了你们的事特意把信送过来。"她拽着自己的包，"真是好心当成驴肝肺，什么屎盆子都往我头上扣。"

"除了你儿子傅光，你还带别人来过这里吧。"贺瑫站起身，冷不丁开口。

他个子高，气场足，一站起身就把色厉内荏的王梅唬得往后退了一步。

"你……别瞎说。"王梅被吓了一跳，刚才吼出来的气势泄了一大半。

"家里没有监控。"贺瑫往前走了一步，"但是小区里有。"

"电梯里、停车场、进出口的地方，甚至楼道里都有二十四小时监控。我只要查一查石骏誉有没有进出过小区的记录就知道了。"

王梅又往后退了一大步，哐的一声撞到了桌角，但是她不敢喊痛，当石骏誉这个名字被贺瑫念出来的那一瞬间，她像是被人打了一闷棍，脸色煞白，嘴唇发抖。

"只是把发夹放到车上，应该不值十万块。"贺瑫又往前逼了一步。

"你在子归不在家的时候把石骏誉放进来，再加上你儿子做的事，才值这个价。"

心理暗示要到什么程度才能逼疯一个人，除了定期的心理咨询之外，肯定还有别的途径。

如果安子归所在的每一个角落都是石骏誉精心布置安排的，这样的心理暗示，才能彻底摧毁一个人。

"这些照片也是他让你给我的吧。"贺瑫的声音越来越冷,"故意趁子归不在的时候给我这种似是而非的照片,是为了试探什么?"

王梅被逼到了墙角,缩成一团。

抖着肩膀抖着手,一个劲地摇头:"我听不懂,我不知道你在说什么。"

"你知道石骏誉在哪儿,对吗?"贺瑫低下头。

平时一脸正气的五官一半在阴影里,眼瞳漆黑,里面像是有一簇火在燃烧。

他确实在蒙她,家里没有监控。

他只是把自己的猜测当成了诱饵,没想到王梅上钩后,暴露出的真相让他感到不寒而栗。

王梅在家里做了一年的保洁,这一年时间,石骏誉都可以自由进出。

"我们家不算有钱有势,但是有些事不一定有钱有势才能做。"他慢吞吞地弯着腰,盯着王梅的眼睛。

"你只有一个儿子吧。"他问,"生了个孙子,媳妇跑了对吗?你的亲人不多,所以不管他做什么,你总是无条件地帮他。"

"这一点,我们很像。我也只有一个安子归。"贺瑫居然笑了,"所以你应该知道,她如果出事,我会做什么。"

王梅后背贴着墙,小腿发抖,只觉得冷。

这个人疯了,眼神不是正常人的眼神。

"你有两个选择。"贺瑫步步紧逼,"要么跟我去公安局,告诉警察这照片你是从哪里拿来的,石骏誉现在在哪儿。要么,就试试白发人送黑发人。"

他不是在说狠话,他只是很平静地告诉她接下来的选择。

法律,是给有理智的人用的。

他的底线就是安子归,触碰了,理智也就没了。

第十四章

我可以赢

王梅被贺瑫扭送到了公安局，连着那封信和蜈蚣一起。

她看起来像是被贺瑫吓破了胆，一到公安局就把所有事情一股脑儿都倒了出来。

这妇人有一本破破烂烂的小本子，上面密密麻麻地记了一些只有她自己能看懂的符号，她对着那些符号把石骏誉趁安子归不在家的时候进出家里的日期时间都报了出来，一年时间，足足有二十二次。

"他每次进去都支开我，所以我不知道他在里面做些什么。"王梅收起了小本子，"一般只待半个小时到一个小时。"

"刚开始我还挺担心的。"王梅大概自己也知道这话说出来有多讽刺，不自在地别开了眼，"但是家里没少东西，他在家里放的那些小东西贺太太都发现不了。时间久了，还会自己买一样的东西放进去。"

老赵看着通过王梅口述列出来的表格。

"今年四月和五月，这两个月他为什么都没来？"老赵指着表格里的空档。

石骏誉到安子归家里的时间是有规律的，一个月两次，基本每月十五号之前一定会去一次，只有四月五月没有记录。

王梅皱着眉头想了想："四月份的时候贺先生放假回来住了几天。"

"五月份……"王梅犹豫着摇摇头，"想不起来了。"

老赵盯着王梅看了一会儿，换了个问题："那封信又是怎么回事？"

"那也是石医师让我去拿的，他本来是让我拿了以后放在贺太太日常放信的抽屉里的，但是那天贺先生突然回来了。"

王梅低着头："我还没来得及放，就被贺先生给赶走了。后来收

第十四章 我可以赢

拾东西回老家的时候又看到这封信,怕被连累,就想趁着贺太太不在把信交给贺先生。"

谁知道贺瑶当场就把信拆了。

"都是石骏誉干的,你什么都不知情?"老赵冷冷地"呵"了一声。

王梅把头低得更低了。

"这一年来贺太太的精神越来越差了,记忆力也变差了。"王梅两手搓绞着衣角,"我也害怕过,跟石医师说以后不要来了……"

王梅两手搓绞衣角的动作变得更快:"但是,他给小光找了份工作,不用去上班,也能领到薪水。"

老赵合上了本子。

王梅还是低着头,头顶头发稀疏,头发是染的,有染发剂黏在头皮上的痕迹,发根灰黄。

这是个看起来非常普通的中年妇女,刚结婚没多久就丧了偶,为了生活,从小地方来大城市打工,苦累了一辈子,一切都是为了儿子。

但是儿子也不争气,他妈辛辛苦苦给他攒钱结了婚,结果他把老婆打跑了。生了个儿子不管不教,长期没工作,吊儿郎当的,让自己亲妈带孩子、养他。

长期贫困加上日渐衰老,遇到石骏誉这样的人,确实很容易就栽进去。

但是……

老赵皱着眉头。

王梅的逻辑太顺了,从遭遇到选择,统统都像是编排好的剧本,顺得不符合常理。所以他迟迟没有问出最后一个问题,迟迟没有问她,知不知道石骏誉现在在哪儿。

他有种奇怪的感觉,这句话一旦问出口,坐在对面的这个妇人一定会用最完美的逻辑告诉他,她为什么会知道石骏誉在哪儿,她仍然是那么卑微困苦,一切都是为了儿子。

贺瑫又一次坐在了公安局大院旁边的长凳上，天阴沉沉的，他眯着眼看着走到他面前站定的男人——林从凡。

"你调岗了？"贺瑫半眯着的眼睛又闭了起来。

林从凡明明不是这个辖区的警察，怎么天天出现在这里？

"过来开会。"林从凡挨着贺瑫坐下，两手很随意地塞进袖筒里，脖子缩得像村头的二大爷，"你带了个人过来，会议就暂停了，老赵让我过来和你聊聊。"

所以他都快变成老赵办案时候的陪聊了，还是没奖金的那种。

"聊什么？"贺瑫始终闭着眼仰面靠躺在长椅上，聊天的兴致并不高。

林从凡侧头看向贺瑫。

两三周没见，他又瘦了，脸颊凹陷下去，眼底的黑眼圈重得像是画了眼影，脸色更臭了，原本生人勿进的气质现在都快要进化成谁碰谁死了。

也能理解，要是自己老婆遇到这种事，他也不见得能比贺瑫淡定多少。

"怕你崩溃，让我给你纾解纾解。"林从凡也不绕圈子。

贺瑫睁开眼。

"子归一米六七的身高，现在九十斤都不到。"他看着院子里那棵光秃秃的梧桐树，"一整天都不怎么吃东西，每天吃的药比饭还多。她没办法入睡，好不容易睡着了就会进入梦魇的状态，动不了也发不出声，额头上都是汗。"

"家里有很多她努力对抗幻觉的痕迹，把幻觉里的场景重现在现实生活里，就是希望在幻觉里的恐惧能少一点儿。"

她自救过，发现没办法摆脱，就只能尽力把恐惧感降到最低，寻求刺激、酗酒、把自己睡觉的地方弄成鬼屋，别人以为她疯了，只有他知道，她只是太害怕了。

用感官刺激把自己拉回现实，用酗酒和现实冲击来减少对幻觉

第十四章 我可以赢

场景的恐惧,她一直在寻找出现梦魇的原因,可是没有答案。她变得越来越糟糕,没有任何一个人拉她一把,她终于感觉到了属于自己的死亡倒计时。

"最糟糕的时候,她还会笑嘻嘻地安慰她公司里的小姑娘,强撑着为安心公关谈判,强撑着给被家暴的女人打官司。"

贺瑫的语气渐渐地冷了下去。

"其实这一切如果真的是病,那我们也就认了。"

病了总有医生可以治,这个医生不行就换下一个。

"可这都是人为的。甚至这个人,就是她的心理咨询师。"

贺瑫深吸了一口气,没有继续说下去。

不用特意来确认他崩没崩,这种时候,他只觉得头顶悬着的法律两个字有千斤重,就算真的把人抓住了,他心底的暴戾也仍然没办法解决。

就像今天对着王梅那样,他一直默念着安子归的名字才能忍住,没有一拳头挥下去——他现在不能因为打架斗殴被拘留,因为安子归不能一个人。

他很暴躁,什么都做不了。

"你做了那么多年安全监管,出事故的时候有没有注意过受害者的家人?"林从凡问。

贺瑫没有回答。

那些乱糟糟的哭泣场面,那些人伦惨剧并不适合在这种时候深想。

"这事还是老赵教我的。"林从凡笑笑,"如果真的有一天不幸变成了被害人,有一句话千万不能问,就是为什么是我。"

贺瑫看向林从凡。

"这个问题是个魔咒,没有答案,往往问着问着就一脚踏进去了。"

"做了那么多年警察,被害人变成加害人的案子也遇到了不少,基本都是陷到这个问题里的,反反复复地问自己,为什么这种事会被我遇到?为什么我就那么倒霉?我明明循规蹈矩了一辈子,为什么好人没有好报？"

"哪有那么多为什么？"林从凡叹了口气，"众生皆苦，只是各自的苦法不同罢了。"

贺瑫"嗤"了一声。

他以为林从凡能说出什么大道理，结果到最后，开始跟他讲佛理，遇到事才想起求神拜佛的家伙，居然跟他谈众生皆苦。

太荒谬了，以至于贺瑫的眉眼都软和了一些。

"真的，这问题不能多想。"林从凡嘿嘿一笑，缩着脖子晃着脚，"真不能想。我可不想哪天看到你也在受害人变成加害人的案子里出现，就你这样的性格，要做肯定会做个大的，到时候连从轻发落的理由都找不到。"

乌鸦嘴呱呱的。贺瑫不再理他，闭上眼睛重新仰躺着。

"真的，把问题解决了，再把嫂子的身体重新养好才是最关键的。"林从凡还在絮絮叨叨，"其他的都是虚的，把日子实实在在过下去才是最实际的。"

贺瑫在一旁想着日子实实在在过下去的画面，渐渐地走了神。

天真冷啊！他想，早上顶着安子归的白眼逼着她穿上秋裤还是明智的。不知道她那边谈判谈得怎么样了。

一直都没有问过她安心公关合并以后，她要做些什么。只要她能养好身体，应该做什么都行。

他就这样坐在冰凉的长凳上开始想以后，一边想一边觉得林从凡的嘴挺毒，一句把"日子实实在在过下去"就让他忍不住往下想。

不知道跟安子归说这句话会不会也有同样的效果。

手机响起来的时候他差点睡过去，拿起一看来电显示是安子归。

得把备注改了。他想。

这名字还是他以为安子归要离婚一时生气给换的，连名带姓的。

坐在一旁的林从凡被一个年轻的警察带走了，急匆匆地，大概是老赵那边问得差不多，被打断的会议又要重新开始了。

第十四章 我可以赢

贺瑫软着眉眼摁下了接听键。电话那头声音嘈杂，隐隐地有救护车的声音。

贺瑫直起了腰。

"喂！"陌生女人的声音，很急，"是贺瑫贺先生吗？"

"我是。"贺瑫的眼皮直跳。

"我是小刘，安总现在的临时助理。"那个女人噼里啪啦的，估计太吵了，她得扯着嗓子喊。

"安总刚才在开会的时候出去接了个电话，不知道对方说了什么，她腿一软就从楼梯上摔下去了。"

贺瑫脑子嗡的一声。

"她现在在新城医院的急诊室，您方便过来吗？"后面的话他就听不太清了，都变成了电流一样的嗡嗡声。

贺瑫站起身头也不回地往停车场跑的时候，林从凡好像还从里面跑出来喊了他一声。

他想把日子好好地过下去。

不管安子归病成什么样，不管她是不是真的疯了，被催眠得再也好不了了，他得把日子好好地过下去。

和安子归一起。

医院的急诊室永远忙乱，贺瑫在推搡跑动的人群中一眼就看到了安子归，她看起来还算好，安安静静地坐在角落里，旁边有助理陪着。

那助理一直在说话，安子归侧着耳朵听得很专注。

贺瑫踉跄着停下脚步，两手撑着膝盖剧烈喘息。

隔着十几米远的距离，安子归披着外套半侧着头，其实什么都看不出来，但是贺瑫盯着她，眼睛都不敢眨一下。

她还在，她没事。

突然放松下来，他眼前发黑，心跳的声音穿透鼓膜，大脑一片空白，眼里只有坐在不远处的安子归。

安子归若有所觉，抬头，四目交接。

他没动，她也没动。

人潮涌动，消毒水的味道还有病床划在地板上的声音都远了，安子归觉得，她都能听到贺瑫的喘息声，能看到他鬓角上滑落的汗。

明明隔着那么远，她的心跳却加快了。

别开眼。不知道为什么就觉得耳根有些发烫。

"伤到哪儿了？"贺瑫腿长，快走几步就拉近了距离。

安子归仰着头："你是不是又长高了？"

为什么压迫感那么重？害得她耳根又红了。

贺瑫一言不发。

"左手有点儿痛。"安子归别开眼，"还在排队等拍片。"

她左手藏在外套里，被简单固定住，隐隐能看到红肿的手腕。

旁边没有多余的位子，贺瑫半蹲在安子归面前细细检查。

她下巴也擦破了，脚上的高跟鞋换成了拖鞋，袜子破了，露出来的皮肤都有不同程度的擦伤，青青紫紫。

完好的那只手手指冰凉，掌心黏腻都是冷汗。

平时在人前冷静强大，哪怕晕倒从楼梯上滚下去也能冷静指挥助理安排好后面会议的安子归，就这样由着贺瑫拉着手上上下下地检查，敛着眉眼，微红着脸。

莫名地觉得自己现在应该在车底的临时助理小刘在一旁挠着头，一边不知道该什么时候插话，一边脑内八卦触角全开。

安总和她老公的关系真好啊，两人一对视眼里就容不下别人了。而且安总在她老公面前看起来好乖，软乎乎的。真好……

特别崇拜自家公司老总的小刘脑补了一堆粉红泡泡。

"那个……"她决定不要杵在这里继续当电灯泡，"我先回公司了。"

"股东们如果问起我的事，告诉他们我只是擦伤，休息半天，明天继续开会。"刚才还疑似娇羞的安子归抬起头，"让他们别那么急着向UL投资割肉投诚，我只是一时低血糖没站稳，离死还有一段距离。"

第十四章 我可以赢

脑门上还留着粉红泡泡的小刘："好。"

她想了想："可是……安总，医生说你是前臂骨折，要不要做手术还得等拍片了再决定。"

这离她说的擦伤差得也挺远的。

贺瑫："骨折？"

这叫左手有点儿痛？

"先把会议时间定在明天下午。"安子归忽略了贺瑫的问题，看着小刘，"明天下午，就算我来不了，你也可以按照我今天给你的流程把会开完。"

公司缺了谁都能正常运转，她说自己只是擦伤是给小刘留条后路，毕竟小刘临时上位阻力重重。

小刘懂了，把手里的病历卡、医保卡、化验单一股脑儿地都塞给贺瑫，走了两步又跑回来，从自己的包里拿出一个塑料袋："这是刚才来医院之前在公司里拿的，可以消毒。"

安子归有些怪癖，不喜欢被人碰。

她是直接从楼梯上摔下去的，除了蹭破的地方，衣服里面肯定也有伤，只是她不说，别人也不好问。

"要记得消毒！"小刘强调，一溜烟儿地跑了。

安子归找的这个临时助理，比之前的谷珊强。

贺瑫把那句来不及说出口的谢谢咽回去，拿着一堆东西重新蹲回到安子归面前，把化验报告拿出来一张张地看。

这段时间陪她来医院的次数很多，化验报告每次都差不多，营养不良、贫血、血糖偏低。

"医生说手前臂有两根骨头，如果运气好只断了一根就暂时不用手术，复位固定之后定期来检查就可以了。"

只剩下他们两个人后，安子归皱着眉在凳子上挪腾。

"痛？"没空去纠结什么叫运气好、只断一根骨头，贺瑫马上就反应过来了。

207

这女人，助理在，连痛都能忍着。

"刚吃了止痛药，药效还没出来。"安子归懒洋洋地往后一靠，因为痛，又皱着眉坐直。

贺瑫脱下外套塞到她后面给她当垫子，决定直接问："你这话撒谎的成分有多少？"

"百分之四十。"安子归倒也老实。

止痛药效果还不错，骨折的地方也已经固定住，只要不动其实也没那么痛。

她确实有撒谎的成分，贺瑫刚才翻看化验单的后脑勺让她产生了一丝危机感。

贺瑫怒了。倒不是因为她从楼上摔下去，而是她现在这凄凄惨惨的状况让他整个人都有些失控。

他在她面前勉强克制住，但很明显他快要克制不住了。

无力感。这是她这一年多最常感受到的，因为无能为力而愤怒。

她确实挺惨的，换位思考，变得那么惨的人如果换成贺瑫，她可能已经哭了。想体贴地撒个谎让他转移注意力，结果还被他发现了，她有点郁闷，伸手拍拍他低着的头，安抚小狗一样。

"你从哪儿过来的？怎么过来的？"她问他。

从小刘给他打电话到过来一共才十分钟不到。

"我刚才在公安局，跑到停车场感觉现在的情况开不了车，打车过来的。"贺瑫抬头，"从哪儿摔的？怎么摔的？"

"公司二楼那个木头楼梯。"安子归比了个滚动的手势，"就直接栽下去了。"

一问一答，十分流畅。

"摔下来是因为低血糖？"贺瑫还是半蹲着，手里拿着刚才小刘塞给他的一堆棉球碘附。

"因为一个电话。"安子归不再动脑子撒谎。

"嗯？"贺瑫用镊子夹出一块蘸了碘附的棉球，小心翼翼地擦拭

第十四章　我可以赢

安子归露出来的伤口。

"半年前我让林从凡帮忙找过一个小女孩。"安子归把衣服掀起来一点儿方便贺瑫擦药。

"嗯。"贺瑫应了一声。

这事他有印象，林从凡后来告诉他，那小女孩全家搬去了别的城市，小女孩没有失踪。

"今天那孩子给我打电话，让我救救她……"安子归说得很平静。

贺瑫手上的动作停了。

"她的情绪很激动，语无伦次的。"安子归放下衣服，撩起另外一边方便贺瑫继续擦。

贺瑫放下消毒的东西："我先消完毒你再说话。"

这个话题让他没办法淡定地帮她擦药。

"一会儿说有叔叔要把她推下楼，一会儿说有叔叔要让她上吊。"安子归等贺瑫小心翼翼地把棉球往自己的伤口上按下后，又开口了。

"就快说完了！"安子归挺无辜，"一个话题分两截说，难受。"

贺瑫半晌没出声。

她的情绪看起来还可以，可能吃了止痛药的原因，心情不算太差。所以，她现在提到惊悚话题，状态还算平和。

"你说吧。"他开始给她擦腿。

"我第一个反应是想报警。"安子归嘶了一声又开始跑题，"幸好你今天让我穿了秋裤。"

所以，她的腿部擦伤没有手臂严重。

贺瑫："然后？"

"老赵不是让110在我们公司楼下加大巡逻力度吗？我看巡逻时间正好快到了，就想直接下楼把电话拿给警察，穿着高跟鞋走得急，再加上低血糖，就滚下去了。"

"但是那孩子救下来了。"她说出了自己现在心情还不错的原因，"我摔下去之后让小刘把电话给了巡警，110接手以后把孩子救下来了。"

"她当时一个人在楼顶，警察说她情绪很不稳定，再晚一点估计就跳下去了。"

"而且，"她停顿，"那个叔叔也抓到了，孩子救下来之后直接指认的，还在人群里。"

贺瑫的动作彻底停了。

"你知道我为什么想找那个孩子吗？"安子归低着头和他对视。

"一年前去互助会的时候是我最糟糕的时候。"安子归说得很慢，"那时候还没有适应梦魇，睡眠刚刚出现问题，几天几夜地睡不着，公司里股东又天天找我麻烦……"

"我又在矿里……"贺瑫接了下去。

一年前，他做安全监管的煤矿里正好在做安全整改，他几乎每天都在矿里，人很累，和安子归视频聊天经常聊着聊着就睡着了。

"嗯。"安子归点了点头，"所有事情都碰在了一起，压力大到无法宣泄。所以，我去了匿名互助会。"

"这个孩子是第一个问我相不相信世界上有鬼的人。她也有梦魇。所以她失踪后我很害怕，找了林从凡，还找了私家侦探。"安子归一直看着贺瑫，眼底浮着淡淡的笑意，"联系上了以后，我再一次确认，她跟我一样。"

"贺瑫，那个人，已经被抓到了。"她握着贺瑫的手。

所以她身体痛成这样，精神却好得出奇。

"你可以跟我算账了。"她笑了。

"我故意把你推得那么远，我故意用费景明的事情气你，我故意说没有你我可能过得更好。"

"我伤透了你，撒了很多谎。"

"你回来以后又一边气你一边拉着你，所有事情一股脑儿都丢给你。"

让你变成现在这样，绷紧了一根随时都会断的弦。

这些账，你都可以跟我算了。

我可能，可以赢了。

第十五章 我们重来

按照安子归的说法,她的运气还不错,拍片结果显示手臂尺骨中段部分断裂,桡骨没有位移,医生用小夹板固定住,说要戴三周,这三周里每四天都得来医院复检,看复原情况。

伤筋动骨的结果除了疼痛还有不方便,一只手上了夹板,整个人就像废了一半,穿衣服都得让贺瑫帮忙。

安子归坐在急诊大厅靠门的角落里,看贺瑫在外面打电话找代驾把他的车子开过来,看他接了个电话,接电话的时候一直看着她,表情有些严肃。

应该是公安局打过来的。安子归心想。

天气有点儿冷,她再次把脖子缩进贺瑫外套的衣领里。

人抓到了。

虽然当时她几乎快要痛晕过去,电话是小刘打的,抓捕过程都是小刘的转述加上她自己脑补还原的,但是结局是确定的——那个人,已经被警方抓到了。

她永远都记得一年多前参加的那个互助会,那孩子是互助会里唯一一个未成年人,昵称是苹果,互助会的人喜欢叫她小苹果。

小苹果安静内向胆子小,每次分享的时候都红着脸说自己挺好的,就是睡不着。爸爸妈妈担心她,心理咨询师说找同类人倾诉可以改善失眠的情况,她爸爸妈妈找不到类似情况的未成年人互助会,只能把她带到这里。

"这里也挺好的。"小苹果很喜欢说挺好的,什么都挺好的,睡不着吃不下也挺好的。

第十五章 我们重来

就是这个怯生生的孩子,在互助会休息间隙,在本子上画出了安子归在梦魇里看到的场景。

"这个阿姨一直在哭。"小苹果偷偷地跟安子归说,"这件事我不敢跟我爸妈说,我奶奶喜欢男孩子,如果我说了,奶奶就会骂我是扫把星,被鬼盯上了。"

"可是,我不相信世界上有鬼。"小苹果歪着头,"姐姐你信吗?"

她不信。但是,小苹果肉眼可见地憔悴了,她的话越来越少,闷头在角落里一个人画画的时间越来越多,画画的颜色用得越来越艳丽、激烈。

直到有一天,小苹果悄悄地把她拉到角落。

"我看到那个阿姨的长相了。"小苹果瘦了很多很多,脸颊凹陷,眼睛突出,表情恐怖诡异,"她转过身了。"

"我应该要走了。"她低下了头,看上去有点悲伤。

那是小苹果最后一次来互助会,再之后安子归通过各种人脉关系找了几个月才打听到小苹果的情况。

小苹果似乎好起来了,搬到宁市之后可以正常上学了,照片看起来胖了很多,脸上都是笑容。所以安子归不再打扰她,没想到小苹果还留着她的电话,居然会在最后一刻向她求救。

费景明说的下一个不是她,而是小苹果。

"刚才老赵打电话过来。"等贺瑶都安排好,两人上了车,已经是半个小时以后,"他说抓住的那个人是傅光。"

安子归一怔。

"他直接去宁市了,一来一回估计得明天下午才能有时间联系我们。"贺瑶给安子归系好安全带,"先什么都别想,等老赵那边的消息。"

抓住的人是傅光,这是他们谁都没想到的。为什么会是傅光?

说了先什么都别想的两个人,在车上一路无言。

安子归甚至不太能想得起来傅光的样子。在她的记忆中,这就是个在街头路边看到绝对不会多看一眼的普通人,和所有无所事事的闲汉一样,没有社交能力,脾气暴戾,怼天怼地,只对自己特别宽容。

四十几岁的妈宝男,喝了酒就打孩子。

安子归一直觉得傅光活到现在没有闯大祸只是因为脑子还不够,而不是因为不够坏。

这样一个人,会做出这种事?为什么会做出这种事?为什么已经离开了新城的小苹果会成为下一个?小苹果又为什么会在最后的时刻选择给她打电话?抓到了傅光,真的就可以结束这一切吗?

"合并安心公关以后,你打算做什么?"贺瑫开上了高架桥。

家里还没有彻底清洁,他们这几天住的是林从凡找朋友借给他们的公寓,在郊区,离医院很远。

"嗯?"安子归的心思都在傅光身上,没听清贺瑫的问题。

"以后,你打算做什么?"贺瑫又问了一遍。

"UL那边希望我能继续做安心的负责人。"正值下班高峰,高架上很堵,一眼望过去都是红色的刹车灯,"我还没想好。"

"其他呢?"贺瑫又问。

"唔。"这个问题安子归想了想,"先养好身体吧。"

如果真的没事了,她应该会先把一切还原,她还是安总,还是贺瑫的老婆。生活会有小烦恼,但是大部分时间都是正常的开心的。

"我想换个房子。"车子彻底堵着动不了了,贺瑫手指在方向盘上有节奏地敲,也看着窗外,"把现在这个房子卖了,添点钱买个离你公司近一点的房子。"

安子归歪着头听。

"调岗申请我会再提交一次,这次应该很快就能批下来。"贺瑫看了安子归一眼,笑了,"领导这次肯定不敢卡着我了,之前调岗的那个地方还有空位,我估计最多半年就能办完手续。"

第十五章　我们重来

安子归想了想:"那房子买得离你上班的地方近一点吧。安心合并掉以后我最多就是个总经理,不会像之前那么忙了。"

应急部门估计半夜起来工作的机会会比她的多很多。

"也行。"贺瑫一点都不推辞,"如果来得及,我可以接送你上下班。"

安子归眯着眼睛,有些恍惚。

"我们以前也聊过这样的话题吧。"她想起来了,"刚开始工作的时候,你就说要接送我上下班。"

结果她都工作八年了,他们还在聊这个。

"就当是先苦后甜吧。"贺瑫苦笑着叹息一声,"人总不能一直顺遂。"

安子归笑了:"你怎么那么老气横秋了?"

这话她外婆以前经常说,突然听到还挺怀念的。

"我是老了。"贺瑫苦笑,"最近老是在回顾人生。"

"回顾什么?"安子归来了兴趣,下意识地想把脚盘起来舒服地聊天,结果一动就立刻疼得龇牙咧嘴。

贺瑫熄了火,侧身过去帮她把椅子挪到最后,拿了三四个后排的靠枕放到安子归脚下让她可以踩着,十分无奈:"你消停点。"

从那么高的木质楼梯上摔下来,万一磕到脑子,他都不敢深想。

"回顾什么?"安子归舒服了,伸出右手拍拍贺瑫的头。

她最近对他动手动脚的次数越来越多了,心情好的时候拍头,心情不好的时候就弄他耳朵。

和以前一样了,只是太瘦。

"我在想,我们以前都错了。"贺瑫重新发动车子,高架上还是拥挤不堪,无数车子堵在钢筋水泥桥上,每辆车里的人都有自己的故事。

"以前老是想着出人头地,工作必须要做到最好,家人就应该互相体谅。"贺瑫把手搁在车窗上,"其实有几次你身体不舒服我应该请假的,但是想着一来一回起码得两天,到家了也只能陪你一会儿,太折腾了。而且,每次走心里都不是滋味。"

安子归笑笑没接话。

他们两个都特别讨厌离别,所以她从不送贺瑫上飞机,贺瑫走的时候也很少跟她说再见。

很诡异的,他们讨厌离别的方式不知不觉地就变成了减少见面次数,少见面了,就不用离别了。

"你也一样。"贺瑫也笑了笑,"工作的时候就不愿意接我电话,偏偏你总是在工作。"

"家人"这个词,不知不觉被放到了很多事情的后面,优先级排到最低,因为他们总觉得,工作不能等,家人可以等。

家人一直都在,回头就能看到。所以,就变得没有那么珍贵。

"我这次回来是为了和你离婚的。"贺瑫一顿,那个词说出口仍然不容易,"但是没想到,这居然是十年来我们在一起时间最久的一次。"

三周多的时间,形影不离。

"我发现了很多我以前没发现的事。"

他一直以为自己已经很了解安子归了,但是他发现,并不是。

他印象里安子归喜欢穿的内衣裤款式,其实只有他回来了安子归才穿,她大部分时间穿的都是普通的棉质内衣裤,那些华丽的蕾丝并不是安子归的爱好。

他以为安子归跟他在一起的时候都是素颜,但是其实她都偷偷化了所谓的裸妆,她太爱漂亮了,以前每天早上居然都是早起先洗漱化妆然后假装睡着再跟他早上卿卿我我。

他一直觉得安子归开始创业之后个性慢慢变得女强人了,很多大学时候的爱好都没时间搞了。实际上,安子归仍然在追星。她那个喜欢了十几年的英国男星只要有新专辑新综艺新电视电影,她都去打榜。哪怕身体那么差了,手机里追星的日程从来没有落下过。

第十五章　我们重来

"我发现我们相处的时间少了，我会慢慢模糊掉你和别人口中的你的界限。"贺瑫说得有些拗口。

他会以为别人口中的安子归是真的，他会慢慢忘记他爱上的安子归是怎么鲜活的。

"我们都错了。"他重复。

工作是可以重新再找的，但是家人不行。

家人并不能一直站在那里等你，你走远了，模糊了，家人也会跟着模糊，变成背景板和回忆，等你再回头，一切都晚了。

"这一次，我们重来。"

前面堵着的车子慢慢地动了，贺瑫发动车子。

车载电台里放着二十年前的老歌，外面淅淅沥沥地又下起了雨。

安子归靠在车窗边，没有回答好也没有回答不好。

但是她表情很放松，面带微笑，生平第一次觉得，"错了重来"这四个字，让人心悸。

老赵已经抽掉了半包烟。

"现在不是你行使沉默权的时候。"审讯室内，负责问话的公安已经不知道第几次重复这句话了，"你威胁赵艺睿跳楼的证据确凿，这种情况下你如果还不开口，对你没有好处。"

傅光咧嘴呵呵一笑，看着审讯室的玻璃墙，还是不开口。

之前在新城公安局沉不住气死乞白赖的傅光在这里像是变了一个人，不再是那个游手好闲兔头獐脑的闲汉，他看着玻璃墙的眼神，让老赵本能地觉得这件事情的发展方向可能不太妙。

"老赵。"宁市公安局的刑警推开门，"赵艺睿的父母来了，可以开始问话了。"

"她的情况怎么样？"老赵跟在那个刑警的后头。

"很稳定。"刑警停顿一下，强调，"非常稳定。"

还差两个月才成年的孩子，在经历这一系列事情后，情绪稳定，逻辑条理清晰，在等监护人来的间隙端杯热水坐在角落一声不吭。

负责安慰她的女刑警都找不到切入的点，只能一直问她冷不冷，饿不饿，渴不渴。而她永远回答："挺好的，谢谢。"

他们在准备开始问话之前，她还低着头和父母轻声商量了一下，从她父母那边拿了一包东西，抬头直视老赵的眼睛。

"让我爸爸妈妈在外面等可以吗？"她问。

"他们在有些话我说出来会有压力。"她解释。

老赵看着那对不知道为什么有些面目模糊的父母，他们同意了，并且没觉得自己女儿在遭受这一切之后需要被陪同问话。

"你很独立。"进了单独的房间后，老赵虚掩了门，这个房间有个大窗户，方便她父母可以一眼看到里面的情况。

"我爸妈是做生意的，他们都很忙。"赵艺睿马上就明白了老赵的言外之意。

老赵又多看了赵艺睿一眼，自己出行前觉得这案子终于能有一个突破口的想法还是幼稚了。

"能不能说一说你在顶楼的时候为什么会给安子归打电话？"老赵的切入点很怪。

赵艺睿一怔："鸽子姐姐吗？"

她用的是安子归在匿名互助会的化名。

"对。"老赵点头。

不知道是不是没料到老赵第一个问题会是这个，赵艺睿沉默了半响，喝了一口水。

"鸽子姐姐是唯一一个知道这件事的人。"她回答，"跟她说比报警快。"

老赵不置可否。

"因为除了鸽子姐姐，没有人会相信一个孩子的话。"赵艺睿看出了老赵的不置可否，补充了一句。

老赵笑笑。

第十五章 我们重来

他只是试了试,就验证了自己的猜测:这孩子早熟得不像话,她在局里表现出来的情绪稳定,其实也是一种自我防备,而且对他的戒备心很强。

可是,为什么一个受害者会对警察有那么强的戒备心?

"我们从头开始吧,一点点说,不着急。"老赵尽量轻声细语,平时审讯犯人时凶神恶煞的五官现在柔和出了褶子,"想到什么说什么,我们都会听的。"

他没说都会信,只是说都会听。

赵艺睿低着头,手指在她带来的那包东西上面来回挪动:"故事挺长的。"

老赵微微挺直了背,摆出了倾听的样子。

"我很喜欢曹苏清,是他的粉丝。"

赵艺睿这个开场白,是老赵完全没想到的。

"我们有一个粉丝群,里面会公开曹苏清的行程,工作和私人行程都有。我经常跟着曹苏清的行程走,接送他上下飞机,跟他去酒店,和他去同一个饭店吃饭,在他家附近守着。"

"私生粉?"老赵拧眉。

这么冷静安静的孩子,居然是让人头疼的追星私生粉?

"我不会打扰他的生活,不追车也不做危险的事。"赵艺睿并不认同这个称呼。

老赵指了指赵艺睿的杯子:"要不要给你加点儿水?"

他决定不再继续这个话题,这孩子好不容易放松了一些。

赵艺睿捧着水杯摇摇头。

"我跟了曹苏清快两年,一直都知道曹苏清和宓荷的关系。"

老赵看了赵艺睿一眼。

怎么说呢?宓荷和曹苏清的事对粉丝来说应该不是好事,但是,赵艺睿把这句话说出来的时候,并没有什么厌恶的情绪。

"他们的关系,和其他人以为的不太一样……"赵艺睿微微蹙起了眉头，似乎是在思考措辞，"宓荷……并不喜欢和曹苏清有身体接触，我看到的几次都是曹苏清想要靠近，被宓荷黑着脸推开了。"

"粉丝群因为这件事吵了很多次，有些极端的粉丝认为曹苏清肯定有宓荷的把柄，因为从我们跟踪看到的画面来看，宓荷更像是被曹苏清强迫的。"

赵艺睿抬头，看着老赵。

"我和他们的想法不一样，我喜欢曹苏清好多年了，他演的第一部戏就爆了，拿了很多奖，一路下来基本没有遇到过低谷。但是这样一个人，还很谦逊，看到粉丝永远都是笑着的，每次和人说话的时候都看着人的眼睛。我觉得他不会做出这种事。"

小姑娘说这些话的时候，倒是有了她这个年纪该有的样子，坚持着大人无法理解的坚持，喜欢着大人无法理解的喜欢。

"所以我……"她低头，又抬头，"想要证明他没有强迫宓荷。"

"嗯。"老赵应了一声，他知道，重点来了。

赵艺睿打开了她让父母带到公安局的那个包，从里面拿出了一本上了锁的日记本。

日记本也很符合赵艺睿的年龄，青春期少女喜欢的华丽花纹，二次元的形象，锁头有一颗红心。

"我是从这天开始每天都跟踪曹苏清的。"赵艺睿熟练地翻到日记本的其中一页，交给了老赵。

这就是一本少女追星日记，详细记录了曹苏清个人信息和各种行程，还有她自己的一些少女心思。

日记本很厚，从开头到结尾持续了两年。

从赵艺睿打开的那一页开始，她每天二十四小时除了睡觉，其他时间都跟着曹苏清，疯狂到让人叹息。

她这样跟踪了半个月之后，曹苏清终于又和宓荷见面了。日记上写着他们见面约会的地点是新城某个私密高档会所，进出的必须是会员。

第十五章 我们重来

赵艺睿为了这件事偷了自己爸爸的会员卡，谎称帮她爸爸拿放在更衣柜里的手表，就这样混了进去。

她在日记本上说，如果再给她一次选择，她肯定不会再做这样的事了。

"我喜欢的应该是屏幕前的明星，而不是一个活着的人。"她在日记本上加重加粗了这一行字。

曹苏清在私密会所里再一次强迫了宓荷，这一次动了粗，宓荷衣衫不整地捂着脸从房间里冲出来的时候，赵艺睿听到曹苏清在房间里大吼："你有种就去找媒体，你看看媒体是信我还是信你。"

他还骂了一些难听的话，那些赵艺睿不忍心写在自己追星日记本上的话。

那天之后，赵艺睿一直以来的心灵寄托——曹苏清陨落了，她心理出现了问题，开始频繁地去医院，父母把她带到了匿名互助会。

老赵面上没有什么表情，手指却微微动了动。

赵艺睿进入匿名互助会的原因，和安子归说的不一样。

"那段时间我经常自我否定，觉得自己在会所里看到的曹苏清是自己想象的，于是继续背着父母偷偷地跟踪曹苏清。"

赵艺睿喝光了杯子里的水，伸手把日记本翻到了另外一页。

"我在这一天跟踪曹苏清的时候看到了费景明。"赵艺睿手指在本子上敲了敲，"因为在互助会里经常看到，所以我一眼就认出他来了。"

她看到费景明拿了一个 U 盘给曹苏清，曹苏清在费景明走了以后暴怒，打电话约了宓荷。再之后的事情，超出了赵艺睿的想象，她的日记开始凌乱不堪。

老赵通过赵艺睿的口述和她的日记还有自己对费景明的调查，终于大概理清了后面的进展。

费景明拿到了曹苏清在私人会所强迫殴打宓荷的视频，以此向曹苏清索要钱财。

曹苏清认为这件事情是宓荷暗中指使的，找到宓荷宣称要曝光他手上一直藏着的宓荷早年的不雅视频，两人正式撕破脸。

宓荷通过关系找到了费景明，想要和费景明合作曝光曹苏清的私生活，而与此同时，曹苏清也通过别人找到了给费景明提供监控视频敲诈勒索的黑客孙其，在和孙其斡旋的过程中，雇人制造了烧炭自杀的场景，杀死了孙其。

而曹苏清雇的那个人，就是傅光。

"我全都看到了。"赵艺睿埋着头，"搬到宁市之后我爸妈以为我好了，不再接送我上下学。所以，我又偷偷地开始跟踪曹苏清。我看到曹苏清和孙其吵架，看到曹苏清找人砸了孙其的公司，还看到了那个人……"

赵艺睿指了指傅光所在的审讯室。

"那个人进了孙其的家，出来之后新闻上就报道孙其自杀了。他从孙其家出来的时候看到了我。"赵艺睿咽了一口口水，"他的助动车撞到了我的自行车，我抬头的时候他多看了我几眼。"

"两个星期以后，我放学回家的时候……"赵艺睿的声音变得很轻，"被他抓到仓库里……"

老赵安静了。

赵艺睿也安静了一分钟。

"他扒了我的衣服拍了一些照片，问我有没有看到他做了什么……"

"我一直摇头，他说他知道我，知道我一直跟着曹苏清，他说他好几次看到我从曹苏清家旁边的巷子里偷偷摸摸鬼鬼祟祟。他让我乖一点，不然我的下场就会跟孙其一样。"

"然后他就走了……"她看着老赵。

老赵给她又倒了一杯热水。赵艺睿捧着热水，缩在角落里。

"这件事我爸妈不知道。"所以她没让她爸妈跟进来，"从那以后，我就再也没见过那个人。我以为他只是威胁一下就算了……"

第十五章　我们重来

"但是今天早上他又找到我，跟我说要把我的那些照片打印成海报贴到学校里家里，还要贴到我爸妈工作的地方。"

"他说我不乖，他说我偷偷联系鸽子姐姐……"

赵艺睿摇着头。

"然后，他让我写下遗书，自己跳楼……"

"他说跳楼了就好了，他不会公布照片，我可以死得清清白白。"

"我很害怕，又想不通我到底哪里不乖，我虽然存着鸽子姐姐的联系方式，但是我从来没有联系过她……"

"只有她知道我跟踪曹苏清的经历，只有她知道前因后果，只有她安慰我人年轻的时候都是这样的，她没有说我荒唐，只有她理解我……"

"所以我……"

她给安子归打了电话。

老赵长久地沉默了。

这个故事，和安子归那个版本截然不同。

他看着面前这个女孩子，她说了那么多，终于放下戒备，呼吸急促，表情痛苦，但是眼神清澈。

这孩子心思缜密，和安子归相比，她还有很多能拿得出来的证据，比如这本日记本，比如傅光约她威胁她的时候她偷偷录下的录音。

那么，他应该信谁？

第十六章 完美证词

"这个场景你熟悉吗？"老赵把安子归和其他受害者家属画的梦魇场景图拿了出来，铺在赵艺睿面前。

赵艺睿一张张看过去，全都看完了之后看着老赵，表情犹豫。

"想到什么都可以说。"老赵费劲地从自己那张凶神恶煞的脸上挤出慈祥的模样，"不要有压力。"

"我不太确定……"赵艺睿拿出手机搜了一下，挑其中一张放大递给老赵，"是不是和这个很像？"

手机里是一张电影剧照截图，一个长发女人坐在阴暗的角落里背对着镜头，背景里有老旧的报时钟和一排诡异的雕像，不管是场景还是布局都和画上的差不多，唯一的差别就是女人的穿着打扮。剧照截图里的那个女人，一眼就能看出是经典的恐怖片女鬼打扮，而安子归梦魇场景里的女人，更像是活人。

"这是什么电影？"老赵放下手机。

"恐怖片。"赵艺睿在手机上划拉了一下，翻出一个网页，上面有电影简介和海报。

二十年前的恐怖电影，内容是很典型的恐怖风格，主角被害惨死化为厉鬼索命，每个和她死亡有关的人都夜夜噩梦，梦到这女孩背对着他们坐在角落里哭泣，每当梦里的女孩转过身，看到女孩脸的那个人就会死。

"费景明很喜欢看恐怖片，他在互助会上分享过自己因失眠而打发时间看的恐怖片片单，里面就有这一部。"

赵艺睿拿过手机又开始找："在这里。"

第十六章　完美证词

她从手机相册里翻出一张图，A4打印纸大小，里面大概有七八十部恐怖片，这一部确实在里面。

老赵特意多看了一眼这张照片的详细信息，一年多前拍摄的，正好是赵艺睿在匿名互助会的时间点。

她说的每一句话都有证据，就像傅光的母亲王梅那样，逻辑完美得无懈可击。

老赵压下心中的怪异感觉，在铺成一排的梦魇场景图中找到安子归口述的那张。

"听安子归说，你也有过梦魇的经历，在梦魇的时候会看到一个女人背对着你哭？"他装作不经意地问了一句。

"我吗？"赵艺睿意外地瞪大眼，"我没有啊……"

老赵安静。

赵艺睿盯着那些场景图看了很久，犹犹豫豫地抬头："鸽子姐姐，会梦魇？"

"会不会是恐怖片看多了？"她说得有些小心翼翼，"我们这群人都挺爱看恐怖片的。"

停顿了一会儿，她又补充道："失眠的时候会很暴躁，完全睡不着，时间像是静止的。看恐怖片的时候会有感官刺激，会让静止的时间有流动感只有这样，我们才会有安全感。"

赵艺睿羞涩地笑笑，指着自己的日记本："这句话我在日记本上写过，还有看恐怖片的观后感，这部剧的也有。"

又有证据。

老赵"啪"的一声合上文件夹。

"行了。"他冲着赵艺睿笑笑，"你把日记本留下，先跟你爸爸妈妈回家，剩下的交给我们。"

赵艺睿没动。

老赵收拾完东西，抬头看着赵艺睿。

"警察叔叔……"赵艺睿踌躇的，犹豫着开口，"关于曹苏清的警情通报是真实的吗？"

"你指哪一部分？"老赵问。

"没什么。"赵艺睿摇摇头，很不好意思地笑了，"警情通报肯定都是真的。"

她站起身："那我走了？"

老赵点点头。

少女抱着自己装日记本的包打开会议室的大门，她父母看她出来都没有迎上去，只是站起身。少女低着头跟在他们身后，一家三口一直到出门都没有任何对话。

老赵坐在会议室里半晌没有吱声。

理智告诉他，赵艺睿的话更可信。就算手写日记不能用来做证据，但是她在日记里写的内容都是可以查的，日期地点都明确，查证起来也不难。

而且她的话更符合逻辑，杀人都是有动机的，哪怕随机杀人也是为了满足某种心理需求。曹苏清为了掩盖丑闻杀人，傅光威胁目击者跳楼，都比虚无缥缈的梦魇和催眠暗示更实际，更容易让人信服。

但是直觉上，他和赵艺睿的对话总会让他想起王梅：她们的叙述方式很像，都有一本记录详尽的小本子，王梅用的是只有自己才能看得懂的符号，赵艺睿用的是上了锁的日记本。她们的故事都很符合人性，起承转合十分自然，听完了会让人有种确实就应该这样的想法。

最关键的是，这两个普通得不能再普通的市民在警察面前都非常镇定，半句废话都没有，所有前因后果，甚至有时候他还没有顾及的边边角角都被兜得圆圆满满。

理智上没有错，但是直觉上……

老赵又给自己点了一根烟。

第十六章 完美证词

"傅光开口了吗？"抽完那根烟，老赵敲开了审讯室旁边的门。

"还没。"门里面也是烟雾缭绕，几个刑警的表情都很凝重。

"关了吧。"审讯室里的傅光眯着眼睛，"就一个录音，你都反反复复放了好几遍了。"

"去年十一月十四日下午三点钟，你在哪里？"问话刑警不为所动。

"你觉得我应该在哪儿？"傅光歪着头反问。

再一次陷入了胶着。

"我去试试吧。"老赵拍拍一旁刑警的肩，打开了审讯室的门。

傅光扭头看了老赵一眼，吹了声口哨。

"我刚把赵艺睿送回去。"老赵坐下，两手环胸，"你应该很清楚，不管你开不开口，你威胁赵艺睿自杀的罪名是跑不掉了。"

"至于其他的，"老赵微微倾身，"和你要杀赵艺睿的理由一样，非得闹到要多杀一个人，肯定也是因为对方手里的证据充分，对吧？"

傅光"嗤"的一声，坐没坐相。

"在来宁市之前，我刚刚见过你妈。"老赵也跟着嗤了一声，"前脚刚把你妈送走，后脚就听说你在宁市被抓了。"

傅光这回没嗤笑，他抬头盯着老赵看了一会儿，眼瞳黑黝黝的，仿佛毒蛇："那老太婆去警察局干什么？"

"工作期间趁雇主不在带陌生人去雇主家。"老赵有问必答。

傅光就这样缩着脖子仰着脸，脸上的肌肉抽动了一下，问："石骏誉？"

"对。"老赵往椅背上一靠，感慨，"你大变样了啊，在新城的时候，我还以为你就是一混子呢。"

这混子居然能有这种气势，他眼底有老赵只在杀人犯眼里看到过的疯狂。

"那老太婆说的你都别信。"傅光没理会老赵的调侃，"人都是我

229

带进去的,老太婆想拦着还被我揍了一顿。"

"让我捋一捋。"老赵仍然用的是嘲讽的语调,"你接了石骏誉的活,还接了曹苏清的活,你事还挺多,也不算无业游民啊。"

"赚了也不少啊。"老赵翻开资料看了眼傅光的户头,"钱呢?赌了?"

傅光又不吭声了。

"你知道自己身上背了几条人命吗?"老赵终于冷下了脸,把手里的受害者照片"啪"的一下全甩在了傅光面前,"八条人命,还有一条杀人未遂,你以为这是靠不出声就能扛过去的事儿?"

傅光缩着脖子愣了一会儿,伸手把那一沓照片一字排开。

"我说警官……"他似乎是震惊了,愣了半晌才开口,"怎么才八个啊?你怎么不把你们历年来没破的杀人案都扣我头上?多一个不多,少一个不少,不是吗?"

"这几个人你不认识?"老赵厉声问。

"我……"傅光看起来是真的震惊了,一张张地翻过去,抽出几张,"我就认识这几个,另外几个都是谁啊?"

他抽出的那几张照片里有曹苏清夫妇、宓荷、孙其和费景明。

"这三个是明星,姓曹的还给过我不少钱。"傅光把前三个排成一排,"而且他们不是他杀吧,不是曹苏清自己放火烧的自己吗?头版头条都挂了快一个月了。"

"你今天下午也想让赵艺睿自己从楼顶上跳下去。"老赵提醒他。

傅光张着嘴哑巴了一下,没说话。

"另外两个呢?"老赵继续问。

"认识费景明是因为他和一个姓孙的一起合开公司。"傅光终于开了口,"一破公司,看起来人模人样的,背地里可劲儿敲诈有钱人。"

"所以你就杀了他?"老赵反问。

"谁?"傅光也反问,挑出孙其的照片,"这个吗?"

第十六章 完美证词

老赵用明知故问的表情看着他。

傅光放下了照片。他的表情很复杂，介于挣扎和放弃之间，但是并不痛苦。

"我跟你说实话，你会信吗？"傅光歪着头缩着手，眼睛一眨不眨地看着老赵。

"警察能分辨真假的吧？"他继续问，"哪怕对方什么证据都有，你们也能查出真假的吧？"

老赵和另一个问询的刑警对视一眼，回答："你先说说看。"

"我没杀人，我也没威胁那丫头跳楼。"傅光开门见山。

老赵点点头："继续。"

一团疑云里，总是藏着很多信息。所有人都把信息说出来了，才有可能拨开疑云。

信息多了，总能知道谁在撒谎谁又在隐瞒。

老赵看着缩头缩脑的傅光慢慢挪腾着坐直了身子，看着他的眼睛，只听他一字一句地说："我去找孙其的时候，他还活着，我走了以后没多久，他就烧炭中毒死了。我可以发誓，我在的时候压根就没看到他家里有碳，也没觉得这个人会自杀。"

"你去找他干什么？"老赵问。

"曹苏清还有些视频在他那里，他让我找孙其开个价。"傅光皱着眉，"不过现在死无对证了。"

"那赵艺睿呢？"老赵又问。

"那死丫头是曹苏清的狂热粉，什么都肯做的那种。"傅光有些轻蔑，"完全没脑子，唯一一点脑子都用在曹苏清身上了。"

"她觉得曹苏清是我杀的。"傅光揭晓谜底，"曹苏清死后，她找到我，跟我说她手里有我杀了孙其的证据，我没杀人当然不怕，但是又怕这丫头疯起来真去公安局里告我……毕竟我那天是真去了孙其家的。所以我来了宁市，这丫头把我约到一个破旧仓库，三言两语骗走了我的手机，脱光了衣服一顿狂拍，然后就跑了。"

231

傅光"嗞"了一声："说真的，老子行走江湖那么多年，这么神经的，我真的是第一次遇到。"

"她跑了以后又给我打电话，让我快点承认就是我杀了曹苏清，把我给气的……"傅光又"嗞"了一声，"我就说要弄死她，反正也有照片，就你们刚才给我单曲循环的录音，掐头去尾的就这些了。"

"你们警察不是有技术吗？"把这录音拿去分析分析就知道了，这玩意不知道被剪辑了多少次了。

"再后面的事你们都知道了，她又约了我，我刚到地头还没反应过来什么事就被你们给抓了。"

"赵艺睿提供的录音确实经过剪辑。"技术部的同事把报告交给老赵，"宁市那边说赵艺睿坚持自己说的都是真实的，她不知道录音为什么会被剪辑，否认了傅光所有的供词。"

"另外……"同事停顿，"精神科的专家鉴定赵艺睿目前的精神状况比较脆弱……"

不适合再施压了。

"你们怎么看？"老赵问会议室里的人。

鸦雀无声。

资历最浅的小赵被旁边几个刑警用手肘连着捅了好几下，实在挨不住，唰的一下站起身。

"说吧。"老赵对几个年轻人私下的小动作很了解，"你的意见就是大家的意见。"

这几个家伙怕撞枪口上，毕竟现在拿到的证据完全是另外一条路了，意味着他们这一个月的努力可能都走错了方向。

"我觉得……"小赵改口，"我们觉得，我们查案的方向可能是错误的。按照赵艺睿和傅光的陈述，孙其的死亡很有可能和其他人都没有关联。"

"我们之前判断这些受害人死亡可能会有关联的依据有两个，一是都和监控视频敲诈有关系，二是都有过相同场景的梦魇经历而且

第十六章 完美证词

精神都出现了问题。"

"我们已经排查了从孙其公司收缴的所有监控视频，那八名受害者虽然都和敲诈有关，但是除了这一点，并没有找到其他可关联的疑点。"

"至于相同场景的梦魇经历……"小赵小声了一点，"我查了那部电影，在恐怖片里面还算有名，属于恐怖片爱好者的必看清单之一……"

某网站的评分有 8.3 分……

这是最扯的，一屋子警察没一个是爱看恐怖片的，这么明显的线索居然没有一个人发现。

"我们也询问了精神科专家，因为看了恐怖电影就在梦里重复一个场景的情况并不罕见，罕见的是这几个人的梦境是一样的。但是如果他们都看过这部恐怖片，又都觉得自己做过亏心事，那么代入同一部类似剧情的恐怖片的情况也是有可能的。"

小赵深吸了一口气："所以……结合现有的证据，我们觉得这案子现在的调查重点应该放在孙其和费景明的死亡上，他们利用监控视频牟取暴利，被伪造成自杀的可能性最大。而且也可查……"

小赵到底年轻，说到后面声音越来越小，底气越来越不足。

"逻辑不错。"老赵淡淡地夸了一句。

这么多天逼着他做会议主讲，总算把这小子结结巴巴的坏习惯给改过来了。

"你们分析的都没有错。"老赵打开投影仪，"但是之前的方向也不是完全没有疑点了。"

"我们还剩下石骏誉这条线和费景明在死前的录音没有搞清楚，石骏誉为什么会逃跑，费景明在死前到底接到了什么电话想半夜上山去求证，他又为什么会一口咬定安子归就是下一个。"

"把这些疑点解决……"老赵刚举起手打算切到石骏誉的页面，会议室的门就被打开了。

值班民警小心翼翼地探进来半个脑袋："赵队长，外面有个叫石骏誉的找您。"

老赵一脸震惊。

会议室的刑警们面面相觑。

又来了，这种刚刚饿了就有人送饭上门的感觉。老赵最近因为王梅和赵艺睿对这种感觉十分敏锐，他非常不爽地松松脖子。

虽然这想法很荒谬，但是总觉得他们一个两个都在上赶着给他们送证据。

"听我秘书说，你们警察一直在找我。"石骏誉风尘仆仆，随身还带着一个小小的行李箱，"所以我一下飞机就过来了。"

老赵没吭声。

真是良好市民，刚才负责接待的民警跟他说，石骏誉是直接从飞机场打车过来的，手机卡都还没来得及换，没网没法现金支付，下车的时候还跟民警换了钱。

"你认识王梅吗？"老赵直接问了，一点技巧都没用。

"安子归的那个保洁阿姨吗？"石骏誉十分合作，他点了点头，"认识。"

"她说你在这几个时间点，在安子归不在的情况下进过安子归的家。"老赵把表格递给他。

石骏誉说了声抱歉，戴上了眼镜，自嘲："上了年纪，老花又近视。"

老赵双手环胸，没接话。

石骏誉看起来很放松，一点儿都不紧张，他还特别认真，一边比对表格，一边拿出了随身带的小本子。

老赵眯眼，这又是一个随身带着记录本的人。

"这两个时间不对。"石骏誉摘下眼镜，"这两个时间我没有去，诊所里面有其他病人，你们可以查我的诊疗记录。"

第十六章 完美证词

"另外，这表格上还漏了一个时间点，五月份我还去了一次，但是没有通过王梅，是直接通过安子归进去的。"他把记录本交给老赵，"我知道记录本不能证明什么，但是他们小区有安保监控，应该查得到，当时安子归在家，我直接敲的门。"

五月份，老赵也曾经问过王梅为什么石骏誉五月份没有去过安子归家。

"你去她家干什么？"老赵放下记录本。

虽然石骏誉作为心理咨询师有这样的记录本很正常，但是老赵现在看到这种记录本就心烦。

"在这之前，我能不能问一下你们为什么要调查这个？"石骏誉这次没有配合。

"是这样的。"石骏誉双手合十，想了下措辞，"我不太了解这边的隐私权，但是我的病人，一般情况下我是不会公开病人资料的。"

"你现在涉嫌私闯民宅，这是违法的，当然你可以请律师，但是你今天既然主动来了，我还是希望能在事情复杂化之前先解决问题。"老赵回答得很官方。

石骏誉笑了："行，那我们先把这些问题一个个解决了。我不算是私闯民宅，我进入安子归家，是得到她同意的。"他不紧不慢地先解决第一个问题。

"安子归说她根本不知道这件事。"老赵盯着石骏誉。

"啊！你们已经找过她也提过这件事了？"石骏誉看起来如释重负，"那行，那有些话我也方便说了。"

"安子归是我的病人，病因是睡眠障碍和进食障碍。"石骏誉摆正了坐姿，"我给她做了好几次一对一咨询，都没有任何进展，她的病情仍然在加重。而且她自我封闭得非常严重，从头到尾都没有告诉我她失眠和进食障碍的原因，我们每一次聊到那里，她的自我保护就会开启。"

"所以，我换了一种治疗方案。"石骏誉又开始停顿，看起来有些为难。

"每个心理咨询师都有自己独特的方法,我很难跟你用非专业的说法解释我的方案。"石骏誉摊手,"这个方案在心理学上称为脱敏治疗,安子归的病症主要是无止境的噩梦和幻觉,我要做的第一步,就是在她无知无觉的情况下混淆她幻觉和现实的界限。"

"所以,我会在她经常出入的场合放一些她幻觉里存在的东西。观察她对这些东西的反应,就能大概知道她的潜意识里最害怕的是什么。"

"这个方案她是同意的,并且签了字的。"石骏誉打开行李箱拿出一个笔记本电脑,翻出一张复印件,"就这份,上面写着脱敏治疗的方案,并且强调这个方案可能会侵入患者生活领域。"

"因为方案保密,我不能把具体侵入的方法写进去,但是这个方案的风险我是告诉过安子归的,她同意了才签字的。"

"根据安子归的说法,她并没有详细告诉过你她的幻觉内容。"老赵看着电脑屏幕,问得很慢,"你是怎么知道她幻觉里有雕像和时钟的?"

安子归在这份方案上签了字,签字的时间是一年前。

但是这件事,安子归并没有告诉过警察,是觉得不重要还是忘了?

"我是心理咨询师。"石骏誉笑了,"我和安子归每周都会有一个小时地一对一交流,如果连这点都无法知道,那我的招牌就保不住了。"

"你还是个催眠师。"老赵也笑了。

"在国内,心理催眠治疗并不是主流。"石骏誉摇摇头,"我来这边以后就没有再做过催眠相关的工作,我对我的患者也是一再强调我只是心理咨询师,并不是催眠师。"

"所以,你没有对安子归做过催眠?"老赵问。

"来这边以后,我没有对任何患者做过催眠。"石骏誉强调。

"撬开贺瑫的车把发卡放到车上和给傅光十万块钱也是治疗方

第十六章　完美证词

案？"老赵把转账记录丢到桌上。

石骏誉又戴上了眼镜："我确实给过傅光钱，但是发夹是什么意思？"

老赵面无表情地看着他。

"傅光这个人是个游手好闲的流氓。"石骏誉略显疲惫地揉了揉额角，"我不知道他从哪里拿到一些和我私生活相关的视频……"

"什么视频？"老赵问。

"监控视频。"石骏誉明显不想多说，"和我的私生活有关的，和你要问的这些事无关。"

"有没有关系是由警察判断的。"老赵提醒他。

石骏誉再次揉了揉额角："我妻子孩子都在国外，但我在国内还有一个情人。"

老赵眉心动了动，从石骏誉异常洋派的作风来看，他连挣扎都没有就直接说出了这种私事，实在是合作得过分了。

"至于撬开贺瑶车子这件事，我真的不知情。"

"虽然我不知道王梅为什么没有提，但是我确实告诉过王梅进出安子归家这件事是经过当事人同意的，要不然一个老太太哪有这个胆子？"石骏誉又补充了几句。

老赵和他对视了一秒，决定换个角度。

"那这几个人，你认识吗？"老赵把那八名患者的照片一字排开。

照片里八个人都对着镜头笑得很灿烂，脸上都有阳光。

"这几个。"石骏誉慢慢地从照片中挑出了老赵知道他们有交集的那几个人，表情严肃，"当然，我也知道他们的结局。"

"这也是我一直努力想要做好工作的原因，我不想这样的悲剧再次发生。"石骏誉看着老赵，强调道，"包括安子归。"

"你为什么会突然离开？"老赵冷不丁地问了一句。

石骏誉一愣。

"你的秘书都不知道你去了哪儿，诊所的病人都没有改期。"老赵又问了一次,"为什么要那么急着离开中国?"

"我养父去世了。"石骏誉苦笑,"突然去世的,去世的地方在南美,那个地方和这边还没有建交,我买了最快的机票回去,所以根本没有时间通知我的秘书。"

"到了那边之后通信又一直不好。"石骏誉解释得更加详细,"为老人办理后事涉及跨国,各种手续忙得我焦头烂额,所以我是一直到上飞机前才联系了诊所的秘书,知道你们在找我,下了飞机第一时间就过来了。"

老赵安静。

又是一个无懈可击的人,他更彻底,一切都有出入境记录、监控记录以及病人记录。

在他们即将放弃安子归这条线时,作为这条线里唯一一个可以深挖疑点的他带着证据恰巧出现了。

"你认不认识赵艺睿?"老赵鬼使神差地问出了这个问题。

一直以来都非常镇定毫无破绽的石骏誉瞳孔突然缩了一下。

"不认识。"他迅速回答,想了想又加了一句,"应该不认识,这个名字我很陌生。"

凌晨四点,新城,安子归家中。

安子归坐在床上,木木呆呆的。

"怎么了?"最近因为安子归睡眠质量慢慢恢复也睡熟了的贺瑫突然若有所觉地惊醒了。

"我……"安子归嗓子哑了,"梦到她了。"

"那个女人,她转身了。"

第十七章　双向爱恋

"眼睛再大一点,眼尾这里是下垂的。"安子归单手捧着安神茶窝在沙发上看贺瑫拿着一张 A4 纸画素描。

贺瑫学过一阵子建筑结构,素描画得很好。

他一直什么都会。

"脸型也不一样,颧骨这里没有这么突出……"她歪着头又有了新的意见。

"这安神茶不喝只是捧着真的会有用吗?"她吃不下东西,贺瑫又非得要泡茶,折中的方法就是让她捧着茶闻味道,但是她觉得这样委实不科学,还很蠢。

因为她有只手刚刚才拆了夹板现在还不能动,所以就更蠢。

"捧着。"贺瑫头也不抬地拿着笔继续唰唰唰。

"我真的没有见过这张脸。"素描的大概样子已经出来了,安子归把头往后仰,眯着眼睛看了半天,一脸的迷茫。

画像里是个浓眉大眼的姑娘,年龄不会超过二十五岁,不是她公司的职员,她也没有和这样的女孩工作过的经历,而她的社交圈,除了工作就只有路人。

"如果按照那部恐怖片的逻辑,我起码得是亲手害了这个女孩的其中一个凶手才行。"安子归维持着后仰的姿势,"可我真的不认识她。"

她甚至不知道这女孩在这个世界上到底存不存在。

"老赵说了,恐怖片可能只是心理暗示。"贺瑫放下笔,"你也可能是压力过大,才会出现幻觉和精神问题的。"

第十七章 双向爱恋

他拒绝从安子归嘴里听到这种诡异的话。

"可他也说了案子仍然在调查,让我们有情况就通知他。"安子归放下已经不烫的杯子,拿走了贺瑫的素描,"这张我存着,这张最像。"

贺瑫已经连着画了四天的素描了,用她零散的记忆一点点拼,今天终于完整地画出了她在梦魇中看到的那个女人。

他不想听她说这些事,自己却比谁都紧张。

因为按照恐怖片里的逻辑,那女孩转过身,就代表她的死期近了。

他们都愿意相信老赵说的话,可能事情没有那么复杂,可能安子归只是压力过大,可能这一切都不是人为。

但是心底,谁都没有真的相信这句话。

"我还是想不起来我什么时候跟石骏誉签了那样的治疗方案。"安子归第无数次拿出了文件夹,石骏誉交给警方的那份治疗方案就在那本文件夹里夹着,上面有她的签名。

他们甚至拿去做了笔迹鉴定,证明这确实是安子归的笔迹。

"你不觉得很奇怪吗?"安子归抬头,"石骏誉、王梅、傅光甚至赵艺睿,这四个完全不相关的人,为什么都否认了我的记忆?"

赵艺睿说她从来都不知道什么梦魇;石骏誉说他的治疗方案都是经过她同意的;王梅和傅光更离谱,母子两个做了一堆事情,但是要么就怪到死人头上,要么就说自己是收钱做的,对安子归的事情一问三不知。

她的世界和他们的世界,仿佛平行了。

她这一年多的痛苦和挣扎都变成了假的,她像是在玻璃房里绝望挣扎的戏子,其他人明明都看到了,他们明明都有过对话,但是他们都摇头。好像她有被害妄想症,好像她真的病入膏肓,好像她真的什么都记错了。

但是她记忆里明明没有的东西会突然出现在文件夹里,她记忆里明明有的东西被人说成是恐怖电影的心理投射。

她没疯。这三个字她现在居然说不出口。

"就算不相干的人都否认了也没有关系，那是警察要担心的事。"贺瑫拿走了她手里已经变凉的安神茶。

"相干的人呢？"安子归仰着头看他。

她这次是真的素颜，比所谓的裸妆更憔悴，没有那么明艳照人。

"相干的人只想让你能吃能睡能胖三十斤。"作为唯一的相干人，贺瑫觉得自己很有发言权。

安子归哼笑："胖三十斤真的会变成猪。说起来谷珊把我丢到度假村的那天晚上，我在绕城高速上看到好几辆运猪车，那些猪与我对视，我还冲它们眨眼呢。"

安子归一愣。

她这段时间经常这样，聊天的时候总是会联想到莫名其妙的场面然后说出莫名其妙的话。

"我有可能真的只是压力过大。"安子归揉揉眉心。

自从老赵跟他们聊过之后，她的状态就一直不太对，反复自我怀疑，长期失眠本来就会影响记忆力，那些不知道是记忆缺失还是硬塞进来的记忆让她感到更加混乱。

她又开始无法入睡，呕吐次数增加，之前好不容易变得没有那么青白的脸色最近又开始泛着灰青色，眼下的黑眼圈重得像是瘀青。

骨折的手也没有很顺利地痊愈，拆了夹板还是会觉得痛，手臂完全使不上力。

"你公司的事情忙完没有？"贺瑫又往她手里塞了一个杯子，里面还是热乎乎的安神茶。

"手续都办完了。"

安子归下意识接过杯子，很顺手地捧着，烫的那面贴在自己受伤的那只手上，刚才有点凉意的手臂回暖，她靠着沙发眯着眼："从下周开始，我应该就失业了。"

第十七章 双向爱恋

她把安心公关整个都交了出去,挤掉方蓝,确保那群神经病不会把手伸到她的心血结晶里,安排好每个人的路,她自己却拒绝了 UL 的 offer。

她的身体她自己清楚,高强度的工作已经不适合她,她最近变得很虚弱,精神总是恍惚。

不管她现在的情况到底是不是被人催眠,也不管老赵他们调查的方向对不对,她的身体垮了这件事是客观事实。

她很理智。

抓到傅光以为一切都结束了的喜悦只维持了不到一个小时,堵在高架桥上和贺瑫聊他们的将来是她最后一次放纵。

她心里清楚,什么都没变。她脑子里那个嘀嘀答答的死亡倒计时还在,所以梦里面的那个女人才会转身。

她的死期近了。只是可怜了贺瑫。

他是她计划里唯一一个失败的变数,他让她变得贪心,他让她以为事情可能会有转机,他让她有了求生欲。然后,他现在就只能跟着她一起,陷在泥沼里,越挣扎越无力。

安子归伸手,碰了碰贺瑫的耳朵,看他立刻缩了下肩膀。

他还是不碰她,夜夜同床也不碰她。

"我有件事要和你商量。"贺瑫坐到安子归旁边。

安子归下意识的:"离婚?"

这两个字她本来不应该提的,都这样了再提这两个字她真的是畜生不如。可他刚刚躲开她又突然要跟她商量事情,表情还那么严肃。

贺瑫的脸冷了下来。

"什么事?"安子归迅速改口,有些心虚。

"我提交的转岗申请批了。"贺瑫安静了一瞬才重新开口,"但是,矿那边还需要收尾,全部手续办完得半年左右。"

"嗯?"安子归安静了下来。

他得走了。

一个多月了，贺瑫又安静了一瞬。

"子归。"他决定把话说出来。

他说过的，他们错了要重来，以前为了对方考虑，总是按压下自己真实的情绪。为了不要吵架总是互相迁就，那些都错了。他得重来。

"我知道你最近很悲观。"他看着安子归，"身体不好，记忆力衰退，左手又一直动不了，做什么事都得有人在旁边帮忙，再加上老赵那边的线索断了，看起来好像又陷入了死局。"

"悲观是正常的，我能理解，这种无能为力的感觉我只经历了一个多月，你却经历了一年多，所以你听过老赵的话之后就再也不跟我聊将来。你闲着没事干就碰我耳朵，不管不顾地把日子过得像是没有明天。这些，我都能理解。但是为什么还要提这两个字？"他问她，"为什么还会觉得我会跟你提这两个字？"

事到如今，为什么还觉得他们会离婚？离婚是给感情破裂的人用的，给那些大难临头各自飞的同林鸟用的。

可他们不是。

安子归撇开眼，贺瑫冷着脸又把她的头扭了回来。

安子归下巴用力，继续撇开眼。

贺瑫手就放在安子归的下巴下面，两人都用了力，安子归的脸颊被他挤出了肉，难得地红了一块。

"我刚才到底做了什么，又让你想起了这两个字？"贺瑫对她从来没有那么固执过。

离婚是他的心结，整整半年都是他的梦魇。

安子归抿着嘴。

"你不说，我们就一直这样耗着。"贺瑫固执到幼稚。

他很奇怪，她病了噩梦了吐了要死了他都没什么情绪，但是这种细枝末节，他却会一直抓着不放。

第十七章 双向爱恋

"我快死了。"安子归说,"所以这时候离婚也可以。"

贺瑫放下手,面无表情:"说人话,用我能听懂的话来说。"

安子归发现自己被贺瑫宠得太厉害了,贺瑫这么两句话就激得她差点儿骂脏话。但是她骂不了,她现在左手动不了,上厕所都得让贺瑫帮忙穿裤子。

太现实了。她一直恍恍惚惚缥缥缈缈的心,就被贺瑫这样一路拽到了现实里。

"你不碰我。"她听到自己又莫名其妙地开了口。

"啊?"贺瑫张着嘴,一双很严肃的眼睛都快瞪成了牛眼。

"你回来之后就再也没有碰过我。"她心里的小人嚷着让她自己闭嘴,嘴巴却仍然在动,"你帮我脱裤子上厕所,帮我洗澡,帮我换衣服,但是都没有反应。"

贺瑫沉默。

安子归嘴唇都在抖。

她到底说了什么?

"你以前不是这样的,我以前发烧了你抱着我帮我捂汗都会有反应。"她又说了。

她还不如死了。

"你……"贺瑫找了很久才找到自己的声音,"那么频繁地碰我耳朵是想看我有没有反应?"

安子归又抿起了嘴。

她完了。这实在是太丢人了,她在他面前所有的矜持美好都荡然无存。

"我……我以为你是心情不好才这样的。"贺瑫不知道为什么就结巴了。

"我心情不好为什么要碰你耳朵?"安子归反问。

她豁出去了,反正已经这样了。

"我怎么知道?你一直奇奇怪怪的……"贺瑫这句话都几近嘀

245

咕了。

　　她认识他那么久，第一次看到他这样的情绪，特别真实的情绪。

　　贺瑫抹了把脸，看着安子归，忍不住又抹了把脸。

　　"我……"贺瑫说得异常艰难，"我不是……"

　　安子归反而淡定了，微微仰着头，仰着下巴："你什么？"

　　问出来了又觉得其实也没什么，尤其是看到贺瑫不知所措之后，她心里莫名地觉得畅快，她已经很久很久没有这种正面情绪了。

　　贺瑫都快要被她气笑了："就算我不提你不提，我们也都知道你现在病得有多严重。"

　　这句话用这样的语气说出口，好像也没那么严重。

　　"你瘦成这样，精神那么差，手又断了……"

　　不知道为什么，安子归嘴角泛起了一点笑意。

　　"你不要笑！"贺瑫皱着眉头，也忍不住了。

　　"我又不是禽兽。"他终于还是骂了脏话，"你现在碰一碰就断了，我怎么碰？"

　　安子归笑得眼睛都弯成了月牙，一边笑一边叹息："我好惨。"

　　"嗯。"贺瑫抱起安子归，拍着她的背。

　　安子归把头埋在他怀里，把笑出来的眼泪藏到他的衣服里。

　　"你刚才想跟我商量什么？"安子归搂住贺瑫的腰，闷声闷气。

　　"我想问问你，要不要跟我一起去矿里。"贺瑫下巴搁在她头顶上，"但是那里条件艰苦，我又怕你吃苦。"

　　"所以想在那边市里租一套房子，你住在那里，我每天上下班来回。"他用商量的语气，"很快的，开车也就一个多小时，收尾也用不了太久，说不定不用半年我们就能回新城了。"

　　"换个环境吗？"安子归抬起头。

　　"好啊。"她听到自己回答。

　　试试吧！

　　这个神奇的男人一直绕过正事，却一直在给她希望。

第十七章 双向爱恋

所以，试试吧！

"真不用租房吗？"贺瑫皱着眉头，"中介我都联系好了，房子就在市中心的新小区，装修还可以，我们过去就能直接入住。"

"不用。"穿得棉乎乎的安子归坐在行李箱上环顾四周，"你一直都住在这儿？"

条件是真的很艰苦，平房，一间里屋一间外屋，加起来统共不到四十平方米，还是烧炕的，刚进来就把人冻得找不到鼻子。

"之前的宿舍改建，这里算临时住房。"贺瑫忙着烧炕，"带家属的员工会给好一点的房子，我之前一个人，就随便住了。"

安子归伸出右手抹了一下板凳，决定暂时还是坐在行李箱上比较稳妥。

"真不租房？"可能是换了个地方，贺瑫感觉安子归轻松多了，连带着自己心情也轻松了不少。"你这不是给自己找不自在吗？"

他就把这里当成睡觉的地方，一个单身男人住肯定不会太干净，再加上这里离矿近，空气里有粉尘，一个多月没回来，整个屋子都是灰，还都是黑漆漆的灰。

"省着点花。"安子归扭头，"你不是说还得买房吗？"

贺瑫无言以对。

这理由挺蠢的，但是安子归提到了将来，他突然就不想反驳。

"有水吗？"安子归站起身，"我把里屋擦擦。"

"我烧点儿热水再说。"贺瑫点燃了炕，往大铁锅里一勺勺地加水。

安子归觉得新鲜，探头探脑地看。

她从没见过贺瑫工作的地方，她甚至不知道贺瑫具体是做什么工作的。

夫妻闹到说离婚就离婚的地步，有些疏忽真的是双向的。

"你到底是做什么工作的？"安子归问了一个石破天惊的问题。

贺瑫一个趔趄，差点把手里的烧火棍塞到嘴里。

"你其实也搞不清楚我具体是做什么工作的。"安子归一点都不理亏,"你在我办公室的那次,不也一个人闷头在那儿看了一个下午的资料吗?"

她都知道。

双向的,他们一开始都以为只要在意对方、爱对方就够了,工作的事情毕竟跨界太远,也相信对方能做得好。

那个时候,她并不知道贺瑫住在这样的平房里,手抹一抹就一层煤炭灰,烧水用的是热得快,两个脸盆放在古老的铁质脸盆架上,洗澡没有热水器,都是烧开了水再端进去。

他们对彼此最常说的一句话就是"挺好的""想你了""等见面了再说"……

结果……都好个屁!

"以前煤矿事故多的时候,我主要工作是排查事故原因。"贺瑫打开抽屉给安子归拿了本手册,"现在的主要工作是排除隐患,改善矿工的工作环境,定期下井进行安全生产检查,看看煤矿井里的瓦斯浓度、通风情况、工作流程等等。"

"这附近有一些散乱关停的小煤矿井,会有人为了赚钱偷偷重开,所以也得定期检查。"

贺瑫想了想:"哦,还得处理一些举报什么的。"

所以他一年到头有一大半时间都在这里,一小半时间在煤矿安监局办公室,一点点时间回家。

"调岗以后呢?"水烧开了,安子归接过贺瑫递给她的抹布,热乎乎的。

"用左手试试。"贺瑫让安子归把擦桌子当复健,"调岗以后会去唐栋那边,主要还是负责一些化工生产的安全检查,处理协调重大事故之类的。"

"危险吗?"安子归左手划拉了两下就算把凳子擦好了,扭头开始擦桌子。

第十七章 双向爱恋

"我的工作没做好的话,生产线的一线员工会有危险。"贺瑫实在是看不下去了,拧了块抹布又把安子归擦过的地方重新擦了一遍。

安子归在桌子上画了一个圈,放下抹布,又重新坐回到行李箱上,托着腮看着贺瑫。

他显然也没指望她打扫卫生,刚才给她抹布纯粹就是想让她动动左手,现在屋里开始暖和,他一个人忙得脚不着地。

所幸房间不大屋子里东西也少,拖完地抹完灰再把床上的四件套都换了就能勉强住人。

"我们明天再去市里买点日用品。"贺瑫把最后一块抹布洗干净晾好,最后又问了一次,"真不租房?这地方不比新城,想要找能拎包入住的房子不容易。"

"懒得动了。"安子归打开行李箱,拿出自己的笔记本。

她最终还是没能失业,UL 那边保留了她的职位,她那位宿敌方蓝先生带着谷珊在每次谈判都失败后憋着坏水给安心公关下绊子,她没能全身而退,每天仍然忙得焦头烂额。

但是袁之薇说这样挺好,有事忙而且是感兴趣的事,对她的帮助会是积极正面的。她没什么意见,反正死马当活马医,而且忙累了睡着后就不太会看到那个转过身的女孩。

"那你先在这里等我,我回一趟办公室。"贺瑫帮她倒上热水,又帮她拿了两个靠枕可以垫着腰。

安子归挥挥手,贺瑫站着没动。

安子归扭头。

"办公室就在院子右边的那栋大楼里,三楼,最大的那个办公室。"贺瑫掏出笔抽了张纸在上面画地图,"你要有事找我直接过来。"

"哦。"安子归收了那张纸。

贺瑫还是没动。

"小厨房里那个煤气罩得把煤气阀开了才能用,你如果饿了直接给我打电话,别自己去弄。"他又说。

249

"嗯。"安子归准备开始回邮件。

"我多烧点儿热水再走吧。"贺瑫兜了一圈还是不放心。

"我得在这里住很长一段时间。"安子归哭笑不得,"而且我成年了。"

而且一个人很久了。

"明天再去家具店买个书桌和椅子吧,顺便买个柜子。"贺瑫走了两步又回来。

对外话少到欠揍的人,现在喋喋不休。

安子归从来没有来过这里,贺瑫以前觉得宿舍环境差人员嘈杂,舍不得她过来跟着他一起吃苦。

但是现在看到安子归坐在他经常办公的那张椅子上,旁边放着他的保温杯,她还是很倔强地化着裸妆,手指甲亮晶晶的,坐在廉价的木质靠背椅上挺着腰,骄傲得像个女王。

刚才进院子的时候,她对着那一群好奇的围观群众微笑的样子,让他现在想起来还觉得好笑。真的矫情,也是真的可爱。

安子归已经不打算理他了,埋头继续。

他们真的错过了很多。

贺瑫出门的时候从窗户里面看到安子归和自己的倒影,倒影重叠,两人都在微笑。

其实是可行的,让彼此的生活糅杂得更深一些,把那些自以为为了对方好的想法都抹掉。

他忍不住敲了敲玻璃窗。安子归不胜其扰地抬头,就差冲着他竖中指了。

"这附近有一家店,木须肉做得很不错。"贺瑫笑了,"等我回来了一起去吃。"

下午一点,贺瑫背后就是耀眼的阳光,安子归只能看到贺瑫咧着嘴露出的大白牙。

一切都在往好的方向发展,老赵再也没有找过他们,傅光又一次被抓了进去，石骏誉的心理诊所也休业了，而这一些都变成了听说，和她没有关系，她似乎真的只是因为心理压力过大而精神失常，这一年半的调查和疑神疑鬼都有了科学的答案。

只是巧合。

只是看了那部神经兮兮的恐怖电影产生的心理投射。

安子归看着贺瑫远去的背影，嘴角的微笑慢慢地淡了。

可她仍然陷在那个梦魇的场景里，梦里的女人离她越来越近，她不记得她，却渐渐地觉得自己应该在现实生活中的某处听过这女孩的哭声。

诡异的熟悉感。现实和幻觉再次模糊，脑内嘀嘀答答的倒计时仍在继续。

可她还在挣扎，贺瑫拉着她的手往前走，她也跌跌撞撞地跟着。

越幸福，越狼狈。

贺瑫的领导是个长得特别和蔼的中年男人，姓陈，看着贺瑫的眼神有点惊讶。

"真没离吗？"他问贺瑫。

这事都快变成他的心结，他老婆提到贺瑫就说他拆人姻缘。

但是他也冤啊，培养一个人才不容易，把贺瑫送走，他这心里跟剜了块肉似的。不过现在挺好，不但没离，还把媳妇给带过来了，人才就是人才。

可就是……

"小钱下午不在。"老陈这话说得有些尴尬，"她听说你和小安一起回来的，就请假了……"

贺瑫皱起了眉头。

他很怕老陈这种吞吞吐吐的行为艺术，之前每次调岗，老陈都是这种态度。

"你……也知道的，之前你说要回新城离婚又把申请给撤了……"

老陈搓着手。

"我就……跟大家都说了……"他说得很委婉。

其实是半欣喜这好苗子不走了,半气愤安子归没眼光,还带着点八卦的兴奋感,在酒席上吹牛了。

"然后?"贺瑶的脸已经开始变臭。

"我也不知道原来小钱一直对你有意思……"老陈脸都红了,觉得自己真是……

为什么会被扯进这种事情里?

"我说了这件事以后,小钱就一直在等你回来……结果你不离了……不是不是……"老陈迅速改口,"不是不离了,是和好了!小钱心里难受,就请假了……"

"你打算让我跟她交接?"如果贺瑶没记错,他后面的工作交接人是小钱。

"嗯……"老陈额头见汗,这事整的。

"换个人吧。"贺瑶看着老陈,"我多待几天也没事,总得找到合适的交接人。我已婚,对这种事情得避嫌。"

第十八章　呼之欲出

让老陈头疼的小钱请了假并没有走远,她等贺瑫走进办公楼之后,躲在角落里紧了紧身上的包,敲开了贺瑫宿舍的门。

正在为一个选秀节目里最出挑的素人的过去负面消息而焦头烂额的安子归打开门,面无表情:"贺瑫不在。"

她打算关门,内心都是"一个素人活得那么精彩,为什么还要参加选秀"的疯狂咆哮。

"我是来找你的。"小钱赶紧表明身份。

她听说贺瑫的老婆是个女强人,贺瑫在家里地位很低。

今天第一次见到安子归,她就觉得传闻应该是真的,安子归的形象倒不至于像电视里演得那么夸张,但是很冷漠,很不友善。

安子归皱起了眉:"我不认识你。"

她觉得自己已经很友善了,换成平时早就说"谢谢不买"之类的话,然后关门了。

这里是大院,门口有安保,能进出的可能都是贺瑫的同事。只是什么同事要趁着贺瑫不在来找她?

突然觉察到什么的安子归挑起了一边的眉:"你哪位?"

她想了想,贺瑫长得眉清目秀的怎么可能没人馋?

小钱咬牙,她很清楚地意识到自己应该斗不过这个女强人,但是为了贺瑫……

"贺瑫调职等于牺牲前途。"她没头没脑的,倒也算开门见山。

安子归靠着门框,"唔"了一声。

"本来再过两年老陈就要上调了,贺瑫是最有可能顶上去的,三

第十八章　呼之欲出

十五岁不到就能当主任了。"小钱倒豆子似的把自己刚才翻来覆去的台词都倒了出来，"但是如果调岗，他就得从头做起。"

"他很不容易的。"小钱感情丰富，说着说着就委屈了，"节假日就回家陪你，平时下矿的时间比任何人都多。你别看那些煤老板平时看到我们都客客气气的，真的挡了他们财路了，胆子大的真的什么事儿都做得出来，也就贺瑫能镇得住他们。"

"可你什么都不知道。"小钱喘了口气。

"你只知道抱怨，要跟他离婚，要让他调岗，践踏他的努力，漠视他的成绩！"

还押韵上了。要不是这姑娘觊觎的是她的老公，她现在的心情应该会被她逗得很开心。

"说完了？"等了半天没下文，安子归问了一句。

小钱突然就有了自知之明，她应该是来自取其辱的。

"你来是为了什么我们心里都清楚，说出来难听，我也怕影响了贺瑫的风评，所以我们就不挑明了。"安子归悠悠的。

短短一段话就让小钱涨红了脸，眼眶红了。

"我作为他老婆都没有办法帮他判断得失，你一个外人跑过来说这些话，这就是越界。"安子归笑了笑，"不过，估计你心里巴不得自己能越了这个界。"

"我没有！"小钱连脖子都红了。

她是喜欢贺瑫，是因为贺瑫离婚了心里窃喜，但是她现在过来，只是想为贺瑫打抱不平的。贺瑫付出了很多！可这个女人什么都不知道。

安子归笑笑，往后退了一步，当着小钱的面关上了门。

没有个鬼。死丫头片子，安子归生气了，自己今天居然只画了个裸妆！

安子归懒得管小钱在门外会不会气到失去理智，面无表情地发完邮件，面无表情地和自己的新助理小刘开完视频会议，面无表情

255

地合上电脑。

她打开了手机微信。

安子归：你们单位那个圆脸圆眼睛个子大概一米六二穿着鹅黄色羽绒服的女孩子，住哪儿？

那边秒回。

贺瑨：谁？
安子归：女的，长头发，口红色号是YSL的斩男色。
贺瑨：？

安子归不打字了，手指头在桌子上一叩一叩。

贺瑨：小钱？
安子归：呵，挺亲切？

还小钱，人家没名字？

贺瑨：我忘记她名字了，单位里都是这么叫的。

安子归不回。

贺瑨：费景明约我跑山我揍他，是因为他说他想接盘。
安子归：？

这时候算旧账？

第十八章　呼之欲出

贺瑫：如果她也说了类似的话，你揍就是了，别管我的风评。

安子归：……

行吧，她消气了。安子归迤迤然地重新打开笔记本，电脑屏幕反光里她的笑脸让她整个人愣了很久。

会好的吧，她突然觉得。

远离新城，她的噩梦和幻觉也会逐渐远离，毕竟，最低潮悲观的时候，她曾经盯着自从提了离婚就再也没有出现过内容的微信对话框恍惚了好久，她以为贺瑫已经被她推远，在乱七八糟的名利场待的时间太久，她以为自己已经不再相信虚无缥缈的爱情。

但是其实不相信也还是会想的。

会想念现在这张笑着的脸，人在真心微笑的时候，会有感染力。

手机微信提示贺瑫还在给她发消息，安子归回了个"干活了"，想了想，又加了个笑脸。

然后手机就安静了。

安子归低下头。

一定会好的吧，那些幻觉和噩梦不是人为的，她不会变成下一个的吧。要不然，太可怜了，她和贺瑫都太可怜了。

因为安子归最后发的那个笑脸，贺瑫志忑了一个下午。要不是小钱是个女的，他真有可能动手揍她。安子归心情才刚刚好了那么一点点，他们的感情也刚刚缓和那么一点点。

好不容易挨到下班，推开屋，发现安子归在低声打电话，表情并不算特别好。

"谁的电话？"贺瑫用口型问她，顺手把自己刚才从超市买来的一堆东西塞进冰箱。

安子归摇摇头，用口型回答他："你不认识。"

她是笑着对他说的，眼底都是笑意的那种。

贺瑫没忍住，他像过去每一次那样，若无其事地走过去，搂住安子归的腰，低头对准她的嘴啄了一下。

这个动作他们过去做了无数次，熟练到都有了肌肉记忆。

安子归明显愣住了，拿着电话走神了一秒钟，才低着头似笑非笑地应了电话那边一声。

"很抱歉。"安子归说，"帮不了你太多的忙。"

对方在电话里又不知道说了些什么，听话筒里传出来的声音像是个中年女人，普通话口音很重。

"对的。"安子归又说，"这种事情只能这样。第一步就是去公证处把这些帖子公证一下，然后请姚姐帮你写个诉讼状提交到法院，后面的事姚姐都会帮你。你记得要告的第一个人就是论坛平台，要求对方提供造谣人侵权人的信息，等对方愿意庭下和解给你提供资料了，就撤销对平台的诉讼，追加诉讼那几个侵权人。姚姐做过很多次了，能赢的，不要慌。"

贺瑫看了安子归一眼。

她会那么温柔耐心对待的，一般都是公司职员。

对方又语气急切地说了些什么。

安子归沉默了一下："法院判定的是事实，你侄女的精神损失也只能用金钱来衡量，一般来说，这种事，判决书下来了就结束了。"

"水军不能这么用。"安子归皱起了眉。

贺瑫又倒了杯热水给她，下午给她倒在保温杯里的热水她喝完了就不倒了，热水瓶里都还是满的。她又忙到忘记吃喝。

对方还在急急忙忙地说，安子归耐着性子听，间或回答几句，但是对方似乎都不太能接受，最后挂了电话，她眉心也没舒展开。

"怎么了？"贺瑫问。

"去吃木须肉吧。"安子归回答，"我特意化了全妆。"

那个小钱同志走了之后她就给自己补了个妆，衣服也换了，气势十足。

第十八章 呼之欲出

"那店装修很烂。"贺瑫扶额,真的不值得这么隆重对待。

"你管我。"盛装的安子归骄傲得不可一世。

"那我也换件衬衫。"贺瑫决定陪她一起。

像约会那样。

"你瘦了好多。"安子归双手环胸,像女王一样抬着下巴说话。

贺瑫苦笑:"我要是胖了,那还是个人吗?"

换好衬衫,贺瑫伸手拿毛衣,被安子归用下巴继续指挥:"那件姜黄色的。"

她自己也穿了同色系的。

"然后搭那条格子围巾。"她开始帮他搭配。

时隔几个月,他又像过去那样亲她。她也开始一边傲娇,一边回到过去的样子。

"今天有好事?"贺瑫低头看安子归一边嫌弃一边单手帮他把围巾系成她看得上的样子。

她心情看起来很好,也没有被那个小钱影响。

"林秋的案子判了。"安子归仰着头,"林秋赢了,除了夫妻财产平分,一审段亮因为伤人罪被判了两年,虽然缓刑,但是好歹第一步是赢了。"

她不知道段亮再次上诉会不会改判,但是这次的公关她做得很全面,全国人民都知道段亮家暴了,她能做的事都已经做完了。她唯一能想起来的亏心事也了了。

"刚才那个是谁的电话?"贺瑫又低头啄她的嘴巴。

她眼睛亮晶晶的,真好看。

"公司以前的保洁张阿姨。"安子归穿外套,"她侄女在大学宿舍里被人冤枉偷东西,校园网和社交圈都传遍了,她侄女哭着不肯去上学,她打电话来问我应该怎么办。"

"这事怎么问你?"贺瑫打开门,外面北风呼呼的,他转身把安子归搂进怀里,用脚关上门。

"这儿没外卖吗？"安子归冷了，想回头。

"你都化了妆了。"贺瑫提醒她，又问了一遍，"怎么什么事都找你？"

"她大概是觉得我有办法对付那些人吧。"安子归的声音越来越远，"我要有办法就不会……"

渐渐地，就听不见声音了。

北方的冬天比南方冷得多，在屋里不觉得，但是在外面，她恨不得黏在贺瑫身上，远远地看着，他俩贴得像是一个人。

小钱躲在角落里咬着嘴唇，脸被风刮得通红，冷得快要无法呼吸，两只手越捏越紧。

除了那个小钱，安子归在贺瑫这里的日子过得十分平静，工作之余，就被贺瑫带着四处找吃的。其实，贺瑫对这里也不熟，那一点美食信息都是办公室里集思广益来的。

贺瑫的上司老陈觉得自己嘴快差点儿又坏了事，对安子归热情到让她都觉得自己多了一个爹，那个小一居室的屋子里被他塞满了各种特产，听说她胃口不好，老陈就买了六七种健胃开脾的山楂。

这个地方跟安子归熟悉的世界完全不同，太平静了，以至于她每天打开电脑连上网之后都会有些恍惚。

截然不同的两个世界，过去他们选择给彼此足够的空间，现在，他们选择互相分享，哪怕对方听了一头雾水。

他们在努力向前走，日子也确实在一点点变好，可心里不安的影子仍在，那坨黑色的无法具象化的东西仍然会在深夜造访，提醒着安子归这一切还没有结束。

那天仍然是平静的一天，白天的工作一切正常，贺瑫的交接工作完成了百分之二十，晚上安子归尝试着吃掉了半碗米饭，被贺瑫拉着在附近散了一个小时的步，上称发现自己又胖了两斤。

唯一的波澜就是接到了法务姚姐的电话，她在电话里告诉安子

第十八章　呼之欲出

归，张阿姨侄女那个案子不太好办，对方有她侄女偷东西的证据，她侄女除了否认，其他什么证据都没有。"

这话题最后无疾而终，只是在晚上吃饭的时候被当成谈资跟贺瑫复述了一遍。

这对安子归来说是很新奇的体验，她自从创业后就很少再这么仔细地同贺瑫谈这些。

"这事能帮的你都帮了。"贺瑫因为安子归吃了半碗米饭心情好到爆棚，连平时不怎么吃的鸭肉都吃得津津有味，"问心无愧就行了。"

安子归咬着筷子点点头。

其实贺瑫比她还冷漠，对自己生活之外的纷纷扰扰，他完全不好奇，也不太乐意介入。

不知道为什么，这件事让安子归有一种莫名的安全感，仿佛跟他在一起，她的那些纷纷扰扰也被关在门外，因为贺瑫只会问她，今天想吃什么，要不要加件衣服，左手今天还痛不痛。

"笑什么？"散步路上，贺瑫担心风太大把安子归裹成了粽子，结果还能看到她笑得眼睛都眯成了月牙。

她真的是个矫情鬼，就出来散个步，也要躲在卫生间里化半个小时妆。

安子归没回答，抱着贺瑫的胳膊把脸紧紧地贴在他手臂上。

有很多可以值得笑的事，他在身边，他一直没走，他会因为她笑而跟着笑。

那天晚上，安子归没有梦魇，她做了一个奇怪的梦，梦里是一条长长的走廊，很嘈杂，所有的人都在奔跑，只有她一个人漫无目的地站着，被来来往往奔跑的人群撞得踉踉跄跄。

有人喊她，却并不是她的名字。

梦境里的长廊倾塌破碎，她又站到了舞台上，台下是黑压压的人群，她被聚光灯钉在原地，耳边都是细碎可怕的私语。

他们说她是小偷。

他们说她家里很穷,根本不可能买得起这样的包包。

他们说她连成绩都是作弊得到的,有人看到她半夜进出教授的房间,第二天论文就拿了个A。

他们还说她现在实习的岗位是她用手段挤走了另外一个女孩子才得来的,因为她什么都豁得出去。

她所拥有的都是偷来的,偷了别人的钱财,偷了别人的生活,偷了别人的前途,她被钉在了聚光灯下,无法张嘴辩解,也无法动弹。

强烈的羞耻感幻化成带着尖利指甲的黑色阴影,身上的衣服被一件件撕扯成碎片,她就这样破碎地站在所有人的注视下,全身都火辣辣的,无助、愤怒和委屈像潮水一样汹涌而来,她在梦里握着拳,浑身颤抖。

这不是她。

她心里清楚。

但是这羞耻、愤怒和绝望都太真实,她恍惚地看到自己到了那个梦魇的场景,成了那个夜夜哭泣的女孩子,穿着泛黄的连衣裙,戴着那个廉价的发卡。

"你昨天晚上做噩梦了。"一大早,贺瑫给安子归打了盆热水,弄好了牙膏牙刷。

"唔。"安子归抱着被子发呆。

她有印象,被叫醒后贺瑫搂着她拍了一夜。但是没有用,梦里的愤怒绝望太刻骨,她醒来以后脸色仍然不是很好。

"早饭有胡辣汤和包子,吃不下的话我给你热点儿牛奶。"贺瑫弯腰碰了碰安子归的额头,很凉,和昨晚一样有未干的冷汗。

索性坐回床上把她连人带被地抱着,继续哄孩子一样一下下地拍着她的背。

"喝热牛奶吧。"安子归没逞强,回搂住贺瑫,深吸一口气,"可能是因为张阿姨昨天那个电话。"

第十八章 呼之欲出

"我梦到被人冤枉偷东西。"安子归回忆起梦境,"很抽象的一个梦,不过感觉倒是很真实。"

"把这事记下来问问袁之薇,正好她今天路过这里说下午会来看看我们。"贺瑫耐心地宽慰,"张阿姨那件事你如果还是不放心就再跟姚姐梳理下附近的监控,你把能做的都做了,别太放在心上。"

"唔。"安子归把头埋进被子里,含含糊糊。

"要不要帮你穿衣服?"贺瑫觉得好笑。

他以前认为安子归最讲理,大部分时候都比他还理智,但是天天腻在一起就发现,她其实会耍赖。只是耍赖的方式和别人不太一样,她喜欢去蹭软绵绵的东西,像只猫。

因为噩梦而耍赖的安子归很自然地举高了手。

贺瑫就这样一边笑一边帮她穿好了毛衣,毛衣在干燥的北方起了静电,噼里啪啦的,安子归被电得直叫唤,贺瑫眼尾的笑纹却越来越深。

"我今天下午要去矿上,袁之薇来了的话你先别急着过去,等我回来再一起走。"贺瑫把安子归的脑袋从毛衣里拔出来,"这地方你不熟,这两天雪下得又大,你开车我不放心。"

"哦。"安子归明显被哄得顺毛了。

"说起来,你是怎么联系上袁之薇的?我记得读大学的时候她跟你也不熟啊。"刷完牙,安子归喝着热牛奶又拿起了包子蠢蠢欲动。

"找石骏誉资料的时候看到的,觉得这名字耳熟就打了个电话。"因为提到了石骏誉这个敏感的名字,贺瑫停顿了半晌,"她挺热情的,我就是跟她提了下你最近睡眠情况不太好,她就上了心。"

后面的大部分都是袁之薇主动的,开同学聚会,帮他分析安子归的精神现状,包括现在做安子归的心理咨询师,在新城他扛不住的时候,她也会帮忙做心理疏导,给的都是友情价。

"哦。"安子归还在研究这个包子。

"你把里面的馅儿弄出来,只吃沾着肉汁的皮,其他的都给我,院子里的那只狗爱吃。"贺瑫给她出主意。

安子归："你才爱吃。"

但是到底觉得这个方法很合她胃口，皱着眉把外面没味道的面皮和里面油滋滋的肉都弄了出来，就着热牛奶吃掉了一点包子皮。

她自己也知道，最近食欲正在苏醒，以前只是为了活下去，吃什么都味同嚼蜡，现在已经能吃得出酸甜苦辣，偶尔也会想念食物的香味。

袁之薇说这是开始痊愈的信号，她说安子归来贺瑫这里确实是很正确的选择，换个地方，那个地方又有让她安心的人，这对安子归来说是最好的治疗方案。

安子归挺喜欢袁之薇的，没有攻击性又有耐心，不会咄咄逼人地逼问她的感受。

贺瑫找的人都挺靠谱的。

"下午有事就给老陈打电话，我那边没有信号。"贺瑫走之前再一次开始喋喋不休，"别自己一个人出去，要不我把你的车钥匙收了吧。"

怎么想都不放心。

安子归被气笑了，推搡着他出了门，关上门后在窗户里冲他挥挥手。

她看着贺瑫在窗户外面又比了个有事打电话的手势，一步一回头地走了。

院子里阳光正好，积雪被阳光晒出了金黄色的光辉，贺瑫仿佛走进了光里。

安子归噙在嘴角的微笑一点点淡了下去。

就在刚才，就在贺瑫走进光里的那一瞬间，她突然想起了梦魇里那个女孩的名字。

同一时间，新城。

第十八章　呼之欲出

老赵今天难得休息,一大早被媳妇催着把家里所有的被套都给拆了,要趁着大太阳给家里做一次彻底的大扫除。老赵在漫天灰尘里哀叹自己就是劳碌命,上班忙,下了班也忙。

所以他看到气喘吁吁冲到他家的小赵,一时之间也不知道是高兴还是不高兴。

"赵队!"小赵气都没喘匀就被老赵家里的灰尘呛得后退了好几步,"您还记不记得之前您让我反向调查王梅、傅光、石骏誉他们之间的共同点这件事?"

老长的一串话,老赵愣了半天,才点了点头。

赵艺睿的事情过后,费景明的案子就换了主要调查方向,毕竟司法相信证据,石骏誉、赵艺睿和傅光都有能拿得出来的证据,真相虽然扑朔迷离,但是他们之前推测的连环杀人的可能性还是小了。

但是,老赵也没有完全放弃。他让从头到尾一直在跟这个案子的小赵和另外一个资历很深的老刑警继续调查之前的线索,只是这次的重点换了一下,从被害人身上换到了他们认为可能的加害人身上。

"有结果了?"老赵看着小赵亮晶晶的眼睛,摸出了香烟。

"这几个人的活动轨迹基本都在新城,交叉点很多,但是这不是重点。"小赵语速很快,"我们除了调查交叉点之外,还特意查了他们的过去。"

"这几个人……"小赵咽了口口水,"家里都死过人。"

老赵眉心拧了起来。

"都是非正常死亡。"小赵从包里拿出一堆资料,"王梅还有个孩子,是傅光的弟弟,因为遭遇了校园暴力被人用钝器击中头部而亡。石骏誉有个女儿,死于奸杀。"

老赵的脸沉了下去。

"而且不止他们。"小赵哗啦啦地翻着资料,"发现这个问题之后,我查了安子归身边的人,她公司的保洁张小琴的丈夫死于矿难。费景明曾经有一个女友，车祸死亡，肇事者是个酒驾的富二代。"

老赵安静了。

"还有，"小赵顿了顿，"袁之薇，安子归现在的心理咨询师，她有一个儿子，死于医疗事故。"

"石骏誉有一个八岁的女儿，六年前在美国巴尔的摩被学校管理花草肥料的校工奸杀抛尸。"

新城公安局，小赵再一次成了主讲人，只是这一次不再战战兢兢地背稿子，眼神变得坚定。

"但是这个案子因为证据不足、证人改口等原因，查案周期拉得有点长，批捕令一直没有下来。半年后，奸杀石骏誉女儿的校工被人发现死在家中，死因是烧炭自杀。"

"根据当地警方在当时公开的法医检测报告，这名校工在自杀前有严重抑郁自残倾向，并且有止痛药上瘾的症状。"

PPT 翻到了下一页。

"王梅的小儿子也就是傅光的弟弟傅明，比傅光小四岁，两岁左右过继给了堂兄家，本来是家里唯一的男丁，但是，没多久堂兄又生了一个男孩，因此傅明在堂兄家不怎么被重视，吃住大部分时间都还是在王梅家里，和傅光的感情很好。"

"傅光十八岁成年后去城里打工，傅明一个人在镇上读书，十六岁的时候在一起校园暴力斗殴事件中被人用石头捶打头部，当场死亡。"

"那起恶性斗殴事件一共抓了七个人，都因为是未成年而从轻判决，杀了傅明的那个少年在少管所里关了两年就放出来了。"

"这件事已经过去二十年，傅明死了以后，傅光和王梅就从老家搬了出去，在各大一线城市辗转。"小赵喝了口水，"三年前，在新城做建筑工人的谢成军，也就是当年杀了傅明的凶手坠楼身亡。坠楼原因是意外失足。"

"当时谢成军的家属没有同意解剖尸体，所以，谢成军没有留下尸检报告。不过，我们根据他的医疗信息查到他在死亡半年前开始频繁地服用失眠药，也存在一定的精神问题。"

寂静的会议室里，PPT又"咔"的一声翻到了下一页。

"张小琴，今年五十四岁。"这张面孔是第一次出现在警方视野内，小赵介绍得详细了一些，"曾在安心公关顾问有限公司里做保洁，安心公关被UL收购后离职。"

"她的丈夫在五年前的一次矿难事故中身亡，两年半前，当时那个煤矿的矿主死在老家的水井里，据说是投井身亡。"

"根据矿主妻子的口述，那位矿主在死之前也频繁出入过医院，晚上噩梦连连，说是死掉的那些矿工一定要拉着他一起下地狱。"

投影仪一闪，这次出现的人大家都认识。

"费景明。"小赵深吸一口气，"四年前有过一个女朋友，下班路上过马路被一辆失控的轿车撞飞，当场死亡。"

"肇事司机是个富二代，酒驾，判了三年，缓刑一年，出狱后喝了酒从高架桥上跳下去了。"

这件事在座的刑警们都还有印象，两年前的事，新闻一出底下好多一报还一报的评论。

"最后这个袁之薇。"小赵终于翻到了最后一页，"今年三十六岁，本市顶尖的心理咨询师，五年前她六个月大的儿子发烧送医，救治的时候发生医疗事故窒息死亡。"

"医疗事故的诉讼结果是袁之薇赢了，医院方也给了赔偿。"

"但是四年前，负责治疗她儿子的那位急诊室医生也死了，死因是药物服用过量后摔到水池里溺死的。"

如果说这个世界上真的有报应，那么刚才提到的那几个人算是得偿所愿了。

可惜，这个世界上根本没有冤鬼索命。

可惜，这个世界上大部分的巧合都是人为。

小赵他们在发现这些情况之后又重新开始梳理这几个人的行迹

交叉点,发现这几个人在每个双数月的二号都会休息,他们在交通监控中查到了几个有车牌号的人的行动轨迹,追查到了一个地方。

"不知道你们还记不记得在一个多月前,安子归还隐瞒着自己梦魇情况的时候,曾经用计让贺瑶引导我们找到了一堆孙其单独藏匿的监控录像。"

老赵点头。

这件事过后他问安子归,安子归说费景明是跑山重度爱好者,刮风下雨都不会缺席。唯独有一次,他接到了孙其的电话,她在旁边听到了几句话,大概就是孙其发现了一个视频,费景明脸色大变并且让他藏起来不要乱走在家里等他。

那个时间点差不多就在你们说孙其烧炭自杀之前。安子归当时回忆道:"我觉得会让费景明反应那么大的视频应该不是一件小事,他们藏起来的视频你们也一直没发现,所以就想了这么一个办法。"

雇了几个无限维科技公司的小工到她家里把那些怪东西都搬走,应该足够引起警方的重视了。

结果收缴来的那些监控视频没有任何独特之处,拍到的基本都是一些饭店会所非营业时间的走廊,大部分都空无一人,在数以万计的监控视频里很快就被忽略了。

"我们发现有几个双月的二号,我们追查的那几个车牌号码都在一个会所里出现过,而且这个会所的监控就在那些藏起来的监控视频里。"

小赵打开了一个视频文件。

这是一个看起来非常普通的私人会所走廊,白色的大理石地面光可鉴人,视频到一分多钟的时候,闪过了一个穿着保洁员衣服拿着清扫用品的清洁工。

小赵按下了暂停键。

"这个人是张小琴。"他把定格的视频放大。

张小琴,在安心公关做了一年多的保洁员,在调休的时间点却

第十八章 呼之欲出

出现在了早上并不营业的私人会所里。

她低着头像一个普通的保洁人员一样，把走廊地板从头到尾拖了一遍。接着，她看了一眼监控，似乎犹豫了一下，还是敲开了走廊尽头的一扇门。

开门的人是袁之薇，她第一个反应也是抬头看监控，似乎还斥责了张小琴一句，张小琴闪身进屋，房门很快又关上了。

整个过程不超过三十秒，小赵用视频软件拉长了这三十秒，把焦点放在光可鉴人的白色大理石地板上，开门的那一瞬间，房间里和走廊上都映出了人影。

他放大了那些人影。

刚才在PPT里的那几个人都在：石骏誉、王梅、傅光、张小琴、费景明和袁之薇，还有一个赵艺睿。

"我觉得孙其应该就是发现了这个视频，所以才被逼得烧炭自杀。"小赵把那些倒影放大，用软件调整分辨率。

这几个背负着深仇大恨的普通人在那张倒影图里看起来都很正常，他们或坐或站，表情友善，脸上都有笑容，亲密得仿佛在开一场家庭聚会。

监控视频右上角的时间显示是二〇二〇年十月二日，这个时候，杀了他们亲人的凶手都死了，最早的发生在六年前，最晚的可能就发生在九月份，那个打电话给110报警后上吊自杀的年轻人。

而这次聚会之后，十一月，发现视频的孙其烧炭自杀死在家中。

十二月二十七日，宓荷、曹苏清、刘玫被火烧死在玫瑰庄园。

十二月三十日，费景明雪天跑山从山崖滚落，死无全尸。

令人毛骨悚然的家庭聚会。

"这个赵艺睿是什么情况？"老赵问。

他们查过赵艺睿的过去，就是一个极端追星女孩，这两三年时间一直在追曹苏清，她父母都是生意人，从小是保姆带大的，和她之前在公安局录的口供基本一致，为什么这样的孩子会出现在这种

269

聚会上？

"她就是石骏誉的情人。"小赵拿出了几张资料。

这个年代偷情很好查，宾馆开房记录都和当地的派出所联网，查到石骏誉的开房记录，再调取当天宾馆的监控录像，赵艺睿出现的频率高达一半以上，钟点房、一整夜的，甚至一起飞到三亚海南。

她就是傅光曾经用监控视频来威胁石骏誉的原因，石骏誉三十七岁回国后认识的情人。

"赵艺睿并不是曹苏清的粉丝，她是催眠爱好者。"小赵又一次调出了资料，"这些都是从她家网络运营商那里调取出来的网络访问记录。"

"这其中'催眠''催眠协会''石骏誉'的搜索频率非常高。"小赵顿了顿，"所以从石骏誉三十七岁回中国之后，赵艺睿就一直追着他，两年后，他们发生了不正当关系。"

有刑警皱起了眉头："石骏誉三十九岁的时候，赵艺睿才十五？"

他自己的女儿八岁被人奸杀，结果他还搞这种事情？

老赵又把那张倒影图拿出来仔仔细细地看了一遍："这几个人的仇都报了，为什么还没有收手？"

如果孙其是因为发现了监控视频被灭口？那么为什么费景明也会死？为什么他会在死前预告安子归是下一个？剩下的那六个同样遭遇到梦魇的死者，又和这些人有什么关系？

小赵挠挠头，把手里所有的东西都交了出来："我只查到了这些。"

赵艺睿的搜索词是个宝库，小赵顺着这些找到了很多东西，他查到了一些药，查到了可以导致人产生幻觉的方法，查到了那部恐怖片，还查到了几个死者自杀的地点。

就这些，已经足够证明这一群人和之前有过梦魇幻觉的受害者的死亡有逃不开的关系。

老赵合上记事本。

技术部的同事在这个时候敲响了会议室的门。

第十八章　呼之欲出

"赵队刚才让我们重新做了个轨迹合集，去掉了费景明和孙其。"技术部同事拿上来一个U盘，"我们找到了包括安子归在内的这几个受害者的行动交集。"

"一年半前，在这个体育馆里举行过一个品牌的春季发布会，这几个人在那一天都去过这个体育馆。"U盘里有图片和视频，"发布会之后，有一个女孩子从体育馆展厅后台的高架上跳下来，当场死亡。"

"这个女孩子，叫白晓晓。"

四个小时前，西部矿区。

那个女孩子应该是姓白，但是，安子归已经不记得她的名字。在她的记忆里，她们只见过一次面。

那应该是在一次高奢品牌的春季新款发布会上，这种春季发布会一般都放在年底，夹在各种年末大赏中间，是她每年最最忙乱的时候，通常也是最容易出错脾气最暴躁的时候。

公关公司准备这种发布会要做很多事，现场是最关键的一步，从嘉宾邀请开始，物料布置、签到活动流程、后续的用户离场、安全流程、消防流程等等，是一项想起来就噩梦连连的工作。

所以，那个时候他们通常都会聘请临时工，负责发发物料布置现场这类的体力活，这个女孩子就是其中之一。

安子归打开笔记本电脑，凭着记忆找到了那场发布会的资料，她工作习惯很好，所有资料都有多份存档的习惯，这其中也包括了临时工聘用资料。

这个女孩子很快就找到了，一份一张A4纸大小的临时工协议，上面有一张两寸照片，两寸照片旁边写着名字、年龄、学历和联系方式。

白晓晓。

就是她！

这个夜夜在她梦境里哭泣的女孩，头上戴着廉价的蝴蝶结发夹，隔着电脑屏幕在照片里笑眯眯地看着安子归。

安子归脸色煞白，啪的一声合上了笔记本。

她记忆力还没有好到可以记起两年前一场发布会中的临时工的地步，她对这个人会有印象，是因为这场发布会结束之后没多久，这个女孩子就从体育场最高的架子上跳了下来，当场死亡。

安子归深呼吸，拨电话的指尖都在抖。

"姚姐。"电话接通了，安子归又深吸了一口气，"你还记不记得白晓晓？"

"哪个白晓晓？"姚姐一下子也没反应过来。

"Z牌二〇一九年春季新品展那次的临时工。"安子归指尖还在抖，她用力握紧拳，"活动结束后从体育馆架子上跳下去的那个。"

"啊！"姚姐短促地叫了一声，"那个姑娘，记得，怎么了？"

"她是因为什么自杀的？"安子归问。

记忆里她对这件事的印象仅止于他们团队都撤了之后，体育馆有人自杀这样的片段，因为自杀的人白天还是他们公司招的临时工，她还让姚姐跟介绍临时工的那家外包公司打过电话，应该只是表面上问问有什么需要帮忙的，对方表示感谢并且抱歉给她添了麻烦。

因为没有后续，加上年底太忙，所以她再也没有关注过这件事。这对她来说，是无数悲剧性社会新闻里的一个，只是这个离她有些近。

姚姐那边在噼里啪啦地打字，事情过去太久，她也不太记得了，说得含含糊糊："我听说是手脚不太干净，你等等我帮你问问HR。"

安子归低低应了一声，等待的时候又打开了笔记本电脑，和屏幕上的白晓晓对视。

是你吗？

在她的幻觉里一直哭的那个人，在她昨晚的梦里面被钉在舞台上无从辩驳的那个人，曾经做过她的临时工，死在了她工作过的场所里的姑娘。

是你吗？

第十八章　呼之欲出

"问过了。"安子归听姚姐叹息了一声,"本科应届生,在学校里就传言她手脚不太干净,之前找到的一份工作也没了,所以才出来做临时工,想着多接触大公司,说不定就能找到机会。谁知道前脚刚跟我们签了临时合同,HR那边后脚就接到了匿名举报,说这个白晓晓喜欢偷东西。"

"年底忙成这样,HR也懒得去求证,直接就找外包公司让他们把白晓晓从临时工名单里剔除了。"姚姐叹了口气,"结果,外包公司忘记通知她本人。"

安子归沉默。

"所以新品发布会那天她也来了,名单上没她的名字,保安没允许她进会场,后来不知道发生了什么就出了事。"

安子归闭了闭眼,她想起来了。

白晓晓在停车场入口的地方拦住了她,说自己是他们公司请的临时工,不知道为什么名单上会没有她的名字,她说临时工一天有两百,她缺这个钱。

安子归前一天看过所有员工的名单,对这个白晓晓没有任何印象,对她知道自己开什么车还特意拦着的行为有些硌硬,所以,她直接就叫了保安。

这是她们唯一的交集。

"怎么突然问起她?"姚姐好奇。

"没什么。"安子归挂了电话。

她的心在狂跳,额头上都是冷汗,手指抖得都没办法敲打键盘,她心里知道,真相已经呼之欲出。

白晓晓,她又一次打开了那份临时工聘用名单,找到了那家外包公司,当时负责对接的人是个三十几岁的女人,叫秦欣。

安子归按照资料上登记的信息找到了秦欣的微信号,添加好友的时候在理由里用了个工作常用的理由:你好,我是安心公关的安子归。

273

对方并没有马上回应，安子归强迫自己关掉了那些资料，打开了工作页面。

半个小时后，她的电话响了，来电显示是袁之薇。

安子归皱着眉头接起电话："抱歉，我现在在等一个挺重要的电话……"

她想先挂了。

"你等下！"袁之薇那边很急，气喘吁吁地，"你老公去哪儿了？我给他打了好几个电话都没人接。"

"他在矿上。"安子归又看了眼微信，还是没有回应。

袁之薇骂了句脏话。

"怎么了？"安子归被拉回了一点点注意力。

向来很直率的袁之薇不知道为什么没有马上回答，手机里只有呼呼的风声。

"袁学姐？"安子归问，"你在哪儿？"

她想起贺瑶今天说过袁之薇下午会过来，特意绕路过来跟他们见一面。

"你开车技术怎么样？"袁之薇犹豫了半天，还是问了。

"……还行。"安子归回答得很保守。

"是这样的……"袁之薇似乎很尴尬，"你们这不是下大雪吗？我车开到半路抛锚了，打电话给拖车的，他们跟我说得排队，最少三个小时。"

"但我车没油了……"袁之薇说话的声音越来越轻，"这里前不着村后不着店的，真的是……"

这个天车子没油在野外等三个小时是会被冻死的。

"你发个位置过来。"安子归拿了车钥匙，撕了张便签纸草草写了两句话贴到桌子上，穿上外套，"我过来接你。"

"这下雪天的你开车能行吗？"袁之薇不太放心，"要不找贺瑶单位的人帮忙？"

第十八章 呼之欲出

"我车技不错。"摩托车能玩跑山,轿车能躲狗仔,"没事,我来就行了。"

贺瑫他们现在是上班时间,因为那个小钱再加上她自身不怎么惹人喜欢的气质,总是不太合适。

"不过不远。"袁之薇总算松口发了个定位,"你那边开车过来最多十分钟,你小心点啊,油加满。"

她是笑着说的。

安子归也笑了,低头看了眼微信,还是没有回应。

新城公安局,十几个刑警调出了两年前新城体育馆当天的全部监控。

"这是白晓晓自杀前留下的遗书。"小赵从别的刑警大队里调出了归档的遗书。

"她的父亲在四年前意外身亡,同年,她常年缠绵病榻的母亲去世。"小赵翻资料的手突然停了,"白晓晓的父亲,是导致袁之薇儿子窒息死亡的那位急诊室医生。"

所有人都愣住了。

"继续。"老赵面沉如水。

都连起来了,这个世界上果然没有巧合。

"白晓晓家里没有太多积蓄,父母去世的时候她正好上大一,读的也是公共关系,她的生活变得很窘迫,她在遗书上写到,她走投无路的时候偷偷拿过舍友的钱。"

"十块钱,她想用来买泡面。但是在偷拿舍友钱包的时候,睡着的舍友突然醒了,她被抓了个现行,接着就被别人盖上了小偷的印记。"

"这个印记从大三到大四再到她实习工作,她实习的地方是曹苏清的个人工作室,实习内容是帮曹苏清管理小粉丝群做粉头,但是她最后是被赶出去的,赶出去的原因是曹苏清的老婆刘玫丢了一个玫瑰金戒指,曹苏清不知道从哪里听说公司实习生手脚不太干净,问都没问就把她赶走了。而白晓晓在这件事之后,在宓荷参加的一次新闻发布会上看到了宓荷手上戴着刘玫的戒指。"

她在遗书里写到,明明是曹苏清自己没有记清楚把老婆的东西送给了其他女明星,到头来还是她背了这口锅,因为这个污点,她接下来连工作都找不到,甚至连一份临时工的工作都没有保住,她没有办法偿还家里还欠着的房贷,她连家里的水电煤气费都交不起,所以,她最后选择了自杀。

小赵安静了一会儿。

白晓晓在遗书里写的每一个字都充满了对这个世界的恨,而小赵,找不到任何语言来评价这种恨。

老赵拍了拍小赵的肩。

后面的线索就很清晰了,所有的冤仇因为这个白晓晓,都有了联系。

"秦欣,人力外包公司HR,安心公关每到重大活动找临时工外包的时候都会找这家公司,秦欣是当时的对接人,于二〇二〇年八月,跳楼自杀。"

"卢露,白晓晓大学舍友,也就是那十块钱的主人,于二〇二〇年九月上吊自杀。"

"张志强,卢露大学期间谈的校外男友,也是把白晓晓偷东西这件事发到网上致使后来越传越广的始作俑者,他在二〇二〇年一月死于交通意外。"

"还有宓荷、曹苏清、刘玫,都在二〇二〇年十二月二十七日死在蔷薇庄园。"

所以费景明才会说,安子归是下一个。

因为安子归是安心公关的负责人,她拒绝了白晓晓最后一次努力,成了压死骆驼的最后一根稻草。

但是,费景明又是为了什么死的?

"赵队。"外面的刑警表情焦急,"联系不上贺瑫,也联系不上安子归。其他人也不见了,袁之薇他们每个人的手机全都关机!"

第十九章

最后审判

废弃矿井内。

"这计划能行得通吗?"一个男人的声音。

没有人回答他。

"要我说还是在车上做手脚直接弄死不就好了?"那男人仍然在继续,"绑到这种地方,太容易被警察一锅端了。"

"袁医生不是说了吗?警察已经盯上你了,故意制造意外这种方法已经行不通了!"一个中年女人的声音,口音很重,"你就听听袁医生的话,她不会害你的!"

周围很安静,是那种空旷的安静,水滴在石头上啪啪作响,能闻到刺鼻的奇怪气味。

安子归昏昏沉沉地想要睁开眼,但是她动不了,连动一动手指头都很费劲。

又梦魇了?她想。

可是这一次为什么那么真实,真实到她都能感觉到水滴滴在自己手背上的冰凉。

"老太婆你也别太天真。"男人还在继续嘀咕,"他们这些人就是把我们当工具,真要出了事,肯定跑得比谁都快。"

傅光?

安子归皱眉,为什么这个人会出现在她的梦境里?

"我不会丢下你们的。"一个女人的声音,听起来很温柔。

迷迷糊糊的安子归一个激灵,袁之薇?

"她快醒了。"另一个女人的声音。

第十九章　最后审判

　　这个声音安子归太熟悉了，是王梅，那个天天把"贺太太""安小姐"挂在嘴边，笑的时候眼尾纹路十分慈祥的保洁阿姨；她最开始出现幻觉、精神不济的时候，半夜带她去看急诊的保洁阿姨。

　　"再给她来一针？"傅光走近，安子归闻到了刺鼻的烟酒味。

　　"你敢动我试试？"安子归睁眼。

　　虽然头昏眼花声音嘶哑，但是仍然气势十足。

　　"哟？"傅光弯腰凑近，"你还挺横，这时候耀武扬威给谁看啊？"

　　安子归看都没看他，直接看向袁之薇。

　　她想起来了，她是被袁之薇引出来的。袁之薇说自己被大雪困在路边，她顺着袁之薇给的导航开到地方却找不到人，打电话给袁之薇，她又说对这路不熟估计导航不太对，又给了她一个地点。

　　就这样反复了四五次，她终于看到了袁之薇，对方确实把车子打了双闪在路边停着。她停好车打开车门，然后就什么都不知道了。

　　千防万防还是没防住，怎么都没想到居然是袁之薇。

　　"这下倒能说得通了。"安子归嘀咕了一句。

　　她就说这袁之薇太热情了，不是对她有所图谋，就是馋她男人的身体。

　　袁之薇笑了："吃了一年多的药，你居然还能有这样的反应力，也算是意志力很顽强了。"

　　安子归眯眼。

　　"抑制食欲的致幻剂。"袁之薇不用她问就回答了，体贴得很，"其他人吃个大半年基本就可以牵着鼻子走了，你这意志力要是放到古代，应该也可以混个巾帼英雄的头衔。"

　　她说得非常轻松。

　　安子归偷偷地动了动手指，头还是很晕，但是四肢已经恢复知觉，她能感觉到自己被五花大绑固定在一张靠背椅上，对方绑得很紧，勒得她呼吸困难。

不能慌。安子归跟自己说。

他们没有马上杀了她，就说明她不会马上死。她得坚持住。

贺瑶会找到她的，警察也会抓到他们的。

"想着怎么逃吗？"袁之薇还是笑眯眯的，用一种劝人积极向上的语气道，"应该逃不掉了，这冰天雪地的你还被打了麻药，出去就是死。"

"不过，你不会死得不明不白。"袁之薇安慰她，向傅光使了个眼色。

傅光冷笑一声，把安子归连人带椅子整个扛起来，塞到旁边的铁架子上，按下了按钮。

铁门被关上，安子归身体一震，整个人随着那个铁架子往下沉了半米。

煤矿用的电梯，安子归这两天在贺瑶的安全手册上看到过，只是这个看起来很破旧，年久失修的样子。

她被袁之薇带到煤矿里了？这附近数十个废弃煤矿之一？

"这个按钮只要按下去，就可以把你丢到地底，我查了下第一层大概有五十米深。"袁之薇越来越温柔，"这地方年久失修，也不知道传送带会不会中途就断了，如果断了就是你运气不好，如果没断……"

她笑了一声。

"这下面应该很冷，氧气稀薄，以你现在的身体状况，大概可以撑两个小时。"

"如果你可以选择，你会选哪一种死法？"袁之薇饶有兴趣地问。

安子归被绑在后面的手紧紧捏着椅背，之前骨折过的左手因为这个姿势一阵剧痛，安子归打了个哆嗦，总算是完全清醒了。

"我会选直接死。"安子归回答，"不想撑两个小时。"

"聪明的选择。"袁之薇夸她。

第十九章　最后审判

安子归低下头不再说话。

太冷了，冷得她必须得一直用力折腾自己受伤的左手才能保持清醒。

她想起了她清醒之前他们聊天的内容，他们并不打算让她意外死亡，从电梯里直接丢下去，尸体被发现了就算是他杀。

为什么是他杀？袁之薇的计划是什么？她把她丢在铁架子上并没有马上按下电梯按钮，是在等人，还是在杀人前要做什么仪式？

她说，她不会让她不明不白地死。

"是为了白晓晓吗？"安子归问。

不管袁之薇想要做什么，自己现在要做的都是拖延时间，她不是孤单一个人，贺瑫一定会想办法找到她。老赵他们那群人，哪怕没有切实证据也不会放弃她这条线索，他们一定可以救她。

"你觉得呢？"袁之薇反问。

"我觉得如果真的是因为她，我罪不至死。"安子归回答。

袁之薇笑了。

她是真的爱笑，五官没有任何攻击性，笑起来眼尾的纹路很好看，和安子归的气质完全不同，她给人的第一印象就是容易亲近。

可是在这样的地方，她这样的人看起来就更加古怪可怕。

"你先别急。"袁之薇笑完，安抚她，"人还没有来齐，等人来齐了，我会告诉你，你为什么会被绑在这里。我说过，我不会让你死得不明不白。"

"石骏誉吗？"安子归问。

难怪她不急着把她丢下去。

袁之薇歪着头："除了石骏誉，你觉得还有谁？"

"关我屁事。"安子归闭上了眼。

她的麻醉效果还在，头还是昏昏沉沉的，但是起码问出来她应该不会马上就死。

这样就好了。剩下的，她得好好想想。

为什么不让她死在车上？傅光说的出了事肯定比谁都跑得快是什么意思？她如果死于他杀，那么袁之薇计划把这个锅推给谁？

还有，傅光和王梅看起来又为什么那么不安？

水滴"啪"的一声滴在安子归的额头上，沁凉沁凉地，带着煤矿里特有的臭味。

她不再说话之后，其他人也安静了，傅光一直在往外看，王梅从她醒过来之后就一直不敢和她对视，一个人缩在最阴暗的角落，低着头不知道在念叨什么。

只有袁之薇，背着手把整个矿井入口都查看了一遍，饶有兴趣地摸着矿井边缘的石头，看起来心情很好。

"你也太会选地方了。"远处终于传来了人声，"这地方安全吗？别把我们都埋进去了。"

石骏誉，身后还跟着安心公关的保洁员张小琴和少女赵艺睿。

"你事先踩过点吧？"石骏誉又问了一遍，"这种废弃煤矿弄不好真能把我们一锅端了。"

表情狠戾语言粗鄙，一点都不像心理咨询师。

安子归低下头。人都来齐了，意味着她的死期也近了。

她刚才一个人磨了半天也没有磨开背后的绳子，他们也并不担心她会逃跑，毕竟外面冰天雪地的，到哪里都是死。

那就……安子归再次抬起头，试试正面迎战吧。

办公室的人都以为贺瑶疯了。

他就这么夹带着风雪冲进来，径直走向缩在角落里不知道在干什么的小钱，拎着她的衣领子把她从位子上拽了起来。

"怎么了，怎么了这是？"老陈吓了一跳，站起身想拦，又被跟在贺瑶后面的警察吓了一跳，一模一样的问题又换了个更惊惧的语气，"怎么了？"

第十九章 最后审判

小钱犯什么事了？

"我老婆在哪儿？"贺瑫头上眉毛上身上都是雪，凶神恶煞一样，对周围的骚动置若罔闻，只盯着他面前的小钱。

小钱傻了。

她印象里的贺瑫是沉默的、绅士的、温柔的，平时做事闷声不响地把重活累活都包了，每次出矿也都会避开让女同事先洗澡，自己一身灰地站在远处角落里抽烟。

但是她现在觉得，她下一秒就要被这个沉默温柔的绅士活生生地撕碎了，字面意义上的那种。

"什……什么你老婆？"这句话问出来完全是基于本能，实际上她吓得都不知道贺瑫问了什么。

这个人真的把她拎起来了，她觉得她下一步就会像麻袋一样被丢出去。

男人和女人的力量差距在这一刻无比真实。

"我今天下矿是为了顶老陈的班，只有办公室里的人才知道。"贺瑫盯着小钱，"你把这件事告诉了别人，那个人是谁？现在在哪儿？"

他还没有完全失去理智，还知道先把事情问出来。

现在外面的温度是零下二十摄氏度，时间一分一秒地过去，多争取一秒钟就代表可以让安子归少受一秒钟的罪。

他不去想其他的可能，只希望让她少受点罪，少吃点苦，晚上可以回家一起吃面。

"查出来了。"跟在贺瑫后面的是当地公安局的刑警，一头的汗，他们也没想到老赵口中很靠得住的受害人丈夫现在已经完全失控了。不过幸好，他虽然失控但是脑子还在，第一个反应找的人确实有问题，给他们省了不少时间："你在这周频繁接到了几个匿名电话，包括今天下午一点十分这个，你们都在电话里说了什么，你有没有见过当事人？"

283

小钱被拎得两脚离地，脸色煞白，但是到底听清楚了。

"我没有……"她本来还想说你们不要冤枉我，却卡住了，贺瑫拧着她领子的动作变成了掐，冰凉的手指用力地卡住她的脖子，小钱被吓得瞳孔放大，气都不敢喘。

"你天天躲在角落里观察安子归进出，只要我不在家，你就在我家附近徘徊，你再说一句没有试试？"贺瑫声音听起来特别冷静，一点起伏都没有，但是结合他现在的动作，老陈在一旁吓得背后都是冷汗。

"娃子啊……"老陈居然也没马上让贺瑫松手，"贺瑫说的这些我都已经知道了，我就是觉得你平时工作态度很好，一时想不开也没做什么错事，还帮你跟贺瑫说了不少好话……"

贺瑫私下里跟他提过把小钱调走，但是他觉得为了私事总归不太合适，没想到这回居然贺瑫又对了。

"你就老老实实地把自己知道的都说出来，你看这警察都来了肯定不是小事，对不对？"老陈用哄小孩的语气。

他也是人精，和贺瑫默契又好，直觉这件事不能耽搁，瞬间就开始一个唱白脸一个唱黑脸。

旁边的刑警表面上拉了拉贺瑫的手，嘴里说出来的话却是对着小钱说的："这是跨省的大案要案，几条人命的案子，你要是还藏着瞒着就是犯法，要是引起了恶劣影响，到时候连从轻发落的机会可都没有！"

本来还想跟着劝的老陈吓得眼睛都瞪大了，几条人命的案子！小钱？

"你们……瞎说。"小钱挣扎着从嗓子眼里挤出声音，"对方就是个刚成年的孩子，怎么就几条人命了？"

贺瑫松手，小钱就真的像个布袋子一样被"啪"的一声丢到了地上。

办公室里的人都被这跨省大案吓傻了，也没人敢去扶。

第十九章 最后审判

"是不是这个人？她跟你说了什么？"贺瑫迅速地找到了赵艺睿的照片。

小钱嗓子痛手痛腿也痛，但是到底不敢再瞒着，看了眼照片，点了点头。

"她说她是宓荷的粉丝，很恨你老婆。"小钱想站起来，但是旁边没人扶，她灰头土脸地索性就这样坐在地上，"你老婆不是害死宓荷的罪魁祸首之一吗？这也不奇怪……"

怎么就跟杀人案有关系了？

"她跟你说了什么？"贺瑫咬着牙一个字一个字地又问了一遍。

这些屁话他一个字都不想听，他现在只想尽早地找到安子归。

"她说……"小钱看起来还是不情不愿地，"她让我把你排班的情况告诉她，还有就是安子归什么时候会一个人在家，什么时候会开车出去，开的什么车，一般的行动路线是什么……"

"你都告诉她了？"老陈人傻了。

看起来二十好几的成年人，怎么能蠢成这样？

"林队。"一个刑警接了个电话凑到前面，"已经发现安子归的车了，在国道上，车里没人。"

贺瑫下颌收紧，太阳穴突突直跳。

"她还跟你说了些什么？"他只能继续问。

安子归留下的纸条只说她去接袁之薇，地方不远，三公里不到。

可国道离他们的办公场所起码有二十公里。

这地方那么大，外面又这么冷。

"她怎么跟你说她是宓荷粉丝的？她说过的每一句话都复述一遍。"被称作林队的男人也蹲了下来，和小钱对视，"这不是开玩笑，你说的那个刚成年的孩子，她很有可能也是凶手之一。"

乌泱泱的十几个刑警，再加上脸上已经看不出任何表情的贺瑫，老陈在旁边急得直搓手。

小钱哆哆嗦嗦地从怀里拿出一个 U 盘："我……录了音，见面

285

的时候,打电话的时候都录了。"

她终于后知后觉地意识到,自己可能闯大祸了。

林队拿起U盘站起身,旁边有人立刻拿出了笔记本电脑,半分钟之后,小钱和赵艺睿的声音就出现在音频轨道里。

擅长装明星粉丝的赵艺睿声音听起来天真无邪,她一边捧着小钱说她长得好看工作又好,以后就是她的榜样,一边用最恶毒的话咒骂安子归,说巴不得她去死,为什么这世界那么不公平,像安子归这样的坏人还能活得好好的,还能有一个好老公。

本来心里就赌着气的小钱很快就和赵艺睿一拍即合,几乎赵艺睿问什么,她就回答什么。赵艺睿的问题越来越多,有些问题小钱得偷偷摸摸地跟着贺瑶和安子归才能回答得出来。

最后,赵艺睿还问到了这附近的地形。她问小钱,如果能杀掉安子归,她最希望安子归怎么死。这个几近变态的问题,小钱居然回答了。

她说这边的冬天很冷,如果安子归一个人在野外应该很快就冻死了。

"对了,这附近有不少废弃的矿,几百米深的那种,死在里面应该没人发现。"录音中,小钱的声音兴高采烈。

"什么矿?"同样兴高采烈的赵艺睿兴致勃勃,"矿里面不是应该都有人的吗?"

"因为安全问题废弃的那种!"小钱强调,接下来就是一长串的矿井知识。

后面她们还提到了其他死法,天马行空的,仿佛安子归和她们有血海深仇,但是说几句,赵艺睿就又会提到煤矿。

这确实是这附近最容易作案、最容易藏匿却最不容易找到的地方了。

"这附近有多少废弃矿井?"林队决定先缩小范围。

马上要天黑了,气温会降得很快,野外生还的可能性会降低,他们必须得迅速行动。

"四十三个。"老陈迅速回答,"有七个入口封起来了进不去,十二个有监控,剩下的二十四个都是以前煤矿主为了躲避安全检查偷偷开的口子,没有装监控的条件,而且地理位置也比较偏僻。"

"这是地图。"旁边的人迅速拿来了煤矿分布图。

地图上的几个红点,位置也很分散……

他都不敢去看旁边贺瑫的表情,这些事贺瑫也很清楚。

要在几个小时内排查这么多个废弃煤矿,几乎是不可能完成的任务。现在虽然雪快停了,可天马上就要黑了,能见度太低。

"以发现安子归车的地方为圆心,以废弃煤矿为搜索重点,尤其是她们在电话里说的那两个地方。检查路上的车轮印,两个小时之内一定要找到犯罪分子的藏身处。"林队迅速制定好计划,"搜查的时候一定要小心,目前还不知道聚集的犯罪分子有多少人,但是几乎每个人身上都背着几条人命,都是亡命之徒。"

"还有一个排查方法。"一直沉默的贺瑫站起身,"检查这二十四个矿井附近的车轮印,进出矿井的车子按照规定必须是防爆轮胎,如果有普通车轮印的可以重点排查。"

"我跟你们去。"他说,"这里的废弃煤矿我都很熟,也知道哪些地方有安全隐患。"

他还很镇定,没有直接拿凳子砸死那个到现在为止还觉得自己没有错的小钱。

她可能觉得自己只是暗恋;她可能觉得这种嘴上说说不会伤害到别人,就算说了也不可能真的实现;她可能有满肚子的委屈。

但是,他现在只想把她丢到野外,像她说的那样,丢到几百米深的废弃矿井里,让她尝尝这种"随口说说"的结果。

"我们也跟你们一起去吧,这地方散,我们分几个方向一起走。"老陈和单位里的另外几个同事也站了起来。

大家谁都没有再看小钱一眼。

救人。除了小钱，每个人心里都只有这么一个想法。

废弃煤矿内。

"为什么你们不用我之前选好的矿井？"赵艺睿看起来很不满意，"我花了那么多时间和精力打听来的情报为什么不用？"

"那个小钱会把这些情报告诉你，同样也会告诉警察。"傅光冷笑。

一个为了爱情冲昏头脑的单细胞生物，警察来了一吓估计就什么都说了。

这里废弃散落的矿井那么多，随机找一个才是最安全的。

"况且，你这小丫头的话也不能信。"傅光啐了一口痰，"谁知道你会不会又故意把屎盆子往我们身上扣？"

安子归低垂的眉眼动了动。

当初警察把傅光抓走，不是他们商量好的计谋？

"如果没有我的办法，警察早就查到你们了，况且你不是脱身了吗？"赵艺睿切了一声，小声嘀咕，"也不知道低调点，杀人杀得那么频繁，警察又不是傻瓜。"

这些藏在安子归看不到的阴暗角落里的人全都褪去了伪装，都是她身边的熟人，在她生活里占比很小，却侵入了她生活的每一个角落。

可她除了不寒而栗，反而还生出了一股释然。

他们跟她一样，都是人，只要是人，就会有弱点。

尤其还是这么多各怀鬼胎的人。

"行了。"石骏誉在矿井边缘上逛了一圈，缩着脖子又进来了，"动作快点，赶在警察来之前把事给了了。"

"这是最后一个了。"石骏誉沉着脸看了安子归一眼，"虽然不知道警察查到哪儿了，但是别小看他们，都不是吃干饭的，做完了就都散了，以后也不要再见面了。"

"万一警察死咬着我不放呢？"傅光挡在了石骏誉和安子归之

第十九章 最后审判

间，微抬着眼，戾气很重。

他今天过来并不是来围观这该死的杀人仪式的，他们把他当成诱饵推了出去，警察来来回回找了他好几次，到现在还没有脱离嫌疑。

人都是一起杀的，凭什么就他最倒霉？

"警察再抓我一次，我肯定把什么都说出来。"傅光盯着石骏誉，"在这里的人一个都别想跑。"

"警察没有证据！"石骏誉指着安子归强调，"只要解决了她，他们所有线索就都断了，只要我们不说，警察就什么都查不出来。"

他们是完美犯罪。

这几年时间存下来的日记、监控视频，所有的记录都能一一对应上，时间太久了，足够他们补好所有的漏洞。

"那么钱呢？"傅光还是没有让开，"今天之后就不再见面了，你答应给我的那两百万呢？想要假装没这回事？"

石骏誉皱起了眉头。

"你姘头把我当成挡箭牌推了出去，放那个发卡的时候，明明告诉我已经把附近的监控都黑了，结果，警察那边拿到的监控那叫一个高清无码。"傅光看着赵艺睿，又啐了一口。

"你别以为我不知道你们两个在想什么，连我妈都被你们推出去了，不就是觉得这事没办法善了了，所以先找好替罪羊吗？"傅光冷哼了一声，"你们真当我不知道费景明是怎么死的吗？"

安子归看到石骏誉的瞳孔缩了一下。

"费景明怎么死的？"石骏誉重复了傅光的话，问得很慢。

不知道为什么，身高体型都不如傅光的石骏誉只是问出了这个问题，傅光的气势就矮了半截。

"行了。"一直没说话的袁之薇走上前，拉走了傅光，"先把事给办了，太冷了，一会儿王姐该冻病了。"

石骏誉重重地"哼"了一声，靠近安子归。

安子归抬头冲他笑笑，神色自然地同他打招呼："嗨，好久不见。"

她才是真的要冻病了,手脚都已经麻了,冷到开始犯困,全靠着研究他们这几个人暗潮涌动的内讧撑着。

袁之薇精心挑选的坟墓估计会比赵艺睿计划的那个还难找,贺瑫他们没有那么快能发现她,她得自救,不然就真的得让贺瑫做鳏夫了。

死在矿里,对贺瑫来说太残忍了,她不能这样。

"你倒是镇定。"石骏誉打开铁栏杆,拿了一根绳子把已经绑得十分牢固的安子归又固定了一次,"是都想通了,还是妄想着自己还能逃出生天?"

"我现在最想念的东西是暖气。"安子归冻得牙齿都开始上下打架。

石骏誉"嗤"的一声,也不知道是不是在安慰她:"快了,等把你的罪名罗列完了,你也就解脱了。"

石骏誉加固完她的绳子并没有马上离开这个铁架子,安子归猜测是这个人的疑心重,看她那么镇定反而起了疑心。可年久失修的电梯架子突然承担了两个人的重量,咣当了几下,撒得两人一头一脸的灰,味道非常刺鼻。

安子归一边呛咳一边看着石骏誉弯着腰站立不稳地抓着铁架子,都这样了,这疑心病重得要死的老狐狸也没有马上离开铁架子。

他并不信任其他人。

"再给我一根绳子。"石骏誉等铁架子不再晃了,朝赵艺睿伸出了手。

他这是怕安子归在里面突然长出三头六臂,打算把整个椅子都绑在架子上,一点挣扎的余地都不留给她。

"按照药量和张小琴给你的暗示,你应该已经知道白晓晓了。"要固定椅子很麻烦,石骏誉索性一边做一边说。

他很急,打算绑好了之后就把她丢下去,要不然这地方天黑了道路结冰不好撤。

只是那个该死的傅光,千万别节外生枝。

"不过,你知道的白晓晓应该只是你公司本来要招却临时抛弃的临时工。"石骏誉看着安子归,"但是,你对她的伤害,远远不止这

第十九章 最后审判

一点。"

他在给她罗列罪名。

"你公司接了宓荷经纪公司的公关之后,给宓荷压过很多次绯闻吧。"石骏誉问。

安子归没回答,太冷了,她懒得说话。

"其中有几次是关于她和曹苏清的,你让公司的人把社交媒体上那几个跳得比较出格的人都列了出来,挨个给了律师函,对吧。"

安子归连眼神都懒得给了,公关公司常规操作罢了,给律师函就代表一种态度,一般来说是不太可能会告的。

只是在这个环境下,外面围着那么一群人,提到这件事真的诡异又可笑。

"后来宓荷和曹苏清的粉头就根据你律师函上提到的网民找出了白晓晓。"石骏誉拿出了厚厚一叠纸,"那些人又查出了白晓晓在学校曾经偷过东西的事,这之后,白晓晓被网暴了整整半年。"

可能是为了让安子归死得明明白白,也可能是这帮人所谓的仪式感,石骏誉把那厚厚的一叠纸都放到了安子归面前,还摊开给她看了几页。

很完整的人肉和网暴过程。

安子归看了几眼就发现了问题:"你们专门有人跟踪这些事?"

太专业了,安心公关除了保洁张小琴,还有其他人和他们是一伙的吗?

"我。"一旁的赵艺睿骄傲地昂起头。

这块是她的专长,用来骗警察都能一骗一个准。

安子归脸上没什么表情,只是头往旁边歪了一下,有些困惑:"那为什么不阻止?"

石骏誉一怔。

"长达半年的网暴,你们身边又有专业的人,甚至还负责带了几次节奏,结束这场网暴其实很简单,为什么一直没人出手阻止过?"

291

如果是审判她的罪行，那么她觉得，盯着这件事一直发展成最后这样而无动于衷的赵艺睿和其他人，也一样有罪。

安子归突然顿住。

石骏誉没有回答她这个问题。

安子归骤然看向袁之薇，自从石骏誉来了以后，袁之薇就一直站在角落里，她刚才问出了那个问题，袁之薇在角落里微微动了动，整个人隐到了黑暗中。

袁之薇对傅光说，她不会丢下他们。

袁之薇说，她不会让她死得不明不白，她说她会告诉她，把她绑在这里的原因。

可是石骏誉来了之后，她一句话都没说。

如果在场的每一个人都有罪，包括袁之薇自己，那么她这些行为就能说得通了。

一起死，就不会丢下傅光他们，石骏誉刚才说的那些话，除了对她宣判罪名，同样也给其他人定了罪，所有人都在眼睁睁地看着白晓晓走向死亡！

这个疯女人！

安子归背在身后的两只手交握着用了用力，已经冻僵的手很难再折腾出痛觉，她张着嘴深深地吸了一口冰冷的带着异味的空气。

她想最后搏一次。

石骏誉罗列完她的罪状，忽略掉她的辩解，又开始执着地想要把她绑成粽子。

"石医师。"安子归压低了声音，"你觉得我的直觉怎么样？"

石骏誉动作一顿。

"凑过来一点。"浑身发抖的安子归冻得毛发末端都结了霜，但是仍然笑意盈盈。

石骏誉鬼使神差地把耳朵凑了过去。

"我觉得，我们都有罪。"安子归在石骏誉耳边咒语般迅速地说

第十九章 最后审判

完这句话,就直起了腰。

"所以,都得死。"

她这句话说得很轻很轻,袁之薇只看到她嘴巴动了动,石骏誉的脸色就变了。

"你别耍花招!"袁之薇闪身上前,就想直接按下电梯按钮。

"你按了按钮,我就一起掉下去了。"石骏誉半途拦住了袁之薇的手,脸上表情很轻松,语气却透着冷。

他本来对安子归的话还有几分犹疑,但是袁之薇发现不对后第一反应居然就是想要按按钮。犹疑愈发深重,哪怕知道安子归说出这句话只是为了离间他们,石骏誉也仍然忍不住沉下了脸。

他们之间早就不一样了。已经死了一个费景明,警察那边盯得紧,有很多东西都回不到最初了。

"你别听她的。"袁之薇皱眉,"安子归这张嘴有多厉害你难道不知道吗?"

安子归不再说话。

她知道,她赌对了。她在他们本来就十分紧张的气氛里加了一把柴,如果这把柴能烧起来,运气好的话,自己就可以脱身;运气不好,也起码能拉着这几个人一起陪葬。

她不亏。

"我来的路上一直在想,你为什么不选赵艺睿之前就定好的地方,非得要自己选一个?"石骏誉走出铁架子,"这个地方并没有比之前定好的地方隐蔽,只是更旧,路更不好开而已。"

袁之薇戒备地往后退了一步。

"傅光刚才问的问题,我也想问问你。"石骏誉一字一句地说,"费景明,是怎么死的?"

"我们之间一起经历了那么多事,到底是从什么地方开始出错的?"石骏誉步步紧逼。

"别中了安子归的计。"袁之薇后退。

293

她知道她刚才想要按下按钮的心情太急迫了，在精神高度紧张的情况下，她还是露出了破绽。

"她随时都能死。"石骏誉挥了挥手，"但是我们不一样，你说的最后一个，是只有安子归，还是连我们一起？"

"你连我都想杀？"在一旁的赵艺睿最先发现问题，瞪大了眼。

完全不知道发生了什么的张小琴一脸茫然地看看赵艺睿又看看袁之薇，往后退了两步，想离开这个古怪的地方。

她觉得自己最无辜，只是帮老公报了仇就被扯到了这堆烂摊子里，永远有杀不完的人，她不能离开新城，每天都活得胆战心惊，也不理解他们所说的仇恨是什么。在她看来，这群人都有病。

本来以为今天晚上是最后一次了，可看现在这架势，弄不好连自己都得搭进去。

"你敢走试试。"被逼到阴暗角落的袁之薇抬着手，又走了出来。

光亮下，所有人都认出了袁之薇手里拿着的东西，是一把手枪。

本来就没跑两步的张小琴吓得一哆嗦，一屁股坐在地上，张着嘴看起来比安子归还像受害者。

"你疯了？"傅光傻了，"你不是说杀了安子归再栽赃给赵艺睿和石骏誉就行了吗？"

"我就说这个女人一直以来都没安好心！"赵艺睿尖叫。

"你又坏了我的好事。"袁之薇愤恨地瞪了安子归一眼。

反正都是要死的，反正他们都是要一起的，她就不能消停点，活着有那么好吗？

"你们最好都别惹我，这个洞不经炸，开两枪估计就塌了，到时候都会死得很难看。"手上拿着枪，袁之薇就不再装了。

"我们这个互助会早就变样了。"袁之薇看着石骏誉，"你问我费景明是怎么死的，我倒是想问问你，费景明的女朋友是怎么死的？你把赵艺睿带到我们的互助会里，又想要做什么？"

"死三八，你先把你手里的枪给我！"傅光意识到事情不对，想

第十九章 最后审判

用蛮力上去抢枪。

袁之薇二话不说直接冲矿井入口处开了一枪,"砰"的一声,几块大石头应声而落,安子归在电梯铁架子上晃了两晃,整个电梯又往下沉了半米。

"你们再动一下试试。"袁之薇笑嘻嘻的,"生前没说完的话,我们可以死后再慢慢聊。"

整个矿井都震动了,袁之薇说的两枪就震塌一个井的话绝对不是说说而已。

没人敢动了。

只有还被五花大绑的安子归挪了下凳子,她发现石骏誉刚才只来得及绑好凳子的一条腿,她还能拖着凳子挪动。

还有一线生机。安子归安慰自己。

她应该是这个世界上最有求生意识的人了,到现在这个时候,什么鬼都爬出来了,连枪都出来了,她还想着自救。

"你先别激动。"石骏誉举起手,"你先把枪放下。我们已经到最后了,解决了安子归,所有的恩怨都了了。"

"警察那里我们没有留下任何证据,我们可以开始新生活了。"石骏誉都快要拿出他心理咨询师的看家本领了。

袁之薇又笑了。

"新生活吗?"她问。

"为了杀人方便想要拉拢无限维科技的费景明,没几天人家的女朋友就死了,撞死他女朋友的人还特别巧,就是你咨询的心理病人,那人被我们杀了之后,他的财产就直接到了你的名下。"

"你怎么拿到那些钱的?拿着那些钱你又干了些什么?给赵艺睿买房,帮她弄粉丝后援会?"袁之薇冷哼了一声,"石骏誉,你到底还记不记得我们这个互助会的初衷?这个互助会不是你用来方便杀人方便赚钱的工具!"

"初衷?"石骏誉也笑了,"那么白晓晓又是什么?她是你仇人的女儿,她的死活和我们又有什么关系?但是,你看看我们为了这个白晓晓已经杀了几个人了?如果不是你们频繁杀人又连续杀了几个名人,警察至于盯上我们吗?"

"还有孙其,他跟我们的恩怨一点儿关系都没有,是谁坚持只有死人才能保守秘密的?"

要说把互助会当成工具,他们两个一个都跑不掉。

"那要死死你们两个就好了。"王梅插嘴,"不要拖我们下水。"

他们都是听命行事而已,没必要为了个陌生人搭上自己一条命。

"你们操纵人,给人吃药,看人神志不清醒,甚至偷拍他们丑态的时候,可不是这么说的。"袁之薇轻蔑地笑道。

这两个保洁,在迷晕雇主对他们拳打脚踢的时候,可不是为了报仇。

"所以呢?"赵艺睿像是看了一出大戏,"你要替天行道?"

"不,我只是想结束这一切。"袁之薇再次扣动扳机。

所有的事情都在一瞬间发生,袁之薇扣动扳机之前被一直伺机而动站在她旁边的傅光用石头敲中了头部,手枪脱手,石骏誉想去抢,被王梅拽住了脚脖子。

一群人扭打成了一团,吓破了胆瘫软在矿洞口的张小琴张着嘴微弱地提醒所有人:"警察来了。"

没人理她。

只有赵艺睿在慌乱之中用力按下了那个电梯按钮。

"拜拜。"她冲着迅速下坠的安子归摆摆手。

安子归终于骂了一句脏话。

贺瑫,你真的要变成鳏夫了!

第二十章

往后余生

安子归事后回忆,她掉到井里的时间应该很短,虽然当时体感像是在黑暗中熬了一个世纪。

石骏誉还没来得及把凳子固定好,反倒最后救了她一命。她在强烈求生欲的驱使下,在下坠的那个瞬间奋力抬起了凳子,凳脚穿过铁架子的缝隙,在经久失修的电梯内壁划出了长长的一道刮痕,火花四溅,最终卡在了一块石壁的缝隙里。电梯剧烈晃动了两下停住了,安子归就这样被不上不下地吊在半空中,冷得快要失去意识。

井道里漆黑一片,看不到底的深处一直有刺骨的冷风蹿上来,安子归哆哆嗦嗦地用她能知道的最恶毒的语言,反复咒骂那个到了最后关头还不忘弄死她的赵艺睿。

一边骂一边还不忘顺便埋怨贺瑫两句,他来得实在是太晚了,要不是她机智又运气好,他们这下得在井底见面了,五十米深的井底,是她这辈子最接近地狱的一次。

她就这样被半吊在凳子上,颤颤巍巍,一边小声骂人一边环顾四周,直到看到那个男人无比狗血地从天而降。

骂习惯的脏话一时收不回去,安子归抬头就是一句沙哑的脏话:"你怎么不直接踏着五彩祥云来……"

为了找安子归精神高度紧张的贺瑫,拉着安全绳,晃着头顶的探照灯,听到安子归这句话,终于长长地舒了一口气,把头靠在安全绳上屏息了一秒才继续接下来的动作。

知道她还神志清醒,他绷着的神经一松,差点脱力。

"别挑了。"他尽量让自己的语气放轻松,可说出来的每一个字

第二十章　往后余生

仍然不受控制地带着颤音,"他们不让我下来,一会儿把你拉上去我估计会被老陈骂死。"

安子归低声笑。

不能让别人下来,她这狼狈的样子只能给贺瑫一个人看。

"会有点儿痛。"贺瑫上上下下看了一圈,先用安全绳把安子归绑起来,然后开始拆她的五花大绑。

"其实已经麻了。"安子归轻声嘟囔,其实她连冷都感觉不到了,她现在还能清醒,纯粹就是被赵艺睿气得。

贺瑫不接话。

他手上动作很利索,安子归还没什么感觉就发现两人已经绑在一起了。

"我以为……"她埋在他怀里幽幽地说,"你身上应该挺暖和的……"

她还想取个暖,结果他身上也跟冰块一样,还湿漉漉的。

"我外套口袋里有暖宝宝,下来前搓热了的。"贺瑫永远知道她的重点在哪儿。

安子归"唔"了一声,手塞到他口袋里,满足地闭上眼。

救援绳被拉了两下之后开始缓缓上升,手心传来的温度让安子归感到放松。

"贺瑫。"她还不敢睡。

"嗯?"贺瑫应声,嘴唇贴着她的额角。

"这次之后,我俩的账就两清了。"她笑了。

她为了活下去费尽全力,也终于可以和他清了离婚那笔账。

她还给他一个老婆,和往后余生。

"好。"贺瑫也笑了。

矿井上面的纷纷扰扰,终于彻底远离了。安子归上救护车的时候,看都没看那群人一眼。

她以后的生活和这群人不再有任何关系,他们的审判对她没有

299

任何影响，那个夜夜在她幻觉里哭泣的白晓晓，也在冰冷的矿井里消失了。

　　再给她一次选择，她仍然不可能因为白晓晓拦住她的车就选择聘用白晓晓。但是这次之后，她会多花点时间在拒绝别人之前去查查背后的原因，多走一步，争取少一点遗憾。

　　她的能力有限，她只能做到不要像苾荷那样，临死之前还留着很多遗憾，甚至让那些遗憾也随着她葬身火海再也无从得知。

　　好好活着，问心无愧，就够了。

　　一年后，新城。
　　"这是什么东西？"安子归皱着眉一脸嫌弃。
　　"营养粉，医院配的。"贺瑫塞给她，"我喝过了，能入口。"
　　安子归侧身拿起桌子上的包装看了一眼热量。
　　她吓得又放下了杯子："你昨天晚上折腾我的时候，没看到我肚子上堆起来的肉吗？"
　　她体重破百了，已经很营养了，整个人就像一头行走的猪！
　　"那只是皮肤，正常人坐着都会堆起来。"贺瑫面不改色心不跳。
　　安子归冷着脸掀起了贺瑫的衣服，露出了他的肚子。
　　毫无防备的贺瑫一秒绷直，用力挤出腹肌。
　　安子归："矫情。"
　　她肚子上的叫正常人都有的东西，他肚子上就必须得是腹肌？
　　挤得真快，切！害她还得顺手摸两把。
　　"到点了。"被摸得很舒服的贺瑫满意地拉好衣服，"你确定你看了没问题吗？这事都过去那么久了，已经和我们没关系了。"
　　"没问题。"安子归打开了电视。
　　一年前的那个案子轰动了整个新城，几个其貌不扬的普通人在几年时间里害死了十几条人命，这些人有可能和你擦肩过无数次，这些人有可能是你找的心理咨询师，你上班地方的保洁，甚至路边的闲汉，他们对你点头微笑，他们劝解你苦难终将过去，而你，却在不知不觉中被噩梦缠绕，死亡在你脑海中开启嘀嗒嘀嗒的倒计时，直到你看到那个女孩转身，被动地选择离开这个世界。

两个月前，这个案子进入了终审。

安子归并没有关心那几个人最后的结局，但是，她关心真相，她想知道她到底是怎么一步步踏入那群人布好的陷阱里的。

新城电视台这一整年都在跟踪这个案子，他们采访了老赵和小赵，采访了加害人，还采访了她，最后把这一年的采访做成了一部纪录片，今天首播。

打开电视，在主持人简短的开场白之后，安子归看到了袁之薇。她穿着劳改服，头发简单地梳成马尾，对着镜头微微一笑。

安子归抱住了抱枕，贺瑶抱住了她。

纪录片里有一大部分都是袁之薇的独白，她全程都在微笑，娓娓道来，仿佛那些活生生的人命都只是故事。

"是我最先注意到石骏誉的。"袁之薇说。

"我儿子死了以后我就离婚了，工作也辞了，有很长一段时间都在反复回忆急诊室当天的场景。我一直在想，如果当时那个主治医生不是把重点放在另外一个孩子身上而疏忽了我的儿子，我的儿子是不是就可以救活了？"

"或者我当时不要那么明事理，不要觉得另外的孩子确实应该先救，是不是就不会失去我的儿子？"

"有些事情是不能反复回想的。"袁之薇低头把玩手指，"深想了你就会发现，我的儿子真的是冤死的。"

所以，仇恨开始萌芽。

"我没有办法让自己从这个死循环中走出来，所以就找了个心理咨询师，就是石骏誉。"

这就是这个恐怖案子的开端。

"五年多前吧，我第一次去见石骏誉，在心理咨询的过程中，我发现石骏誉对我的事情有非常强烈的共情。"

"这其实是很不专业的表现，尤其在石骏誉这样级别的心理咨询师身上更不应该有这样的表现，所以我回家以后查了石骏誉的过去。我发现他已婚，有个孩子叫石娜娜，八岁那年死于他杀。"

"这件事在当地的新闻网站上还能找得到，闹得很大，还有好多视频。可我对这些都不关心，我最关心的，是那个凶手的结局。"

说到这里，袁之薇坐直了身体。

"杀害石娜娜的凶手是个身高一米八五的壮汉，在杀害石娜娜之前，在她所在的学校主要的工作是管理学校的花草肥料库存，干的是体力活，身体非常健康甚至壮硕。"

"但是，这个人在杀了石娜娜之后没多久就开始消瘦，从几次新闻视频采访和新闻照片中都能看得出，他的精神状况越来越恍惚，到死之前整个人都已经瘦到脱形，精神失常，整个人的行为就像个行尸走肉。"

"这是石骏誉干的，他为他的女儿报了仇。"

袁之薇这句话说得很肯定。

"所以我给他发了一封邮件，邮件的主题是论文探讨。"

"我把我猜测到的他对凶手用的药和用药方法都写了进去，他很快回了邮件，修改了论文里几种药的剂量。"袁之薇侧着头回忆，"国内心理咨询师是不能用药的，这方面，海归派的石骏誉比我强很多。他给的方案比我猜测的还要全面，按照他的做法，对方肯定会受尽折磨，最终死于精神衰弱。"

这就是他们一直以来的杀人方法。

"我把他这个方案反反复复看了很多遍，查了每种药物的获取来源，最终都用到了那位急诊医生身上。"

她一直不提那个名字，那个因为医疗事故让她儿子窒息而亡的医生的名字。

"你怎么用的？"记者问。

第二十章 往后余生

"那个人因为老婆有肾病常年卧床,经济压力和工作压力很大,他本身就有精神问题。"

"他经济拮据,上班的时候都是自带盒饭,盒饭里面通常只有白饭咸菜,为了避人耳目,他喜欢一个人躲在花园里吃饭,所以他放盒饭和热盒饭的地方都不在急诊室医生休息区,他会把盒饭放在医院员工休息区,我很容易就能接触到。"

当然,也很容易下药。

"这个过程并没有持续很久,大概三个月不到,他的精神状况就已经让他无法正常上班了,但是他没有请假,所以没过多久就死了。"

失足淹死。

记者沉默了一会儿,问:"既然你们的仇都报了,又是因为什么认识王梅、傅光、费景明、张小琴他们的?"

为什么这个可怕的互助会会越滚越大?

袁之薇又笑了:"因为不完美。"

纪录片在这个时候在袁之薇的脸上做了个定格,这个看起来十分正常甚至有些温婉动人的女人,在这个定格里,疯狂的情绪终于暴露无遗。

"不管是石骏誉还是我,都没有体会到酣畅淋漓的感觉。"

"我们在下药的过程中战战兢兢机关算尽,石骏誉为了报仇甚至亲手买了木炭,研究了很多密室杀人的布置,又借着当地治安本来就不怎么样才完成了犯罪。我们杀人杀得都很狼狈,而他们死的时候都不知道自己是怎么死的。"

"他们并不知道,他们最终要用生命偿还的是哪一笔债。"袁之薇收起了笑容,"这是不可原谅的。"

"所以我们在邮件里不停地完善那份论文,最终得出结论,只有我们两个人还不够。"

"你们已经报完仇了。"记者提醒她。

"但是，这个世界上还有很多人并没有。"袁之薇也提醒记者，"我们都知道，这个世界上逍遥法外的人很多，痛失亲人却什么都做不了的人也有很多。"

"所以，你们想要解决这个世界上所有逍遥法外的人？"记者问。

"当然不是。"袁之薇被逗笑了，"互助会的主要目的是帮助、治愈，不要让会员感受到孤独。我们这些受害者家属聚在一起的主要目的不是解决那些逍遥法外的人，我们主要是为了治愈自己，通过互相帮忙、互相安慰的方式让自己走出悲痛。"

"你们互相帮助的方式就是杀人？"记者又问。

袁之薇没有马上回答。

纪录片导演把这段一刀未剪，所以能看到镜头下面的袁之薇坐在那里看着窗外，谜一样地扬起了嘴角。

"在这之前，我能不能问一个问题？"她说。

"你问。"记者回答。

"如果你有家人惨死，杀了你家人的那个人逍遥法外，这时候给你一个杀死仇人的机会，你会放弃吗？"她问。

记者一愣，下意识地看向导演。

"我不要你在镜头前的回答，我要你内心真正的回答。"袁之薇看着记者。

记者没有回答。

袁之薇笑笑："大部分人的选择都和你一样，沉默就代表犹豫，犹豫了下一步就是行动。"

"杀人还是治愈，都是相对而言的。"她算是回答了记者上一个问题。

"那你最终选择在废弃煤矿里了结一切，也是为了治愈吗？"记者决定绕过这个话题。

"对。"这个问题袁之薇想都没想就点头了。

第二十章 往后余生

"为什么?"记者又问。

"我和石骏誉达成共识之后,针对这个方案又完善了几个薄弱环节,我们两个能够报仇成功,有很大一部分原因是运气。石骏誉的成功是因为对方本就是个社会底层的渣滓,而我是因为对方本来就在服用精神药物,如果遇到一个正常人,我们就很难下手了。"

记者接了上去:"所以你们需要一些底层的、能够让人毫无防备靠近的人,比如保洁王梅和张小琴,比如喜欢用监控视频敲诈的费景明。"

袁之薇摇摇头。

"费景明是个错误。"她说,"他的手里掌握着太多人的秘密,他的加入意味着整个互助会失去了平衡。"

记者抬头。

"有了他,我们就等于拥有了大部分监控视频的音像和音频,他拥有的秘密太多,除了目标人物的,还有我们的。我们已经可以神不知鬼不觉地杀人,现在又多了眼睛和耳朵,拥有得太多,人就会变得贪心。"

"所以你就杀了他?"记者问。

袁之薇摇头:"不,费景明刚刚加入的时候,我们都是很开心的。"

失衡不是一瞬间发生的,互助会的人开始互相猜忌也不是一朝一夕发生的。

"我发现不对劲,是石骏誉让赵艺睿也跟着加入之后。"袁之薇表情冷了下来,"我发现石骏誉除了想要拥有随时杀人的能力,他还给自己磨了一把刀。你们应该见过赵艺睿了吧。"袁之薇问。

记者点了点头。

"她是真正的反社会人格,而且被石骏誉培养成了一个疯子。她擅长公关,擅长在网络上操纵人心。"袁之薇苦笑,"有些事情,我也是事后才想通的。"

"我们杀人都是有顺序的，加入互助会的人说完自己的仇怨，然后按照方案一步步去做，方案总是越做越好，漏洞总是越来越少。帮王梅帮张小琴最后帮费景明，报仇的过程都是一环扣一环，我们换了好几种药物，利用催眠和其他手段，王梅之后，死掉的目标人物最终都会明白自己是因为什么而死的。"

"但是，还是不够完美。"袁之薇叹了口气，"而且帮费景明报完仇之后，我们就失去了目标人物。"

"我们又开始反反复复地复盘之前的方案，发现了很多可以修改的地方，发现了更低成本的药物，发现了更没有痕迹的做法。"

"在这之后，白晓晓就死了。"袁之薇安静了一会儿。

"杀了白晓晓的父亲后，我再也没有关注过他们家的事，白晓晓的死我是从报纸上看到的，我查了她死亡的原因，发现这个女孩在父母双亡之后就被世界抛弃了。"

"所以你要为她报仇？"记者问。

"为什么不呢？"袁之薇反问，"害死白晓晓的人有很多，我们又可以继续完善方案，或许我们这些人还可以从这个过程中得到救赎。"

"你觉得你们杀的那些人，都该死吗？"记者又问。

"这个世界上有谁是该死的？"袁之薇反问，"被执行死刑的人是因为触犯了法律，但是法律还不是人定的。"

"我们用我们自己的想法制定规则，执行死刑，和法律又有什么区别？"她又问。

"那孙其呢？"记者问。

孙其和他们的规则没有任何关系，孙其的死只是因为他发现了真相。

"孙其阻碍了规则。"袁之薇想都没想就回答。

记者哑然。

"你看，我又被你带偏了。"袁之薇笑了，"我今天来是为了告诉

第二十章　往后余生

你们过程的，可是这过程中总是充满了疑问。"

"我们最初定下来的人都是没有异议的，秦欣、卢露和张志强都是直接把白晓晓推到深渊里的人，所以杀他们，互助会里的人都没有任何异议。"

"但是在这之后，我就想收手了。"袁之薇又叹了口气，"曹苏清夫妇、宓荷和安子归都太间接了，如果要把他们都杀了，那么网上那些咒骂过白晓晓的人也一样都该死。"

"我因为这件事和石骏誉产生了冲突，而赵艺睿为了继续杀人，丢给我很多证据：安子归为了保护艺人把白晓晓拖下水；曹苏清为了夫妻综艺能正常进行，把黑锅丢给了白晓晓；他的老婆刘玫其实什么都知道，但是选择了沉默。"

"还有宓荷，你知道她为什么会在公共场合戴上那个戒指吗？"袁之薇冷笑，"因为她想要得到下一部剧的角色，想通过这样的方式威胁曹苏清，这也让白晓晓看清了现实。"

"我被这些证据绕晕了，也愤怒了，蔷薇庄园的那场火是愤怒下的产物，本来曹苏清他们不应该是这样死的，所以我们才给他们植入了恐怖片场景，在他们几个人的幻觉里，白晓晓都还没有转身，而且他们的精神也都还没有达到可以致死的程度。是我让傅光偷偷给曹苏清加了药，他放火是因为幻觉，非常简单粗暴的幻觉。"

"这是互助会第一次产生明显的裂痕。"袁之薇看向镜头，"我和石骏誉因为这件事大吵了一架，我在和他吵架的过程中突然意识到一件事，如果赵艺睿能拿出那么多的证据让我们继续杀人，那就意味着赵艺睿这个人其实从一开始就关注白晓晓了，因为那些已经被删帖的记录和网上的舆论操作，一看就出自赵艺睿的手笔。"

"那也就意味着，杀人的形式已经无关乎这个人是否应该被杀，赵艺睿本人就可以制定这个标准，石骏誉的整个杀人模式已经变成了我想杀谁就能找到理由杀谁。"

这个世界上，没罪的人太少了。

307

"跳脱出来,就能发现很多问题,包括为什么那么巧,我们就能拥有一个能黑下新城百分之九十监控的费景明。

"我回头去查了费景明女友死亡的全过程,果然在里面也发现了石骏誉的影子。从这以后,互助会的所有初衷就都崩塌了。

"我把这件事告诉了费景明。"袁之薇说,"他一开始并不相信,但是我问他,为什么一个富二代死后会把所有的财产都留给自己的心理咨询师。"

"费景明不是雪天路滑从山上掉下去的,他是自杀。

"他常常跑山的那条路,就是他女友当时死亡的地方,他并不是去确认事情真相的,而是知道了我说的都是真的。他帮杀了自己女友的人杀了很多人,他享受其中,他回不去了。所以,他骑着摩托车从那条路上跳了下去。

"我很看不起他。我以为他知道真相后会选择去对付石骏誉,谁知道他选择了逃避,甚至直到最后一刻给安子归留下的视频影像都似是而非的。

"你知道吗?"袁之薇看着摄像头,"人性就是这样的。

"他如果完全灭绝人性,就可以选一条更好更爽快的复仇之路。但是他没有,他到死之前最大的情绪居然是愧疚和逃避。"袁之薇哼笑。

"费景明死了之后,互助会就变得更加分裂了。没有人知道他是怎么死的,我暗示傅光,费景明是因为喜欢安子归被石骏誉弄死的,傅光和石骏誉开始离心。"

袁之薇动了动脖子。

"再后面的事你们就都知道了,我们还剩下一个安子归没有杀,但是,安子归却偏偏是最难杀的那一个,我们试了很多种方法都没有成功,逼着她离婚,结果反而惹上了贺瑫。我是从那个时候开始,决定结束这一切的。"

她把所有人都聚在了一起,想要炸塌煤矿埋了所有人,恩怨情

第二十章 往后余生

仇一笔勾销。

记者又沉默了几秒。

"能谈谈你说的那个系统吗？"他问。

"可以啊。"袁之薇笑。

这是她最骄傲的地方。

"其实那些人在死之前的亏心事，都不是我们希望他们看到的。尤其是白晓晓，那些人在死之前都不觉得自己亏欠了白晓晓，所以要催眠他们最终看到白晓晓回头，必须得彻底摧毁他们的精神世界。摧毁一个人的精神世界，其实很简单。"袁之薇看着镜头笑。

"现代人大部分都上网，他们在匿名的世界里做了很多事，也暴露了很多事。他们永远只会关注自己最在乎的事，会为了自己心里面最看重的东西出声，甚至会为了某些莫名其妙的事化身键盘侠，用最恶毒的语言攻击陌生人。

"把这些东西全都搜集起来，就是一个完整的心理治疗过程，就可以找到这个人内心深处最怕的东西。我们从这个东西入手，配合一些药物，很快就可以摧毁一个人。比如曹苏清最看重的名利，安子归最看重的家庭。"

"可是你还是失败了。"记者说。

"谁知道呢？"袁之薇露出了微笑，"我其实很好奇，我们最后漏掉的那个人，她还会不会做梦，梦里面那些植入到她脑内的场景还会不会反反复复。

"她那么努力地想让自己活下去，是不是真的值得。"

贺瑫"啪"的一声关了电视。

"别看了。"这纪录片过分了。

安子归没回答。

贺瑫低头，发现安子归抱着抱枕靠着他早就睡着了。

"放完了？"安子归睡眼蒙眬地抬头，"这也太长了。"

"你什么时候睡的？"贺瑫问。

"记者问是杀人还是治愈的时候。"安子归打了个哈欠，"我就突然不关心了。"

这就是一群疯子，她真的没必要花那么多精力去想为什么，因为她又不疯。

"你看完了？"被贺瑫抱上床，她钻进贺瑫怀里。

新家刚搬进来没多久，贺瑫居然买了条粉色的被子，她每天睡进去都觉得自己俗不可耐。

"看完了。"贺瑫关了灯。

"有什么感受？"安子归好奇了。

贺瑫想了想："大难不死，必有后福。"

被这群疯子盯上他们还能逃脱，以后的日子就只能好好过，才不算浪费了。

"扑哧！"安子归喷笑出声。

"睡吧。"贺瑫翻了个身，把两人都裹进粉色的被子。

那些纷扰和他们已经完全无关了，他们今后的生活就和这粉色的被子一样，实际、俗气、充满烟火气息。

互相拥抱着，白头偕老。

（正文完）

番外一　鸡蛋饼

一

"下次叫那个人角度找好一点儿,这两张什么都没拍到居然还好意思收那么贵!"舍友甲的声音。

"你知足吧。"舍友乙切了一声,"你知道这安子归多难拍吗?又不住在宿舍里,她那个小区外人也进不去,也就只有她来学校的路上才能拍得到……"

贺瑫背着背包推门而入,宿舍内的聊天戛然而止。

"回来啦!"舍友甲招呼了一声,迅速把电脑上的界面最小化。

"这回去了快一个月了吧!"舍友乙问。

贺瑫唔了一声,目不斜视地去衣柜里拿了洗漱用品推门走进卫生间。

刚从金矿回来,满身都是灰,他急着洗澡。

"就这种照片居然也好意思收我五十……"关上卫生间的门,舍友甲想想气不过,压低了声音嘀嘀咕咕。

"你小声点儿,别让贺瑫听见。"舍友乙声音更轻。

"你什么时候见过他管闲事?"舍友甲笑,"估计他连安子归是谁都不知道。"

卫生间内,贺瑫打开了水龙头,用冷水洗了一把脸。

他确实不知道安子归是谁,但是,他知道这帮人在干什么。

这算是男生间的秘密,偷拍一些学校里长得好看的女孩照片,有些是私下传阅,有些过分的则直接金钱买卖,几十块钱一张。

他无法理解这样的青春躁动，所以这四年来和寝室的几个人走得也不太近。

贺瑫洗完脸打开淋浴喷头。

他的工作都找得差不多了，离老家还算近，也算是如愿以偿。

不过这件事他家里人似乎并不十分高兴，他父母都比较偏爱弟弟，听说他大学毕业找了个离家近的地方工作，第一个反应就是暗示他家里现在的那些存款宅基地都是要留给他弟弟的，毕竟他弟弟没他那么能干那么会读书。

贺瑫习惯了，并不怎么在意，他对工作地点没有要求，只是找了个离家近的，可以心安一点。

这样就没那么孤独，就不会觉得天大地大无处容身没人在意。

二

"哎，安子归那事你听说没有？"男生 A 的声音兴奋猥琐。

"高价悬赏那事？"男生 B 嘻嘻笑，"这人真下了血本，五万块啊！"

"这算不算犯法？"男生 A 有些迟疑。

"反正我们看戏就行。"男生 B 尿完了吹了声口哨，"说不定还能给我们留点肉渣。"

"不知道会不会有人接单。"男生 A 还是很兴奋，"安子归不住在宿舍，平时也不怎么和人交流，拍她应该不好拍。"

"重赏之下，必有勇夫。"两人上完厕所洗完手，声音越来越远，"上次英语系的那谁不就被拍了吗……"

厕所隔间里，贺瑫皱起了眉头。

又是安子归。

五万块悬赏的照片，用膝盖想都能知道是什么。

这不是青春躁动，这是犯法。

贺瑶洗完手拿出手机，确定厕所隔间都没人之后拨了一通电话。

"跟你说个事。"电话接通，贺瑶斟酌了下措辞，"学校里有人出五万块悬赏偷拍女孩照片，你跟辅导员说一声。"

"为什么是我去说？"林从凡一脸莫名。

"我不知道他们在哪儿悬赏的。"贺瑶皱眉，"你应该知道的，就是经常有男生花钱买照片的那个内网。"

"为什么我会知道？"林从凡愤怒了。

虽然他好像真的听说过。

"挂了。"贺瑶不聊了。

要不是连着两天被他撞到两次，要不是这事真的犯法了，他还真的不打算多管闲事。

林从凡比他热心比他有正义感，这事跟他说了，他肯定会跟踪下去。

"等下！"林从凡大吼一声。

贺瑶挂电话的动作停住。

"偷拍的谁啊？"他就是纯粹好奇，是偷拍了谁的照片，居然能让这哥们主动插手，而且还是在大四这种忙碌的时候。

解释起来太麻烦，贺瑶选了个简单的答案："安子归。"

林从凡愣住："那真的是大美女啊，你开窍了？"

贺瑶挂了电话，也终止了林从凡之后用两万字歌颂美女、表扬他开窍的小论文。

只是脑子里到底形成了一个固定公式：安子归＝大美女。

三

"老板，一个鸡蛋饼，两个蛋加里脊，不要香菜，多放点葱，多点甜面酱，一点点辣椒酱。"安子归半闭着眼睛念经，"不要咸菜。"

她快困死了，自己喜欢的本命明星和她有时差真的是世界上最悲伤的事，为了看他的线上演唱会她熬了一个通宵，合唱唱到嗓子都哑了，现在整个人灵魂出窍，脑袋里空旷旷的，只有她本命沙哑的歌声。

不过，通宵的唯一好处就是能赶上这家的鸡蛋饼，秘制酱料，蔬菜都是当天弄好的，又脆又鲜，里面的薄脆也是前天晚上刚炸的，满口酥香，一点儿油味都没有，生意很好。她平时只有早上有不得不上的课的时候才能勉强赶上末班车，像今天这样刚出摊就买到的还是第一次。

所以安子归想了想，又开口："再多加份薄脆，多加份黄瓜。"

吃饱了就可以睡一整天。

"你胃口好大呀……"排在她后面的姑娘忍不住咕哝出声。

安子归回头。

那姑娘不好意思地吐吐舌头。

安子归又面无表情地转回去。

"你真不认识我啊？"那姑娘看安子归眉毛都没动一下，忍不住又开了口。

安子归再次转头。

"我们是同学，同班的。"那姑娘都不知道应该做什么表情了，"我姓孙，叫孙妍依。"

"我姓安，安子归。"安子归点点头，算是礼尚往来。

孙妍依没话可讲了。

点的鸡蛋饼好了，安子归拿起袋子冲同班同学点点头，头也不回地走了。

排队买鸡蛋饼的队伍仍然很长。

安子归走了两步，回头。

队伍里面有个男人在看她，因为这男人个子高，她回头的时候一眼就看到了。

四目相对。

他没转移视线，只是微微皱了皱眉。

安子归也跟着皱眉，上上下下地打量了他一会儿，终于拎着自己的鸡蛋饼走了。

他应该不是坏人，安子归想。

这浓眉大眼、一身正气的样子也应该不是反派。

只是为什么要皱眉……

没见过美女加两个蛋吗？

四

"那个悬赏撤了。"林从凡给自己开了一瓶啤酒，"不过，没查出来是谁悬赏的。那个网站是计算机系的人搞的，登录 IP 什么的都没做记录，真匿名，完全查不到信息。"

"缺了大德了，出五万块要拍人安子归洗澡的照片。"林从凡啧了一声，"真的，变态这种事不分年龄学历，这年头真什么人都有。"

"而且还有那么多人在看戏，一个站出来说话的人都没有。"林从凡端起酒杯一饮而尽，"你算举报了一件大事，学校教务处把那个技术论坛整个都给端了。校方也说了，这种事再查出来，不管金额大小，都会直接交给公安机关处理。"

"端了论坛，他们还可以再建一个。"贺瑫没什么表情，也不怎么欣喜。

"悬赏人都没抓到，这事其实根本没完。而且那些人会买自己学校里女孩子的照片，也会去买其他地方的，治标不治本。"

"尽力就行了。"林从凡很看得开，能做的都做了，他更好奇贺瑫的八卦，"你怎么会突然为了安子归出头？"

大学四年，这好像是贺瑫插手的唯一一件和他没什么关系的事。

对方还是个大美女。

"无意间听到的。"贺瑫话少，喝了两瓶啤酒觉得有些上头，坐在夜市摊靠门边的地方吹冷风醒脑。

而且……他也不觉得她是大美女。

就是食量挺大,瞪人的时候凉飕飕的,一副生人勿进的样子。

"你怎么无意间就能听到美女的消息?"林从凡愤愤,喝了点酒开始八卦,"不过,这姑娘可有名了,长得好看家里又有钱,学校里一大半男生都在追她。"

贺瑫觉得无聊,一边敷衍地听,一边看向街边。

挺晚了,初春晚上十一点多,夜里还是很凉,路上的行人不多,只有几个夜市摊还开着,里面都零零散散地坐着人,大部分都是他们学校大四的学生,快毕业了,一场又一场的离别酒。

他没什么朋友,林从凡算是唯一一个还在校的,离别酒都喝了好几茬儿,该聊的都聊完了。

下次不喝了。贺瑫看着林从凡喋喋不休的嘴,心里暗想。

他这个月一大半的开销都是酒钱,伤身伤心的。

"我说……"林从凡是彻底上头了,一个安子归反反复复地念叨好几回,"你真不是因为人家长得好看才多管闲事的?"

被烦得不行的贺瑫颇有些后悔莫及,他就不该多管闲事。

"我再去拿箱啤酒。"贺瑫站起身,打算彻底灌醉这个话痨。

夜市摊的塑料棚因为他起身的动作被吹开了一大半,街对面阴暗角落里有人影闪动,贺瑫没在意,又往前走了两步,突然停下脚步。

那是两个男人围着一个女人,拉拉扯扯的。

行人太少,这种事几乎没什么人管。

刚才还埋怨自己不该多管闲事的贺瑫撩开帘子就走了出去,留下守着空瓶子的林从凡,想要站起来跟着他一起走,又因为头晕一屁股坐了下来。

"你跑什么?"林从凡嚷嚷,"钱不是一开始就付完了吗?"

还是你付的啊!傻子。

傻子贺瑫离那几个纠缠的人影并不远,穿过马路走几步,估计也就几分钟的时间,可就这几分钟的时间,马路对面那本来只是拉拉扯扯的三个人突然就打起来了。

女孩的性格很烈,拉扯了两下感觉实在躲不过去了,就把自己随身的包丢过去砸中其中一个人的脸,接着反应异常迅速地踹中了另外一个人的裤裆,动作太突然又太迅速,那两个男人还没有反应过来,这女孩就跑了,闷头闷脑拔腿狂奔的那种,并且非常戏剧化的一头栽到本来打算过来帮忙的贺瑫身上。

一个成年人的冲力非同小可,本来就有些醉意的贺瑫闷哼一声,一个趔趄一屁股坐到了地上。

而本来就慌乱的女孩也没收住,摔得比他还狠。

那女孩随口骂了一句,想站起来却发现脚踝似乎崴了,就算没崴,也跑不过那两个男人了。

安子归?

被摔的屁股剧痛的贺瑫皱眉,只来得及站起身把安子归往他身后拉了拉,后面的两个男人就追了上来。

"你别多管闲事!"那俩男人凶神恶煞,看起来不像是路边摊喝醉的学生,更像是来寻仇的。

身后的安子归十分迅速地搂住了贺瑫的腰:"他是我男朋友!"

贺瑫:"啊?"

以为贺瑫要打群架跌跌撞撞地冲出来的林从凡:"啊!"

"帮我。"安子归在他身后轻声快速地谈条件,"有偿的,你开价就行。"

贺瑫沉默了。

后面发生的事情就更戏剧化了,那俩混混和贺瑫还有林从凡打了一架,一起扭打到派出所之后,那俩混混说自己是拿人钱财、替人行事,拍下安子归的裸照就能拿到五万块。

不过，他俩不知道那人是谁，都是网上联系，两个傻子定金都没收就直接上手了。

又是悬赏五万块。

英雄救美挂了点彩、屁股还很痛的贺瑫和林从凡对视了一眼，林从凡赶紧拉着民警低头开始私聊。贺瑫动了动脖子，签完字打算先回宿舍。

痛死了，他的屁股都要裂了。

"那个……"安子归跟在他身后，"谢谢你啊！"

贺瑫没回头。

"你是我们学校的吗？"安子归继续跟着，跟得挺紧，小碎步啪啪啪的。

贺瑫没回答。

安子归抿着嘴，她其实没那么好耐心一直跟着，但这好歹是救命恩人："方便给个账户吗？我给你转账。"

她不想欠人情。

"不用。"贺瑫总算回答了。

他有些犹豫，要不要打个车，打车的话自己一个人走是不是很不礼貌？要不要顺便捎上她？

毕竟都是一个学校的。

"那我……"安子归又想了想，"给你送面锦旗？"

贺瑫一脸问号。

"你刚才在派出所里说你大四了，要找工作的话，多个锦旗是不是可以给履历上添一笔？"安子归很实际。

"我找到工作了。"贺瑫也不知道为什么要这么回答，大概是对方太让他无语了。

"哦。"安子归愣了一下，觉得还是得继续礼尚往来，"恭喜。"

贺瑫又是一阵沉默。

安子归都能听到头顶乌鸦带着一连串的省略号飞过……

319

"那我,"安子归决定放弃,"里面还有话没问完,我先进去了。"

贺瑶点头。

这是这一个晚上下来他反应最快的一次。

安子归:"谢谢了。"

"不客气。"贺瑶迅速地拦了车。

一直到上车他才摸着自己的屁股呼了一声:"师傅,先去医院吧。"

他还是先拍个片吧。

不过,安子归刚才也摔了一跤。

他看着后视镜里安子归还站在原地探头探脑,又一次皱起了眉拿出手机:"安子归应该也受伤了,你一会儿带她去拍个片。"

他发给了林从凡。

林从凡回得倒很快:"安子归不是你女朋友吗?"

贺瑶再次沉默。

算了,都是成年人了。

他把手机丢到一边,揉着屁股没忍住又往后视镜里看了一眼。

安子归已经转身进了派出所。

到底是谁那么丧心病狂,为了她的裸照费尽心机?

贺瑶低头又拿出了手机。

"你跟辅导员也说一声,这事不是小事。"他又一次骚扰林从凡。

林从凡这次没啰唆,回复给他一个"OK"的表情。

行了。贺瑶自己跟自己说。这闲事他已经管挺多的了,该做的都做了,够了。

五

安子归觉得自从那天晚上之后,她就经常遇到那个长得很正气但是聊天很容易聊死的怪男人。

番外一　鸡蛋饼

　　早上排队买鸡蛋饼，她会发现他就站在排队的队伍里面，对视的时候会冲她皱眉头；她去别的校区上课，会看到他和其他人站在一起，手里拿着测量工具，表情无比严肃，可很神奇的是会感觉到她在看他，远远地四目交接，他就又皱起了眉头；她去图书馆，看书看累了一抬头，也能看到他坐在离她不远的地方，百无聊赖地转着笔翻书，感觉到她在看他，会很快地抬起头，眉头还是皱着的。

　　这种相遇太频繁了，甚至晚上去小区旁边的便利超市买东西，也会遇到他一个人坐在外面的凳子上，手里拿着杯面，一边吃面一边看着马路上行色匆匆的行人。

　　他和她一样，总是独来独往，像个旁观者。

　　安子归准备结账的手一顿，转身去货架上拿了一包火腿肠，想了想，又加了一瓶果汁，打包了一个刚出炉的包子。

　　"给。"她走出便利店，把那一堆东西塞给贺瑫。

　　打算囫囵应付一顿晚饭的贺瑫抬头，有些呆愣。

　　"谢礼。"安子归坐到他旁边，都面对着外面的街道，华灯初上，人来人往。

　　贺瑫盯着那一袋子吃的看了一会儿，挑了根火腿肠，撕开包装丢到泡面里。

　　"你明天应该就不会再来了吧？"安子归没头没脑地问。

　　贺瑫放下杯面，点了点头。

　　那个五万块钱悬赏安子归裸体照的人昨天晚上抓住了，那家伙找不到人接悬赏后亲自上阵，在安子归住的那栋楼旁边的树上架了偷拍器材，被贺瑫和安子归小区里的保安一起抓了个现行。

　　人是他们学校大三的学生，追安子归追了两年，安子归都没理他，由爱生恨，竟然想出了这么一个损招，想用裸照胁迫安子归和他交往。

　　人进了拘留所，因为是直接扭送到派出所的，校方那边的惩戒肯定也不会轻，但他还是不太放心，今天又多跟了安子归一天。

他确实是打算跟完今天就不跟了的。

也是凑巧了,这一个月是他上大学以后最空闲的一个月,学校里项目结了,工作也找到了,无事可做,就突然想到了偷拍安子归的人。

举手之劳而已,他觉得这也不算多管闲事,所以就跟了快两个礼拜。

好几次都被安子归碰到了,不过她没有跟他打招呼,他觉得她大概也忘了他,毕竟她连同班同学都记不住。

所以,她到底是怎么知道的?

昨天抓人的时候她不在场,后来到了派出所,他没等她来就先走了,保安都不认识他。

贺瑫喝光了最后一口面汤,这个问题却始终没有问出口。

莫名地有些窘迫,像是小心思被人看穿了。但是⋯⋯

他明明没什么小心思,可就是一句话都问不出口。

两人就这样沉默地坐着,他吃掉一碗杯面,喝掉了安子归给他买的果汁,又吃完了那个包子。

安子归就坐在他旁边,吃掉了一袋吸吸果冻,又拆了一包话梅,看到他看她,把袋子往他这边递了递,问:"你吃吗?"

盐津话梅,入口生津,有甘草和陈皮的香味。

两人还是没什么对话,却也没有刻意再去找什么话题。

贺瑫已经忘了那天晚上他们是怎么告别离开的,却永远记得那天晚上昏黄的路灯,便利店旁盛放的黄色野花,还有安子归看着行人的样子,安静寂寥。和他一模一样。

六

安子归看着贺瑫递过来的鸡蛋饼。

说了再也不出现的人,今天一早为什么会带着鸡蛋饼出现?而而一闻就是她常去排队的那家,那重量绝对加了两个蛋、双份薄脆。

她今天早上起得晚,鸡蛋饼却还是温热的。

只是送鸡蛋饼的那个人一声不吭,把鸡蛋饼塞给她就跑了,骑着自行车跑的,头都不回。

安子归甚至在里面吃到了火腿肠,和她昨天买给他配泡面的火腿肠是一个牌子的。

但是他真的只送鸡蛋饼,其他时间,不管她抬头转头还是低头,都再也没有看到他,人群重新变得灰扑扑的,再也没有人和她对视的时候会一本正经地皱起眉头。

安子归在教室里合上了书,学着贺瑫皱起了眉。

有人悬赏五万块要拍她的裸照,这件事她是听派出所民警说的。当时林从凡也在旁边,他说这件事是贺瑫发现的,他让林从凡去跟辅导员举报,还让他报警。

贺瑫自己却一句都没说过,只是这一段时间,只要她外出,就总能看得到他。

然后,那个神经病就被抓到了。

贺瑫却还是什么都没说,跟着她回家之后,自己一个人去便利店里吃了一碗泡面。

"同学。"安子归扭头看向同桌。

不知名字的同桌因为两年来安子归第一次主动开口说话,吓得差点打嗝。

"你有没有见过长这样的东西?"安子归在本子上画了个梯形,"放在木头上用的。"

她画工一塌糊涂,所以同桌只能看出那是一个梯形,于是十分遗憾地摇摇头:"放在木头上的,可能是什么测量工具吧。"

"我们学校里有经常随身带着这种工具的学生吗?"安子归又问。

"工科的?"同桌想了想,"土木工程的?"

安子归若有所思地收回笔记本:"谢谢。"

那和林从凡就不是一个系的。

他们熟吗?她要是从林从凡那边打听贺瑫,会不会不太合适?

不过,工科这个词,莫名地就特别合适安在贺瑫身上,硬邦邦的,有棱有角。

七

贺瑫想,他就给她送一个星期的鸡蛋饼,毕竟她给他买了一袋子的零食,还陪他看了那么久的夜景,还说了好几次谢谢。

只是一个星期有点短,才送了三天他就发现,七天已经过去了一大半。所以他今天买了两个鸡蛋饼,明明自己不吃葱,却在两个鸡蛋饼里都加了葱。

"两个都是我的吗?"安子归站在老地方等他。

她这两天都快被早饭撑死了,结果今天居然是双份的。

贺瑫犹豫了一下,只递给安子归一个:"另一个是我的。"

他自己都不知道为什么要买两个,大概是觉得一周七个太少了。

还是走吧。他跟自己说。

他越来越怪了,再这样下去,就要跟那个被送到派出所的变态一样了。

"喂!"安子归拉住他自行车后座的铁架子。

贺瑫自行车的脚蹬踏出去一半,歪歪扭扭地停下,他回过头。

"我经常逃课。"安子归的开场白很别致。

贺瑫皱起眉头。

安子归笑了:"所以这家鸡蛋饼我并不是每天都能吃到,虽然好吃,但是还没到让我为了这个早起的地步。"

早点摊一般到九点就收摊了,那个时候她基本都在睡觉。

贺瑫没有动。

番外一　鸡蛋饼

"但是你给我送早饭之后，这三天早上我都没有逃课。"安子归继续说，"我都在这个地方等你。"

说完这句话，她就停了。

贺瑫承认，他并没有听懂。

"逃课不好。"他想了想，"那我继续给你送吧。"

反正他也觉得只送一周太少了。

"不过，下个月我可能会有两周时间不在新城。"他犹豫了下，"到时候我让林从凡送吧。"

安子归有那么一瞬间都不太分得清楚这人是真傻还是装傻。

"我的意思是……"她决定不兜圈子了，"你不是因为喜欢我才每天给我送早饭的吗？"

贺瑫一怔。他不是……

安子归眯起了眼睛，放开了贺瑫的自行车架子。

"你不是？"她问。

他敢摇头她就拿鸡蛋饼砸死他。那么重的一个鸡蛋饼，拿着还很烫，砸过去应该很痛。

贺瑫捏着自行车手刹。

他确实不是。

但是，他为什么要给她送早饭？送了三天还恋恋不舍，今天还特意买了两个一模一样的，明明他不吃葱。

他一直没往喜不喜欢这个方向上想，毕竟对方是很多人在追的安子归，他只是个普通大四学生，要毕业了，而且工作不在新城。

"我再过三个月就毕业了。"贺瑫没回答她的问题，"工作的地方也不在新城。"

安子归很少有这样一头雾水还没有掉头就走的情况，贺瑫看起来实在是太真诚了，她隐约地觉得自己正心跳加速。

"会和你认识，主要是因为那天晚上我喝了几瓶啤酒，看到路上有人和女孩子纠缠，有点上头。"贺瑫停顿了一下，"算是多管闲事。"

325

"再加上之前听说有人花钱悬赏要拍……"他没往下说,"我觉得这人执着得有些危险,所以就上了心。"

"这些都可以解释。"贺瑫说,"多管闲事,一时空闲正义感爆棚。"

"但是,为什么要给你送鸡蛋饼,这件事我也解释不了。我跟自己说,可能是因为那天你在便利店里给我买了一堆零食,我给你买一周早饭,这样也算是两清了。但是,我也是今天才发现,我并不想两清。"

贺瑫安静。

安子归也安静。

这对话有些怪诞,但是,却莫名地动听。

贺瑫就这样站在这里看着安子归,沉默了很久很久。

春天总是万物复苏,空气里花香萦绕,弄得人心飘飘浮浮的。

"我……"贺瑫低头,再抬头,"再去找一份工作吧。"

等找到了,再回答她是不是喜欢她的问题。

要不然,他这个三个月后就准备离开新城的人,不管说出喜欢还是不喜欢,都太不负责任了。

安子归这次是真的愣住了。

她曾经被很多人追求过,各种各样的,花言巧语的有很多,但真心实意的也有过,那些人也对她嘘寒问暖,她有时候觉得可能和那些人恋爱,她应该会被宠成公主。但是无奈,她就是没有动心。

她万万没想到这辈子第一次动心,对方甚至都没有告诉她是不是喜欢她,他只是说,他再找份工作吧。

"万一你找到工作再跟我告白,我又不同意在一起呢?"安子归问。

"这跟告不告白没关系。"贺瑫说,"只是如果要告白,这件事需要前提。"

这和喜不喜欢她,要不要在一起都没关系。

番外一　鸡蛋饼

如果真的要追她，起码追她之前要把所有路都铺平，就算最后失败了，这件事的前提也不能改。

他也是这两天才察觉自己不太对劲，这件事太超出计划了，他得先捋一捋。

安子归笑了。

"那不行。"她说，"那样你牺牲太多了，不公平。"

"我来追你吧。"她继续说，"我很喜欢你，贺瑫。"

这样就公平了。

树上的花瓣落到她的发梢，她微微红着脸，表情却很镇定。

她真美。

贺瑫脑子里蹦出了这三个字。

"那我……"他不知道该接什么，只觉得这个场景他应该会记很久很久。

"那我……"贺瑫说，"再给你送几天鸡蛋饼吧。"

"我吃腻了。"安子归不理他了，掉头就走。

贺瑫推着车子跟在她身后。

"你念什么专业的？"安子归问。

"安全工程的。"贺瑫答。

"那是什么专业？"安子归歪头。

"这个解释很长。"贺瑫大概经常听到这个问题，所以回答得也快。

"你慢慢说。"

"鸡蛋饼凉了。"

那天之后，学校里逐渐有了奇怪的谣言，校花安子归好像恋爱了，恋爱对象是安全工程专业大四的学生。

那个学生叫贺瑫，据说给她买了几天鸡蛋饼就追上了，加了蛋的鸡蛋饼。

大家都不认识贺瑫，只听说他曾经为了学分在学生会干过一阵子，没什么朋友，他同宿舍的几个家伙指天发誓，贺瑫绝对是另外一个世界的生物，不可能追得上安子归。

但是，没过多久安子归就抱着一堆东西站在了贺瑫宿舍楼下。

"下来。"她仰着头，对着一屋子的男人目不斜视，"我有东西送你。"

贺瑫找到了新工作。

虽然可能还是会外派，但是起码安子归在校的这几年，他大部分时间都可以在新城。

他跟她告白了。

他说他想了一个月，觉得应该就是喜欢，因为他想起她看行人的表情，会想抱她。

这朴素又直接的告白硬是让安子归羞红了脸，钻到他怀里搂着他的腰，吸了口气。

他们恋爱了。安子归买了情侣手链，很高调的那种，上面挂了他俩的名字。

在一群男人的捶胸顿足，贺瑫用了一个月的时间，彻底弄掉了那个偷拍女孩子的地下论坛。一直不知道贺瑫是谁的校友们，终于记住了这个名字，他们也都知道了，搞安全的不好惹。

番外二

贺瑫的心理咨询&人间烟火

贺瑫的心理咨询

袁之薇看着贺瑫。

就是这个意外，导致他们的计划一而再再而三的失败。

本来安子归应该在这个月底死亡的，王梅和张小琴已经换完了安子归的药，按照计划，她会在上个月看到白晓晓转身，这个月死于坠楼。

地点他们都选好了，就在白晓晓自杀的体育馆对面的摩天大楼里，安子归那天会彻底失去安心公关，非常好的自杀时机。

都是因为这个人。

他打乱了他们所有的计划，还让他们被警察盯上了，最重要的是，他这个缓冲，让她意识到自己也成了石骏誉的刀。

"你最近瘦了不少。"袁之薇翻开病人记录本，戴上了眼镜。

贺瑫笑笑。

她现在承担的角色就是称职的心理治疗师，没有人怀疑她，她还是安全的。

她得确保自己的安全，确保自己在把所有有罪的人都一网打尽前不被人怀疑。

所以，她笑得愈加温和。

"还撑得住吗？"她问贺瑫。

半躺在躺椅上的贺瑫摇摇头。

"这样有用吗？"他问。

在这之前他从来没有做过这种心理咨询,安子归的事情发生后,林从凡一直说他压力过大,袁之薇也建议他最好能来诊所做个心理疏导,安子归也很赞成。

于是,他就来了。

但是半躺在躺椅上,他浑身不自在。

"你放轻松一点应该就有用。"袁之薇说,"把这里当成树洞,把你平时说不出口或者无法跟别人说的话都说出来,会轻松很多。"

贺瑫看着天花板。

他没什么说不出口或者无法跟人说的话。

"如果给你机会,你会想报仇吗?"袁之薇问。

看起来这只是在做心理疏导时找的一个突破口,但是在贺瑫看不见的地方,袁之薇的手指正神经质地颤动着。

"毕竟安子归的事听说其实是人为的。"袁之薇补充了一句。

太急了,她掐了自己一下,要不是贺瑫现在情绪不佳,她可能已经露出马脚了。

"我现在只想把她身体养好。"贺瑫摇摇头。

报仇不是他的执念,他也不想去想安子归会出事这个可能。

袁之薇笑笑。

"你对她还有愧疚感?"她换了个话题。

那个话题不能再问下去了,她会失态。

贺瑫没回答。

"愧疚感这种情绪,对维持婚姻并没有太大帮助。"袁之薇说得很慢,"尤其是你们现在这种情况,愧疚感可能会成为你俩相处的最大障碍。"

"但是这种感觉又很难消除,人的感情是最由不得自己的,明知道是错却放任自己一错再错的例子有很多。"

贺瑫话少,作为咨询师的她话就得多。

但是太危险了,总是不自觉地想要表达她自己的想法,人的感情真的是最由不得自己的。

她恨不得告诉贺瑫，你老婆是罪有应得，对她的惩罚甚至还没有到最后。

你老婆会死。而你，只有等到安子归死了，才能彻底从这些噩梦中走出来。

错的人是安子归，让你变成现在这个样子的人，就是安子归。

"要消除愧疚感，你们夫妻两个得多沟通。"袁之薇说得很空泛，她本来也没打算真的为贺瑫做心理疏导。

"其实，我没有愧疚感。"一直沉默的贺瑫开了口。

袁之薇蹙眉。

"一开始确实是有的，刚回来发现她状态那么糟的时候。"

那时候他恨不得掐死自己。

"但是后来就没有了。"不是面对安子归，贺瑫就不太愿意说长句，"我们之间并不存在什么障碍。"

袁之薇歪着头："什么障碍都没有？工作？距离？"

"那本来就是能解决的。"经历了这些事之后，解决起来就更没有心理障碍了。

家人最重要。

"你也不怨安子归之前什么都瞒着你？"袁之薇追问。

哪怕知道这样问并不合适，但是她忍不住。

夫妻这种事，她经历过，她儿子走了之后，他们还没有从巨大的悲痛中走出来就已经开始互相埋怨。其实并不是真的要埋怨什么，只是双方心里都有压得让人无法喘息的愧疚感，压抑得久了，就彻底爆发了。

贺瑫和安子归，也只是普通夫妻，也曾经闹过离婚。

贺瑫点点头。

"她告诉我了。"贺瑫笑了，"提离婚，把家里弄成那样，都是在告诉我。"

安子归如果真的不说，她肯定能瞒到最后，他们离婚这件事，一开始其实只差临门一脚，谷珊跟她的斗争一直都是她在吊打谷珊，她真要按时地离婚，根本就不是难事。甚至把假的离婚协议书让谷珊发现这种多此一举的事，都不像是她做出来的。

只要那天离婚，他就不会回家，他们之间也不太可能还有交集。

所以，她真的不是不说，她只是向来矫情，不愿意有话直说。

袁之薇拿着笔的那只手一动不动，隐约地有用力过度浮起来的青筋。

安子归会提离婚，是他们一步步催眠引导的结果。

安子归把家里弄成这样，有一大半是石骏誉布置的。

她什么都没做，是你会错了意。

她如果真的要求救，他们肯定能够提早发现，他们肯定会阻止贺瑫这个人重新出现在安子归的生活里。

还是说，安子归真的能在他们二十四小时监控下把信息传递出去？出现贺瑫这个麻烦人物，真的是他们的疏忽。

"你们……"袁之薇听到自己笑着说，"还真是时时刻刻都不忘秀恩爱啊！"

调侃一样。

贺瑫笑笑，没接话。

他看着天花板闭起了眼睛。

安子归跟他形容过心理诊所的躺椅，她说天花板一般都是白的，有时候会嫌心理咨询师太吵。

还真的是这样。

她躺在这里的时候，应该很孤独吧。

人间烟火

贺瑫也没想到调岗之后的工作会那么不顺，重新适应新环境，重新建立人脉，再加上酒桌上的陋习，他已经连着几天下班回家都带着酒意了。

而且又正好是年底，安子归每年最忙的时候，他喝了酒回到家，家里黑漆漆空荡荡的，莫名的就有些低落。

说好的要接她下班，结果也没接几次。

他喝了酒开不了车，安子归又说找代驾接她下班这种行为简直就是弱智。

他清醒的时候觉得确实弱智，可现在又觉得弱智点有什么不好的？

他们之前不就是因为不想弱智想做成年人，所以才把事情搞成那样的吗？

"你干吗？"空荡荡的家里突然亮了灯，安子归从卧室里走出来，披头散发。

"……你回家了？"贺瑫鞋子没脱，坐在玄关那儿没有动。

"十一点了啊。"安子归走到贺瑫面前蹲下，"你喝了多少？"

贺瑫说过今天的局跑不掉，唐栋已经帮他挡了好几次了，这次无论如何都得自己上阵了。

她担心了一天。

果然，一回家就坐在玄关那儿起不来了，头发乱糟糟的，领带扯掉了，委屈得跟小狗一样。

贺瑫把安子归搂到怀里，不说话。

安子归换了个姿势，就这样靠在他怀里，有点困，她也不擅长安慰人，索性就这样闭着眼睛抱着。

"我一会儿睡着了，你就抱我上床。"她打了个哈欠。

她的睡眠还在调整中，之前是无论如何都睡不着，现在是不管在哪儿都能睡着。

人总是这样的，欠着的就得还，睡眠也是。

"唔。"贺瑫把西装外套披到安子归身上。

他还不想动。

"挫败吗？"以为自己能睡着的安子归，因为贺瑙难得的低落，居然又慢慢清醒了。

"我在想我还得这样努力几年才能每天接你上下班。"喝了酒，贺瑙声音就特别男人。

安子归安静了一会儿。

"小钱现在怎么样了？"她冷不丁地提到了一个人。

"谁？"贺瑙一愣。

"那个被开除的姑娘。"安子归好心提醒他。

他的风流债，被赵艺睿忽悠得团团转的那个傻子。

贺瑙酒醒了一半："案子都还没结束，一审都还没开庭。"

小钱不算从犯，但是到底算是帮了罪犯的忙。贺瑙当时又坚持赶尽杀绝，所以他也不知道那人现在是在拘留所里还是已经没事了。

反正都辞退了，老陈说留案底了，这辈子估计都会被自己蠢死。

"她那时候跟我说，你调岗牺牲很大。"安子归抬头，"我本来不信的，现在又觉得可能还是有些道理的。"

起码在那边，贺瑙没这么挫败。

"有病呢？"贺瑙把她塞到西装里，裹紧，"我要还在矿上，喝了酒在路边醉倒了都没人扶的。"

安子归无言以对。

"你以为我在那边不用应酬吗？"他被气到了，话开始变多，"那些人喝酒不要命一样，还都喝混酒，有时候冬天喝多了倒在路边，我都是掐着自己的手让自己清醒别睡过去的。不然可能就冻死了。"

"哪儿都一样，只是换了新环境，得重新认识人罢了。"他哼哼。

"你喝了酒态度不好啊。"安子归眯眼警告，"都敢说我有病了。"

贺瑙不说话，低头看她。

安子归不知为啥就有些心虚，搓搓鼻子，重新缩回到他怀里。

"我们真不进房间吗？"虽然她觉得这样挺好的。

"我头晕。"贺瑙态度仍然不好。

"你到底喝了多少？"安子归终于担心了，抬头看他的脸。

其实脸不算很红，他要是真醉了，那脸就跟猴子屁股一样，结婚那天晚上就是这样的。

"被你气的。"贺瑫咬牙。

多温存的时候啊，非得提到奇怪的人。

"其实不是只有小钱。"安子归弯起了眼睛，"我一开始还以为袁之薇也看上你了呢。"

那么热情。

贺瑫无语了。

"……你不是喝醉了吗？"手往哪儿放呢？

"谁说我喝醉了？"贺瑫声音含糊，但是还是很男人，不过是很男人的气急败坏。

"这里是玄关！"安子归想拍他的手。

"我头晕。"对话开始循环。

动作倒一点都没停。

这是地板啊，她的老腰啊……

"……去床上吧。"贺瑫也发现地板很硬。

"我头晕。"安子归有仇必报。

"我爱你。"贺瑫也没别的想法了。

"这倒是真的。"安子归笑嘻嘻的。

莫名其妙的烦恼仍然一堆一堆的，他的工作，她的工作，都不顺心如意。

偶尔，他们也会吵架，为了各种生活琐事。

有时候忙起来，就像是在受罪，所做的都不是想要的，也会怀疑到底是为了什么。

但是，只有一件事一直没变过。

他们相爱。最虚无缥缈的爱情，让他们成为家人。

一生相依，所以就没那么寂寞，苦起来也有伴。

番外三 那些未来

贺瑢觉得安子归最近不太对劲。

距离那件事情已经过去三年，心理康复的过程缓慢又艰难，甚至也造成了一些不可避免的性格改变，安子归变得比事情发生前更缺乏安全感，更容易多疑。

最开始，他们搬到新家的时候，她很喜欢拉窗帘，虽然从来没有说，但是贺瑢知道她有时候会躲在窗帘后面观察路人。

她仍然会做噩梦，做了噩梦就不敢睡觉，要不然就突然嗜睡，休息的时候躺在床上睡得人事不知。

情绪敏感，偶尔暴躁。

就像安子归最初推开贺瑢的时候说的那样，照顾这样的病人，需要有很大的耐心。

但他们终究是熬过来了。

中途有争吵有泪水也有拥抱慰藉，但是三年过去了，安子归已经不再需要吃药，不再需要看心理医生，家里的窗帘也不会常年拉着了。

可就这几天，贺瑢觉得安子归是不是又经历了什么。

她又神神秘秘的了，下了班也不愿意让他接她，推说要开会，推说要去现场，甚至推说今天暂时不想见到他。

他最近手上有两个城市地下空间的检测项目要做，忙得脚不沾地，安子归一开始说很忙的时候他还没有特别在意，推了两三次之后他才意识到不对。但是，那会儿他正在邻市出差，医生跟他说安子归如果出现什么情况一定要面对面的沟通，不然非常容易让缺乏安全感的安子归重新缩回到自我保护的状态中。

于是,他紧赶慢赶把工作从一周压缩到四天,提前三天到了家,半夜一点多到的,到家一切正常,安子归在主卧睡觉,他回来以后洗完澡轻手轻脚地上床,她才模模糊糊地醒了。

"咦?"她还挺蒙的,眼睛半睁半闭,摸了摸是自家老公的肌肉,就闭上眼睛继续睡了。

弄得贺瑫满肚子问号都不知道该从哪里问起,撒气一般咬了一口她的耳朵,咬完就顺势亲了亲她扬起的脖颈。

他们有七八天没见了,一点点肢体接触都容易燎原。

安子归迷迷糊糊地回应了,然后茫然地睁眼,看着天花板眨眨眼,又对着已经抱住她的贺瑫眨眨眼。

"……你怎么回来了?"她声音带着困倦和困惑。

还有一丝抱怨。

贺瑫无言以对。

"今天不可以……"她把快要压在身上的男人推开,往旁边挪了挪,用手量出一掌的距离,拍拍枕头,"睡吧,我好困。"

贺瑫很疑惑。

安子归这两天绝对不是生理期。

她看起来也没有心情不好,除了抱怨他怎么回来了。

他不该回来吗?他这两天累死累活加班加点就是想早点儿回来,结果一回来就这待遇,怎么回事?

贺瑫皱起眉头,又凑了过去。

安子归被他这来来回回两三次弄得彻底醒了,睁开眼,啪的一下打到他手臂上:"我困死了啦!"

有"啦"……语气是撒娇的。

贺瑫一时半会儿真不知道她这反应到底是怎么回事,只能委委屈屈地问:"抱着睡都不行了吗?"

安子归:"……行。但是,你不要乱摸!"她警告他。

"肚子也不可以！"她更凶地警告他。

贺瑶无语。

他确定了，安子归确实很不对劲。

但是，这只是开始。

早上起来，他煮了小米粥煎了荷包蛋，安子归喜欢吃核桃，所以他还特意在小米粥里放了些核桃。

本来都是很平常的事情，他平时在家也会做，他打算吃完送安子归去上班，自己再绕到医院找医生问问情况。

结果，安子归拒绝吃饭。

"我上班要迟到了。"她说。

真是睁着眼睛说瞎话，这才早上六点半……

"你不是说了要周六才回来的吗？"她还抱怨他。

末了，她还补充了一句："烦死了……"

虽然语气也类似于撒娇。

"你怎么了？"贺瑶决定直接问。

安子归在玄关处穿鞋："什么怎么了？"

"这两天不跟我视频，找你都说忙。"贺瑶开始数，"现在才六点半，你上哪门子班？"

安子归不吭声，埋头穿好两只鞋，抬头。

她脸色挺好看的，这两年养得好，脸圆润了不少，也有血色了，白里透着粉。

然后她翘起嘴角，冲贺瑶招招手。

贺瑶往前走了两步，弯腰，和安子归对视。

安子归笑得挺甜，拉着他的衣领凑上去亲了下，然后回答他："你管我。"

贺瑶蒙了。

"就忍两天。"她站起来拍拍他的脸，"这两天你什么都不许问我！"

贺瑫皱眉。

安子归伸手搂住贺瑫的脖子，把他往下拉，额头贴着额头，弯着眼睛："好不好？"

又是撒娇。

贺瑫咬牙，只能问："好事还是坏事？"

好让他有个心理准备。

谁知道安子归歪着头，想了半天，摇摇头："我也不知道。"

贺瑫一时无语。

但他也就真的忍了两天，这两天，安子归甚至有天早上刷牙的时候吐了，干呕，她说是被牙刷戳到了，他也忍着没问。

他想了很多，最坏的打算就是安子归的精神问题又复发了，虽然医生说过这种由药物导致的精神疾病基本不会复发，但是万一呢？第二坏的打算就是她有外遇了，她已经连着两个晚上让他和她保持一掌的距离了，虽然日常还是很亲密，她看起来也不嫌弃他，但是万一呢？

他把这两个可能性翻来覆去地想，想他应该怎么回应。

生病了就老实地去看病，三年都熬过来了，他觉得再熬一熬也没什么。

万一，她有外遇了……

他要放她走吗？在经历了那么多事情之后，她走了他怎么办？

如果不放她走，她会愿意留下来吗？

他向来不相信什么白头偕老，人也冷情，因为安子归，才有了所谓的对家的期盼。她如果放手，那么未来，他又得一个人了。

意兴阑珊，贺瑫下了班也没有马上回家，坐在车里看着暗沉沉的夜色发呆。

家里好像也没有人，黑漆漆的。

他们当时买房子还特意买了有落地窗有露台的，现在看起来，不开灯的话，这种通透的格局显得有些冷清。

坐了十分钟，十月底的夜色开始变凉，贺瑫终于下了车，低着头慢吞吞地回家。

不知道安子归为什么今天那么晚还没回家，他想。

算了，她最近也不爱和他说这个。

就是不知道，她今天晚上打算跟他说什么。

密码锁打开门，他又在玄关处发了会儿呆。

他发现有些阴影不是单方面的，关于他和她的感情，他也一直有阴影。

他从来没有这么怕过。

怕她又说要离婚，怕她又要离开。

家里大灯亮起，安子归坐在客厅里，桌上摆了一桌菜，中间还放着个生日蛋糕。

心情非常糟糕的贺瑫一怔。

"你一个人在车里怎么待了那么久？"安子归问他，蹙着眉头。

她等得快饿死了，结果他不但晚下班，下了班还不马上上来。

"我……"贺瑫哽住，他这才想起今天是他的生日。

"原来今天是我生日……"他呢喃。

但是，认识那么多年，夫妻了那么多年，非得要这样吗？

"我就知道你忘了。"安子归冲他招手，"进来吧，先吹蜡烛，我饿死了。"

贺瑫没动，他问："你先说你要跟我说什么事。"

那件不是好事也不是坏事，不让他碰她，也不吃他做的早饭的事。

"你先过来坐！"安子归没耐心了。

贺瑫站着不动。

他性子也倔，上头了也容易梗着脖子，不说话，无声抗议。

安子归沉默了一会儿。

这事的发展和她一开始的计划有很大出入,她本来计划着等贺瑫出差回来正好是他生日,她让阿姨做一桌子菜,她给他下碗面条,然后许愿吹蜡烛,等到气氛正好的时候,她再公布这个消息。

其实她也很忐忑,所以才想把这事弄得有仪式感一点儿。结果,看起来是搞砸了。

贺瑫不开心好几天了,今天上来在玄关处的样子都失魂落魄的,也不知道他想哪儿去了。

算了。安子归叹了口气,是他自己要在玄关不进来的,说就说了吧。

"我怀孕了。"她看着贺瑫,"是上周查出来的。"

贺瑫怔住了。

"我说,"安子归大声了一点儿,"我怀孕了,小孩是你的。"

"不是……"贺瑫艰难地组织语言,"你不是……我不是……怎么……"

安子归点了点头,很有耐心地帮他翻译:"是的,我们不想要孩子,一直在做保护措施,但是不知道,反正就是怀了,用避孕套也是有概率怀孕的。"

这倒是真的。

贺瑫脑子开始跳针。

"但是你不是高……"龄产妇吗?

幸好,深入骨髓的求生欲让他咽下了后面的话。

"三十五周岁才算。"安子归磨牙,"你到底要不要进来说话啊?"再不会说话直接踹出门去!

气死她了!

贺瑫一个指令一个动作,赤脚直接走了进来。

安子归:"这事冲击那么大?"

不是冲击的问题,是对他来说落差太大了,他上一秒还在担心安子归会提出离婚，下一秒她就说怀孕了。

"我先坐坐。"他需要缓缓。

"那我先吃饭。"安子归不再管他了，她饿死了。

"你怀孕了？"可贺瑫缓了一分钟，又开始问。

安子归咽下嘴里的肉："怀了，是上周查出来的。"

贺瑫又一次陷入沉默。

安子归等了一会儿，看他还在犯傻，于是开始喝汤。

"那……"五分钟后，贺瑫问，"你本来是打算在我生日的时候把这事告诉我的？"

安子归理都懒得理他，回了他一个白眼。

贺瑫拿起筷子给她夹了一筷子青菜，放到她碗里。

人还是呆着的，倒是还记得让她不要挑食。

安子归的白眼都要翻到天上去了。

"我以为你要跟我离婚了……"贺瑫很轻很轻地说了一句。

安子归一脸诧异。

贺瑫长长地出了一口气，跟安子归说："你以后别给我惊喜了，我这人心脏不太好，多几次我怕我扛不住。"

安子归无语。

她到底还是了解自己男人的，三年前那场无妄之灾，被照顾的人一直是她，他承受着巨大的压力，哪怕这三年里也是。换位思考，她做的不一定能比他好。

结婚的时候那句不离不弃的誓言，他执行得很彻底。

还是心软了，她放下筷子伸开手，让贺瑫走过来抱紧她。

"我才不要离婚呢。"她说。

孕期荷尔蒙爆发，她眼圈都红了。

"难怪你不让我碰你。"贺瑫总算回过神了。

安子归红了眼眶又红了脸，掐他："才一个多月，你是禽兽吗？"

贺瑫嘿嘿笑，笑了半天，又问："要生下来吗？"

安子归松开贺瑫，总算说到重点了。

"你觉得呢？"她问。

贺瑫搬了凳子坐到安子归旁边，低头看安子归仍然平坦的肚子。

她要是不说，他绝对不会想到这肚子里已经有一个胚胎，只要他们点头，这个胚胎就会变成孩子，变成生命的延续。

"我们原来计划里是不打算要孩子的。"贺瑫看着安子归。

他们最开始是因为彼此聚少离多，又都不是喜欢孩子的人，所以结婚多年都没有提要孩子的事。

后来遇到了三年前那场意外，安子归之后也不是适合怀孕的体质，他们压根也没有生孩子的计划。

本来都已经想好了，现在多赚点钱，争取早日退休，找个山清水秀的地方养老。

"你虽然不算高龄产妇，但是，生孩子还是很辛苦的。"贺瑫说，"如果你不想要，我们就不要。"

他没有犹豫也没有矫情。

怀孕了当然惊喜，但是，安子归仍然是第一位的。

这根本不需要考虑。

安子归任由贺瑫握着她的手，心里想，自己当初觉得这男的真诚得有些傻，结婚的时候还想，得把这傻子保护好了，幸好她心地善良，要不然，真能把他忽悠得被吸干了血都还在那儿乐呵。

这么多年了，他还是一个样子。

"我想要这个孩子。"安子归说。

"我不喜欢小孩，对小孩也没有耐心，很怕痛，也不觉得自己能熬过孕吐。但是，我还是想要这个孩子。"

几近任性的要求。

"我想过不要。"安子归说，"但是……"

这个孩子如果健康地生下来，会有他们的模样，她能看到贺瑫做爸爸的样子。

"我们试试好不好？"她拉着他的手。

"我来生，你来教。"她任性极了，"怀孕的时候发脾气，你来哄，生的时候，我一定要无痛的，怎么不痛怎么来。"

贺瑫笑了："好。"

所以，她才想着在他生日的时候跟他说这件事。

他自己一直亲情淡薄，家里父母更喜欢他弟弟，偏心从小偏到大，长大了就担心他会分掉家里的财产，虽然也就几亩地几间房，但是他父母说，他有求生的本事，他会读书，所以就去远一点儿的地方，别抢他兄弟的东西。

安子归也亲情淡薄，父母都是成功人士，事业心重，离了婚各自有了家庭就更少来往了。

他们两个，其实都是大学毕业以后白手起家的，他们两个结婚，彼此都算是对方唯一的家人了。

现在，再多一个属于他们的孩子，那当然是好的。

"我还想养只猫。"安子归抿着嘴。

贺瑫："现在？"

安子归点了点头。

贺瑫想了想，很实际地劝她："要不等孩子生出来大一点的时候再养好不好？你看我现在手里还有项目，你自己怀孕还得工作，现在养猫，把猫丢在家里也不好，孤孤单单地，性格不好说不定以后还得跟我们宝宝打架。"

动之以情，晓之以理。

"那我要养狗！"安子归宣布。

贺瑫："……不行。"

耐心三秒耗尽。

他终于饿了，心头大石落地，心想，接下来得每天都吃饱了才能让安子归好好养胎。

他老婆什么都好,就是折腾起人来能把人气死。

多吃点,血糖稳了可以长命百岁。

安子归起身去了厨房。

"还有一碗面。"她提前弄好了汤头,热一下再把挂面丢进去煮熟就行了,"你自己来端,太烫了。"

"那你呢?"贺瑫咬着排骨进来只看到一碗面。

"我最近吃面食会吐。喝小米粥也会吐。"

贺瑫:"医生怎么说?"

安子归:"医生就让我吃叶酸。"

安子归:"我想吃蛋糕了。"

安子归:"我挖了一个口,你一会儿许愿应该也不会不灵的吧。"

安子归:"算了,我切一块,你一会儿许愿少许一个就行。"

贺瑫无语。

贺瑫:"你先把饭吃了再吃这些东西。"

贺瑫:"你等一下我要许愿的!"

安子归:"你自己都忘了生日了,现在还假惺惺地许什么愿啊?"

贺瑫:"要不是你要给我惊喜,我至于吓到生日都忘了吗?"

贺瑫:"我刚才在车上都快哭了。"

安子归难以置信。

贺瑫:"你要笑我就揍你。"

安子归:"老娘是孕妇。"

安子归:"赶紧许愿!我要吃蛋糕!"

闹哄哄的,贺瑫的鼻子上被安子归抹了绿色的奶油,笑得又跑到厕所重复日行一次的孕吐。

这是他们两个最后一次双人生日。

第二年,安子归生了个儿子,起名贺连硅,小名炮仗,养了两只猫、一只狗。

所以,第二年贺瑫没有过生日,实在是过不成了。家里乱七八糟的,跟战场一样。

那又是另一种生活。

他们没有计划过的,手忙脚乱争吵笑闹的生活。

贺连硅还挺叛逆,三岁就敢跟亲爹叫板,背着小猫咪离家出走。

安子归再也没有做过噩梦。

贺瑫再也没有担心过离婚。

一家人终于闹哄哄的,变成了万家灯火里最普通的那盏,烟火气下,踏实而幸福。

(全文完)